Süddeutsche Zeitung Bibliothek des Humors

Woody Allen – Nebenwirkungen & Ohne Leit kein Freud • **Ernst Augustin** – Gutes Geld • **Thomas Berger** – Abenteuer einer künstlichen Frau • **Heinrich Böll** – Doktor Murkes gesammeltes Schweigen und andere Satiren • **T. C. Boyle** – Willkommen in Wellville • **Roald Dahl** – Onkel Oswald und der Sudankäfer • **Robert Gernhardt** – Kippfigur **Eckhard Henscheid** – Geht in Ordnung – sowieso –– genau ––– • **David Lodge** – Schnitzeljagd • **Paul Murray** – An Evening of Long Goodbyes **V. S. Naipaul** – Wahlkampf auf karibisch • **Gerhard Polt** – Fast wia im richtigen Leben • **Gregor von Rezzori** – Maghrebinische Geschichten **Tom Robbins** – Salomes siebter Schleier • **Tom Sharpe** – FamilienBande **Peter Ustinov** – Monsieur René • **Boris Vian** – Drehwurm, Swing und das Plankton • **Fay Weldon** – Die Teufelin • **P. G. Wodehouse** – Der unvergleichliche Jeeves • **Ror Wolf** – Fortsetzung des Berichts

Ausgewählt von der Feuilletonredaktion der Süddeutschen Zeitung, 2011

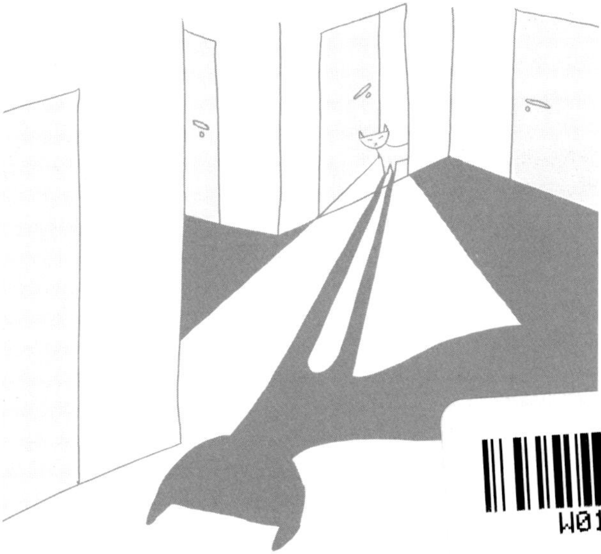

Süddeutsche Zeitung Bibliothek
Bibliothek des Humors

Ror Wolf

Fortsetzung des Berichts

Ror Wolf

Fortsetzung des Berichts

Süddeutsche Zeitung Bibliothek

Rechtschreibung und Interpunktion folgen den Intentionen des Autors auch dort, wo sie normierte Wege verlassen.

Bibliografische Information der Deutschen Nationalbibliothek
Die Deutsche Nationalbibliothek verzeichnet diese Publikation in der Deutschen Nationalbibliografie.
Detaillierte bibliografische Daten sind im Internet über http://dnb.d-nb.de abrufbar.

Der vorliegenden Ausgabe liegt die Textfassung der 2010 bei der Schöffling & Co. Verlagsbuchhandlung GmbH erschienenen Ausgabe zugrunde. Auf den in der Originalausgabe enthaltenen Anhang wurde verzichtet.
Lizenzausgabe der Süddeutschen Zeitung GmbH, München für die Süddeutsche Zeitung Bibliothek des Humors, 2011
Ror Wolf, Fortsetzung des Berichts. In: Ror Wolf Werke. Prosa I. Herausgegeben von Kai U. Jürgens

Gestaltung: Stefan Dimitrov
Titelillustration: Oliver Weiss
Autorenfoto: SZ Photo/Anita Schiffer-Fuchs
Projektleitung: Marion Meyer, Michaela Adlwart
Produktmanagement: Felix Scheuerecker
Redaktion: Harald Eggebrecht
Satz: HJR, Jürgen Echter, Manfred Zech
Herstellung: Thekla Licht, Hermann Weixler
Druck und Bindung: CPI – Ebner & Spiegel, Ulm
Printed in Germany
ISBN 978-3-86615-934-1

Fortsetzung des Berichts
(1959–64)

Der Fußboden ist die Unterlage
unserer täglichen Existenz,
auf ihm ruht und bewegt sich das ganze Tagesleben.
A. Wobser

Nun, nachdem ich alles beschrieben habe, diese zurückliegende Zeit, diesen Weg, mit den Bewegungen und Erscheinungen, den Bildern und Geräuschen, diese Landschaften, mit den Knollen, Kuppeln und Buckeln, den Rinnen, Wannen und Gruben, nähere ich mich dem Ende des Berichts. Vielleicht wird es jetzt aufhören, dieses ich weiß nicht ich glaube Sitzen, ja das ist das Wort, Sitzen. Ich spüre eine abgeschabte ledrige Mulde unter mir, eine wie es scheint von vielen Körpern vor mir eingedrückte Polsterung. Meine Handflächen gleiten an hartgeformten ich glaube Knollen, ich weiß nicht, gedrechselten Stuhlbeinen hinab. Ja das ist es, Sitzen, Horchen, mit einem Gefühl es ist schwer zu beschreiben, einem Gefühl wie ich würde sagen Eindringen, vielleicht Eintauchen in diese weichen Öffnungen vor mir, diese verwischten Bewegungen beim Vorbeiziehen von Schatten und Farbflecken, mit großen flatternd roten Ohrmuscheln. Ich erinnere mich an Stimmen, an Worte, in halbvollen Mündern verkaute Sätze, die herantreiben, zusammen mit den Geräuschen des Essens, dem erst fernen dann näheren Klang von Geschirr, dem Löffeln, Schlürfen von Suppe, dem Klatschen, mit dem die Klöße weich auf die wartenden Teller fallen, dem Plätschern, mit dem die Brühe dunkel über das Weiß der geöffneten Klöße rinnt. Mit der Zeit treten diese Aufwölbungen, Verbiegungen aus der von Zigarrenrauch und Speisendampf vernebelten Ferne hervor und wachsen zusammen zu diesen birnenförmigen und kürbisförmigen, wenn auch nur im ganzen und groben birnenförmigen kürbisförmigen Köpfen, diesen aufgeschütteten Körpern mit vorgestreckten warum nicht vorgestreckten Händen. Sitzend gerate ich zwischen eine in die Bewegungen des Essens versunkene Runde, es ist ein Bild, das ich vor mir habe, alles in allem, von dem ich, wenn ich das abzöge, was mich täuschen könnte, sagen könnte, daß es ein Zimmer ist. Dieser Tisch, rund schwer hölzern wie er ist, mit seiner borkigen Oberfläche, dieser Stuhl, steif aufragend abgewetzt knollig, diese klappende zuckende nach oben schießende Uhr, diese Wände, diese Decke, diese Fenster, Türen, Schränke, Spiegel und in den Spiegeln die geschnörkelten Aufsätze dieser Schränke, die Ziffern dieser Uhr, die Ausschnitte dieser Wände Türen Fenster mit schimmernden Landschaftsbildern, die gebrochenen gebogenen geschwungenen Merkwürdigkeiten dieses Zimmers, in dem ich sitze, ich weiß nicht, an einem Abend, die Sonne fällt langsam hinter das Fensterbrett zurück.

Meine Bilder erscheinen, Bild um Bild, sie erscheinen wie Schnepfen in großen Bögen mit weiten Schwüngen im Verlaufe der Zeit, in der ich die Geräusche der Küche höre, zischend schabend schüttelnd. Ich sehe die Körper mit ihren harten, von den Oberflächen anderer Körper berührten Oberflächen und nun sehe ich den Tisch, den Stuhl, die Uhr, es ist ein schöner Tag, ich täusche mich nicht, meine Frau ruft aus der Küche ein paar Worte, etwas wie Es ist soweit, ich antworte, das lasse ich mir gefallen, sie muß in der Küche sein, beschäftigt mit dem Kochen und den Vorbereitungen des Kochens, dem Anschüren des Herdes, dem Zurechtrükken des Kessels, dem Auskippen des Kruges, was was was, sind meine Worte, es ist soweit. Ich weiß nicht, was ich davon halten soll. Ich erhebe mich und strecke die vom Sitzen vielleicht tauben Glieder. In diesem Augenblick fängt mein Ohr das Klatschen der aus der Küche dringenden Handhabungen meiner Frau auf, das Kichern meiner Frau über der im Topf brodelnden Suppe, das Kratzen des Schöpflöffels im Topf, das Klappern der aus dem Schrank gehobenen Teller, das Klirren einer zu Boden stürzenden Schüssel, das Kreischen beim Öffnen der Ofentür. Ja das ist es, ich erhebe mich, ein Geräusch wie Umfallen Auslaufen fällt mir auf, obschon ich nicht sicher bin, daß es das ist was ich gehört habe. Vor mir auf dem Tisch auf der Decke wächst ein Fleck, der vom Mittelpunkt bis zu einem der Zipfel reicht, in der Form eines verkrümmten ich weiß nicht spreizbeinigen Körpers, oder vielleicht eines Körpers, der aus einem bestimmten Grund die Arme ausbreitet, oder einer Schere, keiner Schere, aber einer Hand mit einer Schere. Auf der Mitte des Tisches, dort, wo in einem zackenförmigen Auswuchs der Fleck beginnt, liegt, umgefallen und ausgelaufen, ein Glas. Ich habe mich erhoben, ich bin einen Schritt nach rechts, ja rechts, einen Schritt zurück, einen Schritt nach links getreten und stehe nach dieser Schrittfolge nun hinter dem Stuhl. In Küchengerüche, scharfe zwieblige Bratröhrendünste, süßliche Fischsuppendämpfe, eingehüllt, sehe ich etwas wie meine Hände auf etwas wie der abwärts geschwungenen Lehne des Stuhles liegen. Im Hintergrund, dort an der Wand, erkenne ich den schraubenförmig beschnitzten nach oben drängenden Uhrkasten, das Weiterrücken des Zeigers, die ruckenden zuckenden Bewegungen des Pendels, stückweise hinabfallend und in einer Entsprechung dazu stückweise hinaufsteigend die Bewegungen der Zapfen, die zur Küche führende Tür, die zur Kammer führende Tür, die zum Gang führende Tür, das Fenster und vor dem Fenster das Gebäude der gegenüberliegenden Seite der Straße, dessen Türen und Fenster. Hinter einem von ihnen schwanken die dunklen Umrisse einer Gestalt, vielleicht eines Nachbarn, ich weiß nicht, der das Gesicht an die Scheibe preßt und herübersieht zum Fenster meines Hauses, das auf ihn, wie auf mich das Fenster des gegenüberliegenden Hauses, vielleicht einen geheimnisvollen und fremden Eindruck macht. Vor mir, in einem matten fleckigen Spiegel, erscheint mein vor Anstrengung oder Erstaunen oder Entsetzen geöffneter Mund und der in Gürtelhöhe abgeschnittene Körper, dieser rundherum weiße nackte Kopf, das Gesicht mit den Tränensäcken, dann, um von oben nach unten fortzufahren, der Hals, dann der Rumpf, dann nichts, was meinen Körper beträfe, sondern der untere Rand des Spiegels. Alles, soweit ich erkennen kann, ist von einer gewissen Allgemeinheit Unauffälligkeit; es ist das Bild, das man sich von mir zu machen hat, und das mir jetzt mit von Schlaflosigkeit schwarz umrandeten Augen entgegensieht. Ja ich trage einen Anzug, ich habe eine Zeitung in der Tasche, das Abece ist mir bekannt, ebenfalls die Zahlen eins zwei drei vier fünf sechs undsoweiter, die höchsten Berge, die Flüsse, die Flora, die Fauna, die spezifischen Gewichte. Etwas was die Stimme meiner Frau sein könnte, dringt aus der Küche, es ist soweit. Was mag sie meinen, denke ich in diesem Augenblick, was ist soweit, ich weiß nicht, vielleicht nichts. In diesen Gedanken verwickelt stehe ich doppelt im Zimmer und alle Bewegungen die ich ausführe sind doppelt ausgeführt. Auch die Bewegungen der Hängelampe, die mit einem grünen, mit schwarzen Perlen verzierten Schirm von der Decke herunterkommt, ihr leichtes weiches Hinschwingen und Herschwingen, geschieht doppelt, hinter meinem Rücken und im Spiegel hinter meinem Rücken.

Etwas in diesem Bild ist vielleicht mit Unbestimmtheit bezeichnet oder mit Unübersichtlichkeit, es ist eine Art Ausdehnung Ausbreitung, ich weiß nicht, eine Art Landschaft, erdbraun weit ausgeschwungen bröcklig rauchend, mit weißen schwammig in einer ununterbrochenen Bewegung zusammensinkenden Kloßbergen, mit Wursthügeln Käsebrüchen schwarzkrustigen Fleischmeilern Schmalzäckern verschlammten Tunkentümpeln einem schillernden Fischsuppensee umwachsen von grünen Krauthecken Kohlwäldern roten Rübendickichten. Ein steifes Herausragen, ein hartes Hochstehen fällt mir auf, noch etwas anderes, ein Vorgang, von den Geräuschen, die ich beschrieben habe, unterlegt; diese lange um das Tischrund geschlungene Reihe von Personen hat sich in Bewegung gesetzt, die Arme mit den Löffeln Schöpfern Gabeln heben sich, schwingen vor und tauchen in diese Landschaft hinein, wühlen und graben sie um, ackern und ziehen Furchen und schöpfen und wässern und legen Gräben und Gruben an auf diesem Tisch, der mit seiner blasig aufgeworfenen Platte vielfüßig ansteigend vor mir durch die ganze Länge dieses Zimmers läuft und in den dunklen äußersten Ecken verschwindet.

Die Stimme meiner Frau, die sich in der Küche aufhalten muß, erreicht mich in diesem Augenblick, es sind die Worte: es ist soweit. Was sie meint, mag die Suppe sein, die nun kocht, aufwallt und Wellen schlägt und die meine Frau, wie ich sie kenne, schon mit dem Schöpflöffel vom Kessel in die Schüssel bringt. In diesem Zimmer, in dem ich mich erhoben habe, erhebt sich noch eine andere Person, es ist mein Vater, er steht mit über den Leib gelegter Uhrkette, mit in die Westentaschen gestoßenen Daumen. Du willst fort, sagt er, ja, sage ich, Du willst also fort, sagt er, ja, sage ich, nimm Dich in acht, sagt er, ja, sage ich. Nach diesem Wortwechsel setze ich mich in Bewegung, vom Stuhl aus ziehe ich an den Möbelstücken vorbei, die plüschweich befranst hartkantig sich aus den Wänden herauswölben und bei meinen Schritten wackeln und scheppern. Es ist ein noch zögerndes beginnendes Gehen, in einer gekrümmten schleppenden Gangart, auf einem teppichbedeckten Boden, ein langsames Vorwärtskommen mit Stockungen Unterbrechungen, mit Vorkehrungen und Rücksichtnahmen, mit etwas wie der Stimme meiner Frau im Rücken und den Worten meines Vaters, an fortwährend wechselnden Bildern vorbei. Auf diesem Weg komme ich zum Vertiko, das erst in der Ferne auftaucht und mir entgegenwächst mit Urnen Ziergefäßen Tiergruppen, vorüberknarrend vorüberklirrend sehe ich meinen Bruder stehen, er schüttelt den Kopf und sagt, auf mich deutend, er geht, und sagt, auf sich deutend, meine Bauchschmerzen, meine Darmverschlingung, meine Magenkrämpfe, vorbei an den Bildern meiner Familie, meine Frau lachend, meine Mutter ernst, mein Vater mürrisch, komme ich zum schwartigen verklebten Kanapee, auf dem der Bruder meines Vaters liegt und mich mit ich glaube schmerzverzerrtem Gesicht ansieht, Du gehst, sagt er und klagt über die Gicht, die geschwollenen Gelenke und spricht von sehr starken reißenden Schmerzen, die nach seiner Meinung in den Sehnenscheiden und Schleimbeuteln sitzen, von Herzklopfen Ohrensausen Brennen in den Augen Speichelfluß Ausschwitzungen, von seinem Stöhnen begleitet, vorwärtsknarrend, am Barometer am Thermometer am Hygrometer vorbei, komme ich zum Ohrenstuhl, auf dem mit schlaff herabhängenden Armen, mit auf die Brust gesunkenem Kopf, von dicht aufeinanderfolgenden Schluckstößen geschüttelt und nicht fähig zu reden, der Bruder meiner Mutter hockt, wie in ein tiefes vom Schluckauf zerteiltes

Nachdenken versunken, sein Glucksen und Schluchzen stößt hinter meinem Rücken in die Luft und ich komme, vorbeischeppernd, zum Geschirrschrank, die breiten beschnitzten Pfosten, die vergoldeten herabgeklappten Griffe, von weitem sehe ich schon den Marmor des Rauchtischs, mit Rauchverzehrer Aschenbecher Zigarrenkiste, hinter dem, im Sessel vergraben, von Hustenanfällen in die bestickten Seidenkissen geworfen, der Bruder meiner Frau sitzt, Du gehst, sagt er, zündet eine Zigarre an und sagt, unter neuen bellenden Hustenstößen, bei denen sich sein Körper im Morgenrock aufbäumt und seine Hand sich um die Gurgel krallt, meine Atemnot, mein Auswurf, mein Hustenreiz, ich halte mich in dieser Richtung, von Osten nach Westen, mein Gehen geschieht nun spaziergängerhaft wiegend, weit ausschreitend und so komme ich zum Pult, o ich liebe das Pult, den abgeschrägten polierten Deckel, das Tintenfaß, den Brieföffner, komme zur Vitrine, die geschliffenen Pokale, die in Silber gefaßten Kristallschalen, komme, vorüber am Spiegel, in dem ich mich vorüberschweben sehe, vorüber an der hochstämmigen Stehlampe, deren Troddeln beim Vorübergehen ins Schwingen geraten, zum Kachelofen, an den sich der Bruder des Vaters meiner Frau drückt und mit an die Stirn gepreßter Hand mir entgegenblickt, über Kopfschmerz besonders über den Augen in der Mitte des Jochbeins klagt, ach, sagt er in seiner verbrämten Hausjacke, Du gehst, und ich, dahinschabend über den Flaum des Teppichs, dahingleitend, komme zur Uhr, acht Uhr, komme zum Kleiderständer, nehme meinen Hut schwarz vom Haken, von der Starrheit und Sperrigkeit des Ständers und komme hutausbürstend hutaufstülpend zur brokatbespannten Spanischen Wand, hinter der der Bruder der Mutter meiner Frau steht und über Hautjucken klagt, über Hautpilze, die nun seinen Körper überwüchsen, nachdem zunächst ein kleiner roter schuppender Herd entstanden sei, der über Nacht anwachsend sich zu einer Scheibe vergrößert habe, ich höre ihn kratzen und reiben und keuchen und über dem Rand der Spanischen Wand erscheint seine fleckige Kahlköpfigkeit und verfolgen mich seine aus dem Gesicht, dessen oberen schorfigen Teil ich sehe, weich herausdrängenden Augen und dringt seine Stimme dumpf pappig mit Worten, die sein Krankheitsbild beschreiben und die abschließen mit Seht mal an er geht, und seine Hände klammern sich dabei über die Zierleiste der Wand, danach kommt nichts, was ich bezeichnen könnte und doch, nach meinem ununterbrochenen Dahingehen, nach einer Zeit, in der ich alle Brüder höre, ihre Krankheiten beschreibend, alle Brüder sehe, ihre Krankheiten betastend, kommt die Tür, und ich, sie aufklappend, die letzten verschwebenden Gerüche nach Kohl aus der Küche, nach Leder Eichenholz Tabak Jodsalbe Samt Kamille Möbelpolitur aus der Stube einsaugend, sie zuklappend, komme in den in seiner ganzen Tiefe und Schwärze noch unergründeten Gang.

Diese Wände, diese Decke, diese hinausspringenden Fenster. Diese wie soll ich sagen verwelkte ja oder vertrocknete Tapete, von Fingerabdrücken und angelegten Köpfen graufleckig, mit umgebogenen Nagelkuppen, Falten und Poren, aufgedruckten Blumenbüscheln. Diese Wände, hinter denen Geräusche hervordringen, das Rauschen von Wasserleitungen, das gluckernde Abfließen von Spülwasser oder Waschlauge und dazwischen Stimmen, die sich zurufen. Es ist die Rede von einer vergangenen Nacht, von abgelegten Kleidungsstücken, von einer Überraschung beim Hinlegen, eine Person lacht, als lache sie ihren ganzen und wahrscheinlich dicken schwerbeweglichen Körper zum Mund heraus, dann nur noch das ununterbrochene Rauschen von Flüssigkeiten, abfließend oder herausströmend oder beides wie ein starkes mit geschlossenen Augen vorstellbares unaufhörliches Regenfallen Herunterströmen von einem schwarzen Himmel, der sich plötzlich geöffnet hat und mich in meiner Erinnerung bis auf die Haut durchnäßt, weil es nichts in der Nähe gibt, keinen Baum kein Dach keine Scheune, worunter ich mich stellen könnte, nur etwas wie Büsche unter die ich kriechen könnte ohne allerdings Hoffnung zu haben dabei trokken zu bleiben. Meine Augen wandern von rechts an Kanten Schlitzen Knicken vorüber nach links an diesen dunkelbraunen Flecken vorüber, diesen Möbelstücken vorüber, hinauf zur Decke am Saum der Stuckknorpel entlang, an den Rissen und Sprüngen entlang, über die abschuppende und herabrieselnde Tünche die dunklen feucht ausgelaufenen Flecken und an diesem grün herabschnappenden Lampenmaul herunter und zurück hinauf über die seidenbespannte Stoffglocke über den Strang zurück zur Decke, die hohlschallenden Geräusche von Füßen dringen herab, das Abstellen von Eimern, Herumschaben von Schrubbern, Aufklatschen nasser Lappen, das harte Absetzen kreischende Hinziehen und Herziehen eines schweren Gegenstandes, offenbar eines Möbelstücks, vielleicht eines Bettes, von Stimmen begleitet, die von einem Bett oder Brett berichten, das, während sich eine Anzahl Personen, zwei, daraufgelegt hätten, zusammengebrochen sei. Es geschieht, während die Bewegungen der Hände an diesem Tisch sich fortsetzen, von den Handlungen des Putzens Reibens Wischens durchsetzt, vor einem abflüssigen Geräuschhintergrund, während sich die Messer heben und in das Brot senken, das schön gewölbt und großäugig vom Tisch glotzt, während die Messer sich in die Augen bohren, knirschend ja knirschend die rissige krustige mehlbestäubte Rinde aufreißen und Kanten und Scheiben abtrennen, Was für ein Elend, höre ich eine Stimme, Brot und keine Zähne haben, während erst von weitem dann deutlicher näher wieder die Schüsseln klirren, die Klöße dumpf auf die Teller fallen und schmatzend zerrissen werden, was meinen Sie, antwortet eine andere Stimme, und die erste Stimme wiederholt Was für ein Elend und so weiter, während die Gabeln und Messer klagend an den Boden der Teller schlagen was für ein Elend, während die Schüssel mit den Klößen sich unter Gesprächen von Hand zu Hand weiterschwingt und näherkommt.

Die schwarzen ineinander verwachsenen Ungewißheiten dieses Gangs umgeben mich knackend und raschelnd, diese ich weiß nicht Unergründlichkeiten, diese Höcker und Knorpel, Ritzen und Schlitze, dieses knisternde Leben des Fußbodens, mit einem sumpfigen abgestandenen Duft gefüllt, nach Gegorenem Geronnenem Stockigem Fauligem, einem Geruch nach Schwamm, verschorftem Mauerwerk, Asche und Küchenabfällen. Beim Vorwärtstasten in dieser zottigen Dunkelheit streiche ich über die schwitzenden Mauerflächen, ich berühre geschwürig hervorstehende Knollen, rauhe aufklaffende Putzwunden, fahre in die Vertiefungen von Spalten und Schründen, in denen kleine feuchte weiche oder größere trokkene feste Tiere sitzen müssen, die nach meiner Berührung rasch davonkriechen. In dieser Undurchsichtigkeit Undurchdringlichkeit, durchkratzt und durchraschelt von kleinen Bewegungen und sich entfernenden Geräuschen, zerfällt mein Gehen in seine einzelnen Bestandteile, es ist kein aufeinanderfolgendes gleitendes, sondern ein aus einer Folge von Bewegungsstücken zusammengesetztes Gehen, ein Anheben Vorstrecken zögerndes Absetzen und wieder von neuem Anheben undsofort Vorstrecken Absetzen, etwas wie ich weiß nicht Absuchen oder vielmehr Abtasten mit den Schuhspitzen, durch Anstoßen die Anwesenheit von Körpern und Gegenständen, etwa Kübeln, ausmachen, die wie aus dem Boden gewachsen überall vollgestopft überquellend stehen. In einem Fall, trotz meiner Vorsicht, stoße ich einen Kübel, der seinem Geruch nach Asche enthalten muß, um, sein ausgeschütteter Inhalt liegt körnig knirschend am Boden und verbindet sich mit dem Inhalt eines in einem zweiten Fall umgestoßenen Kübels, der seinen Ausdünstungen nach Küchenabfälle enthalten muß, ein dickflüssiges Herausquellen, die klebrige fadenziehende Beschaffenheit, läßt auf eine sirupartig eingedickte Flüssigkeit schließen, mit Müll und Kehricht vermischt gerinnt sie zu einer Art, ich weiß nicht, Morast, zu einer matschigen Schicht, durch die ich weiterwate. Die Worte meiner Frau verklingen dumpf im Hintergrund. Ich antworte nicht mehr. In meiner Erinnerung ist dieser Gang wie ausgefegt, glänzendes Linoleum überzieht den Fußboden, ich erinnere mich an ein Gehen ohne Schwierigkeiten ohne Umstände, an eine Anzahl nebeneinanderhängender Landschaftsdarstellungen, unter Glas liegend, in mahagonibraunen Rahmen, an buntgefiederte ausgestopfte staubbedeckte Vögel, Hirschgeweihe, an einen Schirmständer mit einem Klappkasten, in dem geheimnisvoll duftende sonderbar geformte Dinge aufbewahrt waren, die ich Stück für Stück heraushob und betastete. Jetzt führe ich die Hände, wie ich es beschrieben habe, an der Wand entlang, in einer dicken Schwärze, über die grindige von tiefen Mulden Rissen Spalten und Sprüngen durchzogene Wand, über die Buckel Ausbuchtungen Warzen, mit einem scharfen Geruch von Tieren, die vor Zeiten hier hindurchgezogen sein und ihre Spuren zurückgelassen haben müssen, ich weiß nicht, ich höre ein Geräusch wie Kauen, wie von Knacken zwischen harten kleinen Zähnen zermahlener Krusten, von Pochen, wenn meine Schuhspitzen einen Gegenstand berühren, der, nach seiner Härte zu urteilen, aus dem Ton zu schließen, obgleich es nur Vermutungen sind, nichts weiter als Meinungen, durch nichts als durch das Gefühl und Gehör gestützt, ein Kübel sein muß. Beim Vorbeugen befühle ich die harten Kübelränder, die mehlartige zuweilen klümprige Asche, die zwischen der Hand zerfallenden Reste von Holzkohle, Dinge, die, wenn ich mich auf ihren Tastwert verlasse, Schalen von Kartoffeln Eiern Zwiebeln sind, Scherben von Flaschen, Brotrinden und Käserinden, Schalen von Rettichen Rüben Runkeln, Gräten Schuppen Köpfe Schwänze Schwimmblasen von Fischen, Speckschwarten und Kohlstrünke, weichpappige Schachteln, die Blechschärfe öltropfender Sardinenbüchsen mit schneckenförmig eingerollten Deckeln, die Mürbheit Trockenheit von Napfkuchen, der Filz ausgekämmter Haarbüschel. Etwas in der Vergangenheit, die plötzlich in einem leichten Zurückwehen mich streift, war wenn auch nicht weiß oder hell so doch mit einem weißen hellen Licht betupft, das durch Milchglasscheiben einfiel, nein, etwas war in einen rötlichen dünnen Lichtschimmer herabhängender Ampeln getaucht, in dem ich, vielleicht pfeifend oder vielleicht das kann sein in Gedanken oder eher ja ich erinnere mich über etwas Vorgefallenes lachend entlangging und über die glatte kühle Oberfläche der Wand strich. Für Augenblicke fühle ich unter mir ein lappiges Heraushängen, ein starres stachliges Herausspießen, etwas wie aus einem ausgeleerten großen Tiermagensack etwas Gallertartiges Zerstoßenes eigentümlich Pulverisiertes etwas wurmartig Bewegliches etwas Schaumartiges Eingetrocknetes Wimmelndes von vielen winzigen Körpern, die Formen abgehackter ausgenommener Tierkörperteile, vielleicht Schnäbel Krallen Pfoten Federn vielleicht haarige Köpfe mit kalten kugeligen Augäpfeln hart verkrustete umgestülpte Bälge kalte weiche Geschlinge verwickelte ineinander verknotete Gedärme vielleicht Füße mit Schwimmhäuten Knochensplitter sägezahnartige Gebisse. Diesen Gang oder, nach den Worten meiner Frau, diesen Korridor, diesen Wohnungsflur, das waren die Worte meines Vaters, jeder hatte eine andere, seinem Geschmack entsprechende Bezeichnung für diesen schmalen ich sage Gang, diesen Gang habe ich in einer anderen Erinnerung, nicht diese winzigen dünnen Tierlaute, vielleicht stiller, nicht einmal das, aber heller luftiger, ich bin sicher, ich lief mit einer Tasche, jetzt fällt es mir ein, im Auftrag meiner Familie, an Türen vorbei, hinter denen musiziert wurde, etwas wie Trompetenblasen Klavierspielen, danach Abbrechen und im Anschluß die zwitschernden Gesänge einer Frauenstimme, und weiter etwas wie Auflachen Schenkelklatschen, ja, ich erinnere mich an Stiegen, drei Stiegen, die ich hinunterstieg, etwa in der Mitte des Gangs, eins zwei drei, doch dieser Gang ist ohne die Andeutung von Stiegen, ohne die Idee von Stiegen, die ich nach meiner Berechnung längst erreicht haben müßte, dafür geht es um Knicke, um Biegungen Ecken, an die ich keine Erinnerung habe, der Gang aus der Vergangenheit ist ein geradelaufender Gang. Auch die Türen finde ich nicht mehr, sie müssen zugewachsen sein, verdeckt von diesem herabhängenden und hinaufwachsenden Blattwerk, den Stauden Stengeln, die durch meine Berührung in Bewegung geraten. Ich spüre das Schaukeln Schweben Schwingen der Pflanzen, die, wie ich aus ihrer Form schließe, lange wurmdicke vielfach verschlungene und gegabelte rankenartige Keime sein müssen, an denen sich Blätter gebildet haben, die lappig großflächig über mein Gesicht streichen, flaumig mit dumpfen Gerüchen nach Tiefe nach unterirdischen Gewölben, sie wuchern in struppigen Büscheln aus den Ritzen des Fußbodens aus den Mauerspalten unter den Wandleisten hervor, an blassen haarigen Strängen mit riesenhaft aufgeblühten scharfriechenden Dolden, hornig hart oder darmweich, pochend in meinen Händen, feucht wie mit kleinen Zungen schleckend, vom gleichförmig brummenden Geräusch der Fliegen umgeben, das Blattwerk zu Röhren zusammengerollt oder wie Handflächen ausgebreitet, feierlich streng im Duft nach alten Kellern, treibend von den Kübeln Ritzen Spalten aus über die Wände, die Decke und von ihr herab heckendicht zusammengewachsen verzweigt, nur durch die Anstrengung meiner Hände auseinanderzureißen, raschelnd in diesem alles zusammenmahlenden Maul der Dunkelheit. Vielleicht oder sogar gewiß ist es gut, daß ich jetzt gehe, wo es, wenn auch unter den beschriebenen Bedingungen geschilderten Umständen, noch eine Art Durchschlupf gibt, vielleicht eines Tages an irgendeinem Tage ist alles zugewachsen, es ist kein Durchkommen mehr in diesem Gang, den ich in einer anderen Erinnerung habe. Ich erinnere mich an zwei Männer in blauen ölbespritzten Schutzanzügen, die im Gang standen, etwas aufschraubten und zuschraubten verhämmerten absägten, ich sah sie an dünnen Rohren, verstopften Abflüssen mit Drähten stochern, sie schwangen die Werkzeuge und riefen sich zu, es war die Rede von Schmutz und Schlick, der etwas verstopft habe und der herausgekratzt werden müsse, außerdem, riefen sie, gebe es eine Anzahl Löcher, sie nannten eine bestimmte Zahl, die zugemacht werden müßten, zugekeilt oder zugelötet werden müßten, der Gang dröhnte vom Lachen dieser Leute und auch ich lachte, es war eine fröhliche Zeit, ich trug ich weiß nicht etwas wie eine Tasche, ich erinnere mich an etwas in der Hand, das nach unten zog. Die Türen des Gangs öffneten sich und Köpfe erschienen, die fragten, was es zu lachen gebe, nichts, sagte ich, es gibt nichts zu lachen, ich sah die Körper in Nachthemden Schlafanzügen, mit Rasierschaum Zahncreme Fettsalben im Gesicht Bartbinden Lockenwicklern Haarnetzen. In einer der Türöffnungen, im gemaserten Braun des Rahmens, stand eine blasse wie aus einem lehmigen Schlaf aufgetauchte junge Frau, oder sie stand so als hätte sie sich aus einem vielleicht gallertartigen Stoff befreit, oder aus einer ungeheuren Umarmung, die ihre Spuren auf den wunden zerbissenen aufgeschwollenen Lippen zurückgelassen hatte, mit lang herabhängendem Haar, aufgähnend, irgend etwas Unsichtbares vom Körper abstreifend, sie stand in einem raschelnden spitzenbesetzten schleierartigen Bekleidungsstück, unter dem sich, während sie sich die Augen rieb und etwas ebenfalls Unsichtbares in der Luft zerriß oder beiseite schob, ihre kindlichen noch geradeverlaufenden, also ohne Ausbuchtungen oder Schwellungen verlaufenden, also ohne die eigentlichen weiblichen Brustformen und Hüftformen verlaufenden Körperlinien abzeichneten, das dunkle gleichschenklige Haardreieck an ihrem Leib, ihre großen scheibenförmigen Brustwarzenhöfe, ihre Rippen unter der Haut wie eine Schraffierung, sie verdrehte sich zu einer armeaufreckenden Pose und zeigte sich in halber Drehung einen Augenblick von der Rückseite, ich sah ihre matten oder vielmehr eigentlich schimmernden Hinterbacken, das Herabrutschen eines Trägers über eine magere Schulter bei dieser Bewegung, einen Augenblick danach, nach der Beendigung ihrer Bewegung trat sie wieder zurück auf kleinen Filzpantoffeln in ein anderes mir unbekanntes Leben, vielleicht mit rüschenbesetzten Federkissen zerwühlten Daunendecken kristallenen bequasteten Toilettengegenständen Parfümzerstäubern rosafarbenen Puderwölkchen seidenen Wäschestücken verschwebenden Frauengerüchen, die Fladerungen der Tür befanden sich wieder zwischen ihrem und meinem Leben. Ich fühle die Wände nach den Täfelungen dieser Türen ab, nach ihren Klinken und Schlössern, aber ich finde nur die Feuchtigkeit des herabrinnenden Wassers, die Rückenformen von Tieren, die in meiner Vorstellung Spinnen und Schaben und Schmeißfliegen Schnecken Schwämme Schildwanzen Schröter wie Töpfe groß sind, der Mulm vermorschter Balken rieselt herunter von einer Wand, an der es keine Türen gibt und doch erinnere ich mich an sie, an ihr Aufgehen, Ruhe, rief man, meine Güte. Dieser im Gedächtnis aufleuchtende und wieder verschwimmende Frauenkörper, herausgetreten hineingetreten, während ich vorüberlief, setzt jetzt, in dieser alles miteinander verschmelzenden Dunkelheit, etwas in Gang, eine Bildfolge, ich denke mir die zu ihrer Person passenden Umstände, einen Vorgang, von einem dünnen Knall wie einem Schuß eingeleitet. Ich sehe ein Zimmer, von einer Lampe beschienen, aber die Lampe bescheint keine Bewegung, sondern steif schwarz eine Figur mit marmorblassem Gesicht schnurrbärtig kurzem flatterndem aber in der Bewegung des Flatterns wie erstarrtem Umhang Zylinder, ein Schlafzimmer mit weichen weißen seidigen Kissen, dem kostbar geäderten Körper der Frau auf dem Bett, die Decke zum Teil am Boden, eine Hand krallt sich um einen Bettpfosten, die Brustwarzen Schamhaare sichtbar unter dem Schleier, die Einschußstellen, die Blutspur, verstreut auf den Sesseln auf der Frisiertoilette Spitzenwäsche und Seidenstrümpfe Strumpfhalter kleine durchbrochene Korseletts geschliffene Flakons Puderquasten, dieses Bild, dieses ich weiß nicht letzte Bild eines Vorgangs schnappt zurück oder vielmehr schnurrt zurück, im Wiedererheben des Körpers, Zurückfahren des Schusses in den Pistolenlauf, Erscheinen des Zylinders beginnt der Vorgang noch einmal von vorn, an irgendeinem Anfang, einsetzend bei einer Entwicklungsstufe sagen wir der Trennung aus der Umarmung, zusammenfallend mit der Ankunft des Zylinders, alles in einer raschen abgehackten Bewegungsfolge. Er, das Gesicht höhnisch verzerrt, aufgeregt den Zylinderhut auf- und absetzend dünnhaarig wischend über die Schläfen. Sie, in einem dünnen durchsichtig flatternden Gewand warum nicht Gewand. Pistolenschüsse Aufschreie, eine ungenügend bekleidete Person im Schrank oder warum nicht hinter einem Vorhang, glitzernde Spiegel spiegeln diese Vorgänge von allen Seiten, irgend etwas über das Fenstergesims geschwungen geflüchtet entschlüpft hinaus in die Nacht, irgend etwas gehoben Schwarzes in der Hand bequem Liegendes abgedrückt hineingeschossen, irgend etwas Rosahäutiges Aufkreischendes zusammengebrochen umgefallen, oder, warum nicht, das Auftreten eines Wortwechsels, sie, zitternd, nein, nein, der Wind durchs Fenster hebt ihr ich glaube Negligé, sein Gesicht ruht schnurrbärtig auf ihrem Gesicht, er, mit sauersüßem Lächeln funkelnden Augen die Pistole schüttelnd, Du Dirne oder Du Hure, Händeringen Flehen um Erbarmen auf den Knien seine Beine umklammernd, sie, Verzeihung Entschuldigung Vergebung, aber er, nichts, kalt starr stumm mit abgewendetem Gesicht zusammengepreßten Lippen den Zylinder abnehmend, nichts, dreimal dünne Schüsse. Vor dem Fenster, namentlich im Park, herrscht Stockfinsternis, der Mond bricht plötzlich durch die Umhüllung der Wolken und bescheint diese haarsträubende Szene, die am Rand pulvergeschwärzten Einschüsse, die gebrochenen Augen, den verdreht mit schamlos ausgespreizten Beinen auf dem Bett liegenden Körper. Er, der Herr im Zylinder, hat sich durch sein im Wind Stehen, lange stumm vielleicht nachdenklich, das heißt über das was geschehen ist nachdenkend, die rauchende Mündung der Pistole gesenkt, ein hartnäckiges Halsleiden zugezogen, so daß er einen Arzt aufsuchen wird, der ihm ein Mittel warum nicht verschreiben wird gegen Katarrh undsoweiter. Es ist zu Ende, sagen jetzt seine Lippen unter dem Zylinder, darauf, in den abschließenden Bildern, eine Folge von Hustenstößen, Ausschneuzen, darauf das Herumschlingen des Seidenschals um den Hals. Ich höre das Schwirren Brummen der Fliegen, die gegen mein Gesicht schlagen, das Klatschen Knallen, mit dem sie gegen die Wand schlagen, das Wirtschaften meiner Frau mit Kesseln Töpfen, das Nagen Knappern am Boden, in der Nähe meiner Füße, das Kratzen Kriechen an der Wand. Nach einer langen Zeit, über Erdaufschüttungen hinüber, Strünke Gestrüpp hinauf, Zotten Flechten herab, herum um Krümmungen, hinein in die Schwärze von Winkeln und Nischen, zwischen Schrubbern Eimern Lappen mit den Gerüchen von Bohnerwachs Terpentin, glatt weich etwas wie Haut in der Hand, etwas wie Finger Beine einen Leib unter einem Schleier ein Gesicht einen Haarschopf in der Hand, etwas wie Blut in der Hand mit einem Geruch von Blut, um einen neuen Knick, ein Eindringen in etwas wie ein Gebüsch, ein Aufflattern wie von Vögeln, ein Kreischen Herumschwirren, Geräusche Gerüche die ich beschrieben habe und nach einer langen Zeit, die im Gehen vergangen ist, sehe ich plötzlich trübe Lichtschwaden einfallen, durch ein von Drahtnetzen durchzogenes Milchglasfenster, ich erkenne die Umrisse eines Regals mit zapfenartigen Auswüchsen, herabwallenden Behängen, vollgestellt mit Einmachgläsern, magisch strahlend in einem weißbläulichen Glanz. In Weingeist eingelegt schillern spiralig eingerollte ausgeblichene Schlangen, bärtige glotzäugige Fische, eidechsenartige Tiere von verblaßter blaugrüner Färbung, am Bauch safrangelb verwaschen mit einem äußeren Überzug von Schindelschuppen, Tiere, in der Natur auf bebuschten sonnigen Abhängen anzutreffen, mit helmartigen Aufsätzen, aus den Schnauzenspitzen heraushängenden wurmförmigen Zungen, olivgrün in einem Zustand der Ruhe und Behaglichkeit, wechselnd von Strohgelb über Hellgrün Violett zu Dunkelblau bis Rußschwarz den Verhältnissen entsprechend Schwarz bei Schmerz oder Schreck jetzt aber käsig, mit krustigen Hökkern Kehlsäcken Wickelschwänzen schröpfköpfigen Polstern unter den Zehen den Umständen angepaßt. Ihre lidlosen reglosen Augen starren mich durch das Wachsblumendickicht an und in diesem Augenblick, durch eine ich weiß nicht vielleicht rasch ausgeführte Bewegung oder vielleicht ohne mein Zutun, löst sich knisternd ja knisternd ein Mörtelfladen von der Wand und stürzt krachend zu Boden. Danach liegt dieser Gang für einen kurzen Zeitraum in Stille, das Wirtschaften meiner Frau in der Küche bricht ab, das Nagen Knappern am Boden verstummt, es ist still, und in einem Zustand äußerster Ruhe entdecke ich, unter herabhängenden Tapetenfetzen, von Bohnerbesen Fransenbesen umstellt, eine der Türen, die ich gesucht habe, an die ich mich erinnere, ich öffne sie langsam knarrend, in einem länglichen düsteren Raum hockt eine Gestalt wie eine Statue starr, die mit einem Mal hochschnellt, eine Bewegung wie Hosehochziehen vollführt, alles in Umrissen, ungewiß, eine Stimme schreit etwas und ich schlage die Tür wieder zu. Das ist das Zeichen für den Neubeginn eines aus vielen Geräuschen zusammengesetzten Geräuschs, in dem meine Frau die Worte Was ist passiert herausstößt, ich etwas wie Achtung oder Vorsicht ausstoße, in der Ferne mit einem deutlichen Schlag eine Tür zufällt, das wäßrige Geräusch einer Spülung aufrauscht, ein Kübel umstürzt, dessen Inhalt davonhuscht davonrollt davonkriecht. Die Verrichtungen meiner Frau dringen wieder aus der Küche; sie muß neben dem Tisch stehen, später neben dem Küchenschrank, dem sie die Schubladen öffnet, noch später an der Stelle, wo der Herd ist. Ich höre sie hantieren, es müssen Kleinigkeiten sein, die sie rückt und niedersetzt zudeckt umrührt und klopft putzt und schabt schneidet schält schüttet. Fürchte dich nicht, ruft meine Frau, sie macht sich bemerkbar durch Küchengeräusche, ihre Stimme muß den Umweg über die Stube nehmen, bis sie mich im Gang trifft, während meine Stimme, als sie antwortet, ich habe keine Furcht, denselben Umweg zurück über die Stube nehmen muß. Durch die Umwege verlieren die Stimmen an Genauigkeit und es ist vielleicht Rühre dich nicht, was sie mir zuruft, oder Störe mich nicht. Auch ihre Handhabungen verlieren mit der Zeit ihre Genauigkeit, ich höre ein Klatschen Stampfen Rasseln Schütten Scheppern, doch ich will nicht beschwören, daß es wirklich ein Klatschen Stampfen Rasseln Schütten Scheppern ist. Nach einer Zeit verstopft mit dem was ich beschrieben habe, einem Weg gärend voller Moder Fäulnis Verwitterung, verworren in einer langbärtigen Dunkelheit mit vorgestellten Farben unerwarteten Hindernissen, mit vorsichtig gesetzten Schritten, mit Wendungen Verdrehungen Verrenkungen aufgefangenen Stürzen, nach Abschweifungen Verirrungen, stoße ich mit den vorgestreckten Handflächen an eine Türfüllung, fühle die rissige aufgesprungene Lackierung, drücke auf die pfotenförmige Klinke und stehe im Lichtschwall des Treppenhauses. Während mich der Treppenhauslärm umgibt, aufklappende und zuklappende Türen blechernes Scheppern, laufe ich, mit dem Hut in der Hand, das leicht geschwungene Geländer hinabstreifend, dahin, an einem schönen Tag, unter dem wolkenflockigen sanft aufgezogenen Himmel trete ich aus der Tür, schwebe auf einem schönen milde gebogenen Weg in den Horizont hinein, trete ich aus der Tür, unter dem verschnörkelten Bogen hervor mit einem hingeworfenen Guten Tag, rechts der Gruß eines Nachbarn, schwinge ich mich die Treppe hinab, lasse etwas wie ein Lachen aufschallen, etwas das mich etwas schüttelt, in einer Luft, die von Gerüchen Geräuschen Bewegungen erfüllt ist, lasse ich mich dahintreiben unter dem rot gefütterten Himmel nach Weischwitz, in einer Aufeinanderfolge von Ortsnamen, Tauschwitz Munschwitz Döschnitz oder in anderer Reihenfolge Remschütz Reschwitz Röblitz Breternitz Obernitz ununterbrochen oder mit kurzen Aufenthalten Könitz Köditz Gölitz Gosswitz zusammen mit meinen Erinnerungen Kolkwitz Presswitz Leutnitz Beulwitz schließlich nach S oder in anderer Reihenfolge nach S in dieser oder ich weiß nicht in anderer Reihenfolge.

Rechts von mir von meinen Handlungen und vom Weiterrükken der Schüssel liegt das nackte glatte Rechteck des Fensters, durch das ich ein Stück Landschaft, ihre Kahlheit unter dem geröteten Himmel sehe. Jemand, vielleicht mein Nachbar oder Nebenmann, hatte diese Worte gesagt, Niemand will aus einer Pfütze trinken oder Niemand will aus einer Mütze trinken. Natürlich nicht, sagte ich in die Weiterbewegung der Schüssel hinein, ich erkenne die blattlose Struppigkeit der Bäume, die mageren Telegraphenstangen mit ihren durch das Bild hängenden Drahtfäden, lange aufgerissene Plankenzäune Bretterwände, die Windschiefe der Wellblechhütten, aus denen kleine nach oben gerichtete Ofenrohre ragen, die schmalen offenstehenden Aborte, hölzern breitfugig, mit dunklen runden Sitzlöchern. Ich verstehe nicht, sagt mein Nebenmann, wobei er mir mit zwischen den Bissen hervorgedrückten Worten Mütze Pfütze Grütze Brühe Mühe Würze Schürze die Schüssel reicht. Natürlich nicht. Ich sehe in der Schüsselöffnung nicht die Klöße, die ich erwartet habe, sondern wolkige Fischsuppe, von der, während ich meinen Teller vollschöpfe, ein stechender Geruch ausgeht. Dieses vom Fensterkreuz vierfach geteilte Bild, die braunbrockige Erdlandschaft, vielleicht Lößboden, umgegraben abgepflückt, nein heller, vielleicht Lehmboden, setzt sich nach unten in Art eines feuchten Hinterhofs fort. Das Sichtbare im unteren Teil des Bildes ist das Folgende: vor einer Backsteinwand, wenn ich mich ein Stück aufrichte, eine Reihe rostfarbener Kübel, neben den Kübeln, ich sehe drei, die Deckel von aufquellendem Unrat hochgedrückt, eine rotweißgestreifte Matratze, aus deren aufgewulstetem Schlitz zottiges Seegras wächst, neben der Matratze, die etwas frauenweich behaart Ausgestrecktes hat, ein Stapel grauer verzogener Bretter. Dazwischen, in der Lichtlosigkeit und Nässe dieses Schauplatzes, bewegt sich scharrend schnüffelnd ein Hund, scheuert sich, verkrümmt vielleicht wimmernd, an den Kanten der Bretter und versinkt nun lautlos spreizbeinig auf den Hinterpfoten zitternd mit heraushängender rosiger Zunge in einer wie es den Anschein hat außerordentlichen den ganzen Körper niederdrückenden stumm zusammenpressenden Anstrengung. Dieser Vorgang liegt wie unter einem geräuschdämpfenden Glassturz, der plötzlich vom Anprall eines schwarzen Vogelkeils zersplittert, der Hund springt mit einem überhündischen Satz empor und aus dem Bild hinaus. Die der Reihenfolge entsprechende Handlung, jedenfalls die geringste oder die ich weiß nicht nach allem vielleicht nahe liegendste wäre jetzt, meinen Löffel zu nehmen und mit der Suppe zu beginnen.

Ja ich rieche den Geruch von staubüberkrusteten Rindern, den Geruch von frischgefallenem Dung, ich höre das saugende Geräusch saufender über den Brunnenrand geneigter Ochsen, das Klatschen von Stockhieben auf den trockenen Häuten, ich sehe die abgegriffenen Schildmützen abgekauten Stummelpfeifen der Treiber, die ihre Stöcke schwingen und höre das dumpfe klagende Brummen der von der einen auf die andere Seite schwankenden Tiere, das Hinabklatschen von Dung, das Knarren der Räder und das Quietschen der Achsen mit klappernden Milchkannen oder festgepreßtem dunklem Dung beladener Leiterwagen, das Klirren am Boden schleifender Ketten. Ich sehe die fleckigen von Äderungen durchzogenen Häute an mir vorbeiziehen, die bequasteten Schwanzstränge die stumpf eingebogenen Hörner die langgestreckten aufglotzenden Köpfe die nassen tropfenden Schnauzen, hintereinandergedrängt vorwärtsbrummend unter Peitschenhieben Stockprügeln Knüppelschlägen auf Rindernasen Rinderrücken, hinstürzend, das volle glatte Euter einen Augenblick gegen das Pflaster pressend, wieder aufspringend mit Hornstößen weitertrottend mit schwankenden Bauchtrommeln vierzitzigen Eutern schaukelnd. Das dumpfe Geräusch ihrer Hufe, das dünne Geräusch der Peitschen, das Läuten der Kuhglocken, das geschlungene U aus den Schnauzen hinaufbrüllend, das gespitzte I aus dem Mund der Frauen, die aufkreischend röckeraffend zur Seite springen, das gedehnte E aus dem Mund der Treiber, ihre dünnen weißen wie Würmer gekrümmten Peitschenhiebe, das Aufspritzen des Pfützenwassers, durch das die Tiere stampfen auf dieser zertretenen Straße, oder das Aufsteigen von Staubschwaden. Ich sehe diesen wie in einem schon am Morgen oder am Vorabend begonnenen die ganze Nacht über andauernden Kampf begriffenen, wie in eine langwierige Auseinandersetzung verwickelten Zug vorbeiziehen, an den schieferschuppigen Häusern, und meine Erinnerung, die im Gedächtnis verschütteten Bilder, freistampfen, Bilder, auf denen ich zu sehen bin, ebenfalls, wie in diesem Augenblick, gehend und in einer Gegend wie dieser gehend, mit den gleichen Eindrükken, die ich beschrieben habe, verblichene stockfleckige Bilder, die noch eine zweite Person zeigen, hinter mir, neben mir, mit ununterbrochen geöffnetem Mund, redend rauchend erklärend, auf einer Straße wie dieser mit Gebärden mit vielleicht nur zum Schein vollführten nur um eines guten Eindrucks willen vorgenommenen Gebärden, an einem Abend wie diesem, mit einem Aufschallen von Geräuschen, Aufsteigen von Staubschwaden, Bilder, in denen Bäckergesellen erscheinen, Brote tragend, Metzger in blutbespritzten Schürzen und Fleisch auf den Schultern, Hälften von Schweinen von Rindern von Hammeln, die Rippen tropfend, die Würste wie Kränze um den Hals gehängt, in Trögen schleppend die Fleischlappen, die Kuddeln, die Spitzbeine, Metzger im Rot ihrer Schürzen und Köche mit dem Weiß ihrer Mützen hoch auf den Köpfen, Bilder mit Fischen zuckend in Körben auf den Tischen in Zubern Weißfische Gichtfische Schleimfische Butterfische Peitschenfische vierfingrige Fingerfische Schnäpperfische Betrügerfische Kahlbäuche Pfeifenfische Hochschauer, mit dicken Wangen den Blick nach oben gerichtet Sternseher oder Hochschauer ruhig im Schlamm liegend, Fahnenfische Schellfische, mit geöffnetem Mund übereinandergekrochen mit aufgerissenem Leib aus dem die Fischblasen kommen mit aufgerissenen Kiemen Schollen und Dorsche, Schratze und Barsche, Welse und Hechte gefräßig mit offenem Maul, Flundern Schuster und Butte, Karpfen gemächlich schnappend und Atem holend, Barben atmend mit geöffnetem Mund und dunklen Augen, Aale in Bewegung langsam übereinander große alte Fische in Windungen stromauf schwimmend mit der Natur alter Fische und der Bewegung alter Fische, Rochen in Wannen und Schüsseln, das Wasser teilend, mit wehenden Flossen die Heringe, den Kopf bedeckt mit großen Schuppen, geöffnetem Mund mit bürstenförmigen Zähnen, Plötzen Pleintzen, die Flossen fächelnd wedelnd schlingernd, Trommler Trommler, die mit Blut gefüllten roten Kiemen, Grundeln Plieten Zopen Schwopen, sich krümmend den Kopf hebend den Mund öffnend, Spitzer Plinken Plinten Rapfen Mülpen Gösen, verschlungen wie im Schlaf die Kiemen öffnend und schließend, barschartige Fische beim Weiterziehen ein Geräusch wie ein Brüllen ein Grunzen ein Knurren ausstoßend und ebenso ein zischendes Geräusch beim Ausstoßen der Luft, begleitet vom Trommeln einer Art Trommeln der danach benannten Trommler oder Trommelfische, die weißen Unterleiber mit den flatternden wehenden Bewegungen der Flossen, Rodden Schnutten Schmerlen Sprotten Huchen Stinte Zander Köche, zum Nutzen und Schaden alle Vorstellungen übertreffend, Schlammbeißer mit aufgeklapptem Mund, zuckend Luft einsaugend, mit beweglichen Kiemen, Kürbiskernbarsche, die Wangen orange mit blauen Wellenlinien, Plattfische kenntlich an der spitzen geöffneten Schnauze Atem holend nebeneinander, wobei der Kopf des einen neben dem Schwanz des nächsten liegt, Lippfische, mit der ganzen Schönheit ihrer von Schuppen bedeckten Oberfläche der Körper, mit der Pracht ihrer Farben, vorkommend in Spalten und Ritzen, liegend auf den Tischen in den Körben, Lippfische durch Farbenpracht ausgezeichnet, mit dicken fleischigen Lippen und kegelförmigen Kieferzähnen nebeneinander, die Köche oder Lippfische in den Körben der Köche, mit der langsamen Bewegung ihrer Flossen die Köche oder Lippfische und mit aufgesperrten Lippen schnappend nach Luft, mit kegelförmigen Kieferzähnen nebeneinander, Schratze Rotzbarsche Fogosche Ohrenfische mit kurzem Atem die ungeselligen Ohrenfische in ihrer Heimat zwanzig Zentimeter lang mit dem Schwanz eine Grube im Sand herstellend eine schüsselförmige Vertiefung in den Körben der Köche zitternd und den Mund aufreißend Luft schnappend die Ohrenfische zukkend und mit dem Schwanz schlagend, Maulfische ihre Jungen aus dem Maul herausblasend wie den Dampf eines Rauchers der die Zigarre ansetzt und nun bläst nach der Nacht am Morgen ihre Jungen aus der Mundhöhle blasend, Schrollen Schützenfische Dickfische dick der Mund richtet sich nach oben, Dickfische mit kurzem Leben, mit der Vorliebe für die oberen Wasserschichten, Mundfische mit geöffnetem Mund, von gedrungenem Leibsbau, geöffnetem Mund, plötzlich auftauchend einige Zeit atmend, nach Luft schnappend, Kofferfische, der ganze Körper wie in ernster Würde erstarrt doch der Mund zum Atmen geöffnet.

Abgewendet vom Bild des Fensters zu meiner Rechten, nehme ich den Löffel vom Tisch, tauche ihn in die vor mir dampfende Suppe, führe ihn vorsichtig, wobei allerdings Tropfen der Suppe in den Teller zurückklatschen, vor den Mund und blase in die Löffelmulde, kippe ihn in den Mund und führe ihn, während ein scharfer fischiger Geschmack bis zum Hinabschlucken der Suppe und noch länger in meinem Mund bleibt, wieder zum Teller. Eine Folge der gleichen Handlungen schließt sich an, immer wieder mit einem ich weiß nicht scharfen oder eigentlich gar nicht scharfen sondern eher süßlichen vielleicht süßlichscharfen Geschmack fischigen Geschmack im Mund nun ja verbunden. Während ich diese Handlungen ausführe, wende ich mich zum Fenster, das links neben mir liegt und das, im Gegensatz zur Nacktheit des Fensters zu meiner Rechten, zu beiden Seiten von einem schweren rotsamtenen von Schlaufen gerafften Vorhang weich bekleidet ist. Das Bild das ich sehe zeigt das Fenster eines gegenüberliegenden Hauses, dunkle unbekannte Bewegungen wie von menschlichen Körpern dahinter. Ich sehe neben diesem von einem Bogen überwölbten Fenster andere Fenster in Reihen nebeneinander und übereinander rechteckig eingelassen in eine breite knorpelige Fassade, mein Auge wandert von dem zuerst erblickten Fenster, einem Fenster in einer oberen, wenn auch nicht der obersten Etage, die Vorderfront dieses Hauses hinab, es trifft auf Erker Giebel Gesimse und Balkone, auf nackte Figuren, die diese Balkone tragen und auf den Brüstungen anderer darunterliegender Balkone stehen, weiter hinunter über Konsolen Stuckrosetten und Stuckgirlanden, wieder Fenster, wieder Balkone mit schmiedeeisernen Gittern mit dolchähnlichen Spitzen, über Fenster zu einem Portal, an dem ich Stuckranken und Stuckköpfe Stuckblumen und Stuckkränze erkenne und diesen ganzen Weg zurück über Fenster, über ihre Spiegelungen und ihre dahinter vollzogenen Handlungen, über figurengetragene und figurentragende Balkone, über Fenster bis zum Dach, das einen turmähnlichen Ausbau trägt, auf dessen oberster Spitze, zugleich der obersten Spitze des ganzen Gebäudes, schwarz mit den Flügeln schlagend eine große Krähe hockt. Danach und nach den zur gleichen Zeit vorgenommenen Handlungen des Essens, die ich beschrieben habe, hebe ich den Teller von hinten nach vorn, kratze mit dem Löffel den Rest der Suppe zusammen und führe ihn zum letzten Mal zum Mund, schmecke zum letzten Mal etwas Scharfes oder Süßliches, im Gegenteil, weder Scharfes noch Süßliches, vielmehr Mehliges Geschmackloses, lecke den Löffel ab und lege ihn neben den Teller auf den Tisch, der vor mir aufsteigt und in einer plötzlichen Wendung im Hintergrund ins Dunkle hineinspringt.

Es sind langgezogene grobe dickplattige Tische, an denen ich vorbeikomme, feucht, mit wäßrigen Blutpfützen, eingekerbt und aufgerissen, mit flachen Wannen, in denen ich ineinander verschlungene Bewegungen erkenne, langsames kraftloses Anheben, Aufblasen und Zusammensinken, mattes ersterbendes Schlingern, schraubenförmiges Weiterkriechen, weiches Wedeln und Fächeln, rundlippiges Aufschnappen Aufsperren, kaltes glitschiges Krümmen Hinabgleiten, sämiges Ausscheiden Herausdrücken Hervorquellen. Es ist das Atemholen der Fische, das Vorwärtskriechen der Fische, die Bewegung der Kiemen, das Aufschlagen der Schwanzflossen, das Aufklatschen der Fischkörper, die hochgehoben in der Hand gewogen und geprüft werden und dann zurück in die Wannen fallen. Die Knoten der Aale, die Haufen der Karpfen in diesem Bild, das Zucken Zappeln Schnappen, das Herabrinnen des Blutes, das Abtropfen des Wassers, das Hineingreifen der Köche in die Wannen mit Fischen auf den Tischen, das Prüfen Wägen Betasten Beriechen der Fische, das Hinabfallen der Fischkörper in die Körbe der Köche, das Kreischen Feilschen Kichern der Fischfrauen, das Brummen Schnalzen Pfeifen der Köche, das Geräusch der Schwanzflossen, trommelnd klatschend klopfend, das Emporheben des Körpers dicht hinter dem Kopf, das Emporheben des Messers, das Hinabfallen des Messers, das Klatschen Klopfen der Schläge des Messers auf dem Kopf, das Eindringen des Messers in den Körper, das Aufschlitzen des Leibes vom Kopf bis zum Schwanz, das Eindringen der Finger in den Leib, das Schmatzen beim Herauslösen der Eingeweide, das Klatschen mit dem die Eingeweide in den Eimer fallen, das Knirschen mit dem sich die Haut beim Abhäuten vom Körper löst, das Abtropfen des Blutes, das Herabrinnen des Wassers, die blaßroten Blutpfützen auf den Tischen, die Eimer mit dem blau- und grünschimmernden Geschlinge der Innereien, den schuppigen Häuten, ausgestochenen Augen, ausgeschnittenen Kiemen, die langsamen träumerischen Bewegungen der Fischknäuel, bei denen die wedelnden sich drehenden später toten und aufgeschlitzten abgespülten Körper ineinanderkriechen sich ineinandergraben mit einem harten Schlauchstrahl auseinandergespritzt werden oder mit den Händen schmatzend herausgerissen werden, Körper die sich festsaugen und fortschwimmen wollen auf einer nassen Tischplatte oder vielleicht zwischen den Brettfugen, die ergriffen, mit Messerschlägen betäubt und aufgeschnitten werden. Aus den klaffenden Bauchschnitten tröpfelt das Blut, hängen die wurmdünnen Därme, tritt körniger Rochen, die feuchten Fischfrauenhände legen die Fischkörper platt auf den Tisch, halten sie an den Schwänzen und schürfen mit Fischschuppern vom Schwanz aus in Richtung des Kopfes die Schuppen herunter, nehmen die Messer und machen auf beiden Seiten des Rückgrates vom Kopf bis zum Schwanz tiefe Schnitte, stechen die Messer vom Bauch aus dicht am Kopf mit der Schneide dem Schwanz zugerichtet hindurch und schneiden am Rückgrat entlang bis zum Schwanz das Fischfleisch herunter, lösen die Bauchgräten behutsam heraus und wickeln das Fleisch in Zeitungspapier, an dem Blutwasserflecke erscheinen und auslaufen, sie nehmen die Aale hinter dem Kopf, schlagen sie mit dem Rücken des Messers auf den Kopf, schneiden ihn ab, während der Körper sich windet und fortgleiten will und hinausschwimmen will, kopflos, schneiden ihn ab und den übrigen Körper in kleine Portionen und ziehen und reißen die Därme heraus oder spießen die Aale, nachdem sie geschlagen sind, mit spitzen Messern oder Nägeln auf der Seite liegend durch den Kopf auf den Brettern und Tischen fest, schlitzen die Bäuche auf und nehmen, während die Fische weg und davon schwimmen, den kalten ich weiß nicht den warmen Inhalt heraus, mit raschen ruckartigen Bewegungen. Diese durch Streichnetze Stellnetze Angeln und Haken gefangenen Fische haben, so höre ich, die Kennzeichen gut erhaltener Fische, geeignet zum Backen und Dünsten Kochen Räuchern Salzen und Bläuen, es sind, höre ich, Fische von mittlerer Größe, schmackhaft und leichter verdaulich als Fische von höherem Alter mit grobfaserigem tranigem Fleisch, vielmehr nahrhaft, so höre ich, nahrhaft bekömmlich ohne schlammigen Geschmack mit frisch gestochenen Augen, gespült gespalten gesäubert. Ein süßer aasiger Geruch durchzieht dieses Bild, an dem ich vorbeikomme, hinter mir, in diesem von Köpfen und Körpern vollgestopften Ausschnitt der Straße, taucht die Wölbung eines Hutes auf und nähert sich mir, es mag Wobsers Hut sein, mein Guter, sagt Wobser, wobei sich die Wölbung seines Hutes nach oben hebt, auch ich sage mein Guter, er sagt, ich wende ein, doch da antwortet er, meine Rede ist dann, und er entgegnet darauf, ich füge hinzu. Die Worte, meine Worte an diesem Tag, seine Worte, das Herabklatschen der Messer, das Herausreißen der Därme, sein Hut treibt hinter mir, kreisend schwebend schwingend. Er sagt. Ich sage. Diese Geräusche beschäftigen mich für eine Zeit. Er sagt. Ich sage. Ich weiß nicht, etwas schleppt er mit geöffnetem Mund vor sich her, etwas Kleines aber dennoch wahrscheinlich Schweres, denn er schleppt es, aber nun schwingt er es und schüttelt er es, also nichts Schweres, wohl aber Kleines, Dampfendes, das, schon zu Anfang klein, immer noch kleiner wird. Einmal wird er mich eingeholt haben, ich weiß nicht, ich stelle mir vor, wie es sein wird. Diese Berührung, die Bewegung, mit der er mich anhält, das Knistern des Stoffes in seiner Hand, das Geräusch des Reißens, mit dem der Stoff gerissen wird, das Keuchen, das, wie ich mich von ihm losmachen will, aus meinem Mund dringt, die gewechselten Worte, seine Worte in hoher Tonlage, meine Worte in weniger hoher aber nicht tiefer Tonlage, seine Worte wie mein Guter, meine Worte, antwortend, wobei ich ihm den Kopf zuwende, mein Guter, und alle danach kommenden Bewegungen und Geräusche, wie den Hut ergreifen, den Hut heben, den Hut senken, wie Nicken, Schütteln, Klopfen, Klatschen, seine Redeströme und alle darauf folgenden Handlungen nebeneinander, hintereinander, die begleitet werden von anderen Geräuschen. Und während mich diese Vorstellung noch ausfüllt, während ich das Einschlagen der Nägel höre, die durch die Köpfe dringen, während ich das Knirschen der Messer höre, die die Fischbäuche aufreißen, das Kratzen der Schupper, die über die Fischhäute schürfen, sehe ich etwas aus der Öffnung einer Wanne in die Luft steigen, sich in der Luft krümmen und klatschend wieder herabkommen, von neuem aufsteigen, über die Kochmützen hinaus, allen nach ihm greifenden Händen entwischend, denen der Fischfrauen, denen der Köche, die ihre Schürzen weit aufhalten, sehe ich etwas Fischköpfiges Fischschwänziges glitzernd sich in die Luft heben, steigen und steigen und hineinschwimmen in die wäßrige Bläue in die vorüberziehenden Wolken, höre ich im Weitergehen das Geschrei der Köche, das Kreischen der Fischfrauen und sehe von Fall zu Fall die Rundung seines Hutes schwarz erscheinen von Rübenform.

Nun wieder nach rechts sehen, die Erdlandschaft Hüttenlandschaft Hoflandschaft vor einem durch das Abendrot gefärbten Berghintergrund. Nun wieder nach links sehen, das Bild des gegenüberliegenden Hauses mit in diesem Augenblick sich aus den Fenstern, über die Balkone beugenden Frauen. Wieder nach rechts sehen, die einsetzenden Bewegungen gestiefelter bemützter rucksacktragender Männer vom Bildrand her hin zur Mitte des Bildes. Wieder nach links sehen, die vorbeischießenden Körper der Fußgänger mit den schwarzen Hutbeulen vom gegenüberliegenden Haus zum darauffolgenden Haus, wobei sie an einer zwischen beiden Häusern klaffenden Hauslücke vorüberkommen. Nach rechts sehen, dort das Eindringen der Männer in die Hütten, das Öffnen der Vorhängeschlösser, das Zurückschieben der Riegel, das Verschwinden, wobei sie die Türen aufknicken und hinter sich wieder zuknicken. Nach links sehen, dort erst das Bild eines kleinen hügeligen unkrautüberwachsenen Geländes, mit Backsteinbrocken Ziegelstücken Balkenstummeln, darauf das Bild einer Wand, an der noch Reste des vor Zeiten vielleicht vorhandenen nun verschwundenen Hauses kleben, vorstellbar mit einer den beiden sichtbar danebenstehenden Häusern entsprechenden Fassade. Nach links, hier das Wiedererscheinen der Männer in den Hüttentüren, das Heraustreten mit Hacken Schaufeln Sägen Beilen der Männer, die sich nun in alle Richtungen des Bildes hin auf Arbeitsstellen zu bewegen, an denen sie bücklings hacken schaufeln sägen spalten werden, sich in ineinanderfressende Handlungen beugen werden, eine Bewegung an die andere schrauben werden, schweißabwischend naseausschneuzend, mit der Daumenkuppe das eine Nasenloch verdecken rutsch aus dem anderen Nasenloch den Schleim blasen werden. Nach rechts, hier das Hineingeraten in die Einzelheiten des Bildes, die Abdrücke der verschwundenen Wohnungen, die Küchenkacheln, Anschlüsse der Wasserbecken, Rohrbündel, Wandleisten, die fettigen Tapetenreste, die alten Geländer Treppenabsätze, die zerschrammte verrußte klebengebliebene Haut eines verschwundenen wenn auch vorstellbaren Gebäudekörpers, zurückgeblieben sind die Spuren einer vorübergehenden Anwesenheit von Personen, die Wasserhähne aufdrehten, um ihre gelben halbentblößten Körper zu waschen, die sich über Waschbecken beugten oder an Geländern die Treppe hinabtappten oder ihre Hinterköpfe an die Tapeten drückten und die ich weiß nicht vielleicht plötzlich aufgesprungen waren, weil der Boden unter ihnen plötzlich sich

ich weiß nicht zu bewegen begann, knisterte knackte und barst aufriß, die Möbel umstürzten, das Geschirr zersplitterte, das Licht verlosch und alles in Qualm und Dunst versank.

Dies ist das erste Bild, das ich von ihm habe, sein durch Rundungen und Wölbungen ausgedehnter Körper bewegt sich schwankend, einen weichen knolligen Schatten vor sich hertreibend, vom Zigarrendunst blau umwölkt, hutschwingend die Straße entlang, einer leicht geschwungenen aufgeplatzten von Pferdemist bebrockten Straße, von in diesem Bild wehenden Baumreihen zu beiden Seiten eingefaßt. Die Sonne fällt von Westen in dieses Bild ein, es ist Abend. Sein schwerer schwarzer Körper stapft hinter mir her, ich sehe, im Umwenden, wie in seiner runden Gesichtsfläche durch das Öffnen des Mundes ein schwarzes wie hineingeschnittenes Loch entstanden ist, etwas wie Schatten, vielleicht Blattschatten schwimmen über ihn hinweg, über sein Gesicht, das sich, immer mit geöffnetem Mund, wahrscheinlich redend, bald in der Vorderansicht, bald in der Seitenansicht zeigt. Weit im Hintergrund sinkt nun Weischwitz hinter den Horizont hinab, die Dachkuppen und Schornsteine versinken und vor mir, in einer Entfernung, die Schritt um Schritt zusammenschrumpft, wächst eine neue Ortschaft, vielleicht Tauschwitz Munschwitz, ich weiß nicht, Reschwitz, in die Höhe, ich erkenne die kleinen in die warme Brühe des Abendrots getauchten Häuserbrocken. Mein Guter, höre ich Wobser hinter mir rufen, was mag er wollen, ich stelle mir vor, während ich meine Schritte beschleunige, wie er mit einem aus der Tasche gegrabenen Tuch sich das Gesicht wischt, stehenbleibt und, infolge der Geschwindigkeit seines Gehens keuchend, ruft und die Arme schwenkt. Mein Guter, höre ich, erinnern Sie sich, höre ich, Sie haben es nicht vergessen, höre ich, hören Sie doch, höre ich, dieser Abend, die Ereignisse dieses Abends, höre ich, doch im Weitergehen bleiben seine Worte, die mich in eine ferne und, ich weiß nicht, in meinem Kopf erloschene Vergangenheit zurückdrücken wollen, zurück, brechen ab, vom Aufkreischen der Krähen zerrissen, die eine Weile in dichten dunklen Wolken über uns hintrieben und plötzlich wie in einem Zerknall nach allen Seiten auseinanderspritzen. Ein Körper von einer Art Eigenbewegung wandelt, hinter mir, auf der Grenzlinie zwischen Erde und Himmel und ragt mit seinen geschüttelten Armen in das Weiß oder vielmehr Rot nämlich Abendrot des Himmels hinein, ebenso wie die buschigen Bäume am Straßenrand. Es ist also eine flach ausgestreckte und wie ich sehe auch weit ausgestreckte Landschaft, ein Bild, in dem sich nun das abspielt, ich wüßte nichts, nichts, es spielt sich nichts ab, bis auf die ununterbrochenen mit großer Heftigkeit mit Nachdruck ausgeführten Bewegungen dieser Gestalt, die sich aufgestellt hat, man muß sich vorstellen, mit einem, nichts, man muß sich gar nichts vorstellen, ich weiß. Ich weiß nicht, es wäre einer Überlegung wert, doch jetzt, was ist das. Wenn man mich fragte vielleicht ein Geruch nach Gebackenem, in den ich hineingehe, ich wende mich noch einmal um, die Baumschatten, sein geblähter beim Gehen wehender Mantel. Wenn man mich fragte, aber wer sollte fragen, er meinetwegen könnte fragen, angenommen er hätte mich eingeholt, gut, wenn er mich fragte, nach Dingen, nach denen er gewöhnlich, ich weiß nicht, wenn er mich trifft und, ja, er könnte etwa, vielleicht wäre folgendes, ja. Gott wenn ihm die Zigarre aus dem Mund fiele, beispielsweise, und er bückte sich, das ist ein Beispiel, er bückte sich und sagte dabei, wie sagte er, Wo es naß da tropft etwas, oder Vor beginnen erst besinnen, oder Leck mich, andererseits sind das natürliche Redeblumen, die nichts heißen wollen, also nichts. Er wird vielmehr nach den üblichen einleitenden Begrüßungen das übliche andere fragen, also Geschlecht Alter Verheiratung Beschäftigung etwaige Gebrechen Statur Sprache Haar Gesichtsfarbe Nase Mund Augen Ohren Kinn Hände Haut Verdauung Husten Atem Zähne Gesichtsform Temperament geistige Funktion Schrittweite Raucher, das übliche, und wird dann, wenn ich, freilich nur zum Schein, auf seine Fragen eingehe, die er mit aufgehobenem Finger vorträgt, um die Wichtigkeit des Gefragten anzudeuten, in das übliche Gelächter ausbrechen. Mein Guter, Sie sind wieder hereingefallen und so weiter. Ja ich erinnere mich, Guten Morgen, Guten Tag, Guten Abend, Wie befinden Sie sich, Was für ein Vergnügen und so weiter, Leben Sie wohl, Auf Wiedersehen, Empfehlen Sie mich Ihrer Frau, Bitte grüßen Sie Ihren Vater. Ein leichter warmer Händedruck, nicht etwa derb und kräftig, auch nicht lau oder lässig, die goldene Mitte, allerdings von einer gewissen Feuchtigkeit, das Hutabnehmen, die Verbeugungen, seine Hinweise auf ein gewisses Benehmen, während meine Hand in seine Hand schlüpft, in das Gespräch oder in seine Erzählungen eingeflickt, etwa Bewahren Sie alles so auf, daß Sie es auch bei Dunkelheit auffinden können. Also, das saugende Geräusch seiner Lippen, wenn sie sich um die Zigarre schließen, rauchausblasend, wenn ich das noch hinzufügen darf. Und ich, Nein. Und er, Also Sie müssen bedenken daß. Und ich, Nein. Und er, Also gut wir wollen von etwas anderem. Und ich, Nein. Ich gehe durch hohes hartes scharfes wehendes Gras, ein Hindurchwaten durch etwas wie Besenborsten, während unter mir Blütendolden platzen und Samenflocken in die Luft wirbeln, ein Aufknacken in einem schwappenden Grün und Gelb, dazu etwas wie Brodeln, Knistern, ein hoher ziehender Ton, wimmelnder Ton, ein Heupferdhüpfen, ein Niederknicken Wiederaufrichten. Ich gehe an einem von Moospelzen überwachsenen Bretterzaun entlang, mit dem Kopf über dem Zaun, so daß, würde man von der anderen Seite des Zaunes mir zusehen, man nur den körperlosen Kopf treiben sähe, einen Kopf, der in die Richtung hinter den Bretterzaun blickt und eine verdorrte schwielige Fläche erkennt, Strünke mit welken schlaff herabhängenden Blättern, den Rost durchlöcherter Eimer, die versunkene leuchtende Emaillierung von Töpfen, herausgewölbt aus einer schuttigen schlackigen Erde, verkrustete Lumpenbündel, in denen noch die von der Erde halb aufgefressenen Reste von Menschen zu stecken scheinen, in hockender Haltung mit Bartflechten und zerrissenen Gesichtern, rostüberkrochene Öfen, kalt mit den Stümpfen der Rohre aus ihren türlosen Löchern glotzend, mit pfötchenartigen Füßen. Aus dieser Erde wächst etwas verkrüppelt verknüppelt Baumähnliches, etwas Zusammengeknotetes oder einfach etwas mit Hartnäckigkeit aus der Erde

Herausgezogenes Ersteiftes, behängt mit blechernen rostroten Früchten. Dahinter fällt die Landschaft in eine nicht sichtbare Tiefe hinab, über Schutthügel Zacken Schurren einen Abhang hinunter in eine Art Schlucht, unsichtbar aber vorstellbar, vielleicht von Menschen belebt, die etwas abladen oder aufladen, etwas wegwerfen oder aufheben und abputzen. An einer Stelle öffnet sich der trockene Boden röhrenartig, kurz vor dem Abhang, und scheidet eine schäumende mit faserigen Papierflocken durchsetzte Flüssigkeit aus, die in einem ich würde sagen Sickergraben den Abhang hinunterrinnt, ein dampfendes, gelegentlich stockendes träges Hinunterrinnen, ein von Mückenschwaden überschwirrtes Hinunterrinnen in ein anderes, von hier aus nicht sichtbares Bild. An dieser Stelle, am Rande des Grabens, während ich durch hohes trockenes Gras wate, erkenne ich einen Bewuchs von vielleicht Brennessel Löwenzahn Kellerhals Küchenschelle Fingerhut. Ein plötzlicher Vorgang durchschießt dieses Bild, ein Auftritt am Horizont, von der einen Seite des Bildes am Horizont entlang zur anderen Seite des Bildes und hinaus, etwas Zylinderhutschwingendes mit einem kurzen Umhang Wehendes, gefolgt von etwas ich würde sagen Polizistenähnlichem, allerdings in großer Entfernung, mit großer Geschwindigkeit, schwer zu beurteilen, etwas vielleicht nur Vorgestelltes, eine Anknüpfung an Erinnerungen, etwas ich weiß nicht, wirklich nicht, eine Verfolgung, die sobald ich sie oder noch nicht einmal das, noch bevor ich sie in allen Einzelheiten hätte sehen können, wieder verschwunden ist. Ich gehe an den Rückseiten von Häusern entlang, an einem von Schründen Schrammen nassen Flecken gemusterten Mauerwerk, an Backsteinwänden, aus deren Fugen der erstarrte Mörtel hängt. Während unter mir die harten Buckel von Pflastersteinen, die Formen trockener breitgewalzter Kuhfladen mit den Maserungen der Räder hindurchfließen, während über mir schwarze kreischende Vogelwolken zurücktreiben, kommt mir ein Geruch nach Brot in die Nase, ich rieche, wobei ich schnuppernd schnüffelnd diesen Geruch einsauge, nun Brot und sehe in weißen Schürzen und mit weißen Mützen vor dem Backofen die Bäcker sich die

Hände reiben im Warten auf das Brot, ich höre das Prasseln Knacken Knistern des Feuers, das Kreischen Quietschen Knarren der aufgehenden Backofentür, das Scharren des Schiebers, das erwartungsvolle Murmeln der Bäcker und nach dem Erscheinen, nach dem Auftauchen des Brotes, den Jubel der Bäcker, die ihre Mützen von den Köpfen nehmen und sie schwenken.

Ich kann nicht glauben, daß es, neben dem, was ich beschrieben habe, noch etwas gibt, was zu beschreiben wäre, dann wäre das das Ende meines Berichts. Aber vielleicht bliebe für das Ende, für den Abschluß dieses Berichts, noch die Beschreibung dieses vor mir einen Augenblick erstarrten Bildes, die Schilderung dieser in einem Eßvorgang steckengebliebenen Personengruppe. Ich weiß nicht, vielleicht sollte ich sie beschreiben. Wenn ich von rechts nach links vorgehe, sehe ich zuerst Schlötzer, mit einem in das Gesicht geschlitzten Mund, einem tiefen Einschnitt, vor den er die Gabel hält. Neben Schlötzer sitzt Gibser, sein Gesicht ist ein einziger vorgedrungener Mund, mit zugleich zurückfallenden Stirn- und Kinnpartien, aufgeschnappt. Kaum geöffnet ist dagegen der Mund unter der plätschrig breiten Nase des neben Gibser sitzenden Wurzer, die Gabel sticht hier wie in geschlossenes Fleisch hinein, in ein sülziges weiches Gesicht, das sich über den Teller geneigt hat und in ihn hinabtropfen will. Neben Wurzer sitzt Schutzer, ohne Gabel, einen Lappen an den Mund pressend, sichtbar sind seine lappenartig herabhängenden oder wie Schlotklappen sich klappenartig anlegenden schlappen Ohren. Neben Schutzer, vor einer Biegung des Tisches, sitzt der steif aufragende Direktor, sein zur Seite gewendetes Gesicht, der Hinterkopf zeigt eine scheibenförmig inmitten einer Haarwurst liegende Platte, ist, mit den in einer Geste eingeschlafenen Händen, auf eine ungeheure neben ihm sitzende weiße Person gerichtet, die, kolossal glatzköpfig, eine Aufschüttung teigiger grobgekneteter Formen, einem sackartigen Leib, einem halslos auf dem Leib liegenden Kopf, mit einem bartumbuschten Mund, einer küchenschnüffelnden topfguckerischen entenschnabeligen wie zum Aufschaufeln aller möglichen müllhaften und sumpfigen Abfälle und Abflüsse des Lebens geeigneten Nase, eine Art Mittelpunkt des Bildes, das ich beschreibe, darstellt. Auf der anderen Seite, ebenfalls dieser Person zugewendet, sitzt eine ähnliche, wenn auch in Umfang und Ausdruck ungleich geringfügigere Person, die, ebenso wie der Direktor auf der anderen Seite, die Arme erhoben hat, wobei der eine Arm einen roten handlosen Stummel zeigt, etwas wie über Knochenklumpen gewachsene Haut, der Sohn. Daneben, mit sehr schönen großen mittleren Schneidezähnen, die über einem an den Mund geführten Fleischbrocken stehen, mit strähnigem wie abgehackten Haar, ebenfalls dick, von einer offenbar durch einen Schnürleib gebändigten Dicke, sitzt die Frau, ihre Lage verlangt ein kräftiges Aufstützen des Ellenbogens, Augen hat sie eigentlich nur für, nun für was, ich weiß nicht, vielleicht das Fleisch an ihrer Gabel. Neben der Frau sitzt, nicht dick, nicht dünn, mit einem mäßig geröteten Gesicht, mit einem gabellos in der Luft ersteiften Arm, geschlossenem herzförmigem Mund, zuckerhutförmiger Haarauftürmung, die Schwester. Neben der Schwester, mit einem wie umgestülpten, dick beäderten, nasenlosen, stark geröteten Gesicht, sitzt, die Gabel bis zum Schaft im Mund versunken, der Bruder. Neben dem Bruder, mit einem nicht größer als faustgroßen stark gefalteten gerunzelten eingeschrumpften zahnlosen Gesicht, mit einer in den Kloß auf dem Teller auf dem Tisch gespießten Gabel in der Hand, sitzt der Onkel. Neben dem Onkel, mit einer zu Blässe und Fettglanz neigenden Gesichtshaut, auf dem Kopf ein blasses verwuseltes Haargebüsch, einer bis zur Ansicht der Zähne klaffenden Mundspalte, die Gabel leer in der Faust, sitzt Ruckgaber. Neben Ruckgaber, als letzter der von rechts nach links beschriebenen Reihe, sitzt, mit der Rosigkeit seiner Kopfhaut, mit gefüllten Backen und gleichzeitig den Mund wie um auf mich einzusprechen geöffnet, die Rundung des Bauches tritt durch die rückwärts gebeugte Haltung des Oberkörpers stark hervor, Wobser. In diesem Augenblick der Stille und Bewegungslosigkeit, jetzt, nach meiner Beschreibung dieser Gruppierung, die durch die weiche Beleuchtung eine magische Tönung erhalten hat, in diesem für Menschengesichterbeobachter günstigen Augenblick, wird bei der das Bild beherrschenden Person in der Mitte ein riesengroßer Gähnvorgang sichtbar, bei dem sich knarrend der Mund zu einer riesigen, das ganze Gesicht zur Seite drückenden Grube öffnet, während der Körper zittert und die große schwere bisher schlaff auf dem Tisch liegende Hand sich vor den Mund schiebt. Dies ist das Zeichen für das Wiedereinsetzen der Bewegungen und Geräusche. In einem Klappern Scheppern Schmatzen Kratzen beginnen die aufgesperrten Münder, erhobenen Arme sich zu schließen und weiterzurücken, die Münder wachsen über den Bissen zusammen, kneten die Mundfüllungen unter vernähten Lippen, schnappen und klappen, mahlen und walken, die Hände schippen und schwingen rasch oder bedächtig, die Köpfe nicken in die Teller, die Gabeln stechen in die Gesichter hinein und werden, ohne daß Blut in den Öffnungen erschiene, wieder herausgezogen. Wenn ich, nach allem was ich beschrieben habe, mich nun meiner eigenen Person zuwende, wenn ich mich eine Idee vorbeuge, in dieses Bild hinein, über meinen Leib vielleicht, dann erkenne ich etwas ich weiß nicht hart Aufgewölbtes Käferhaftes unter mir, etwas ich glaube wie meine Füße.

Im Vorbeigehen meine ich, ihre Rufe zu hören, ihre Verwünschungen über die verbrannten Brotlaibe, die schwarzen verkohlten Krusten, die gelben Rauchschwaden aus dem Backofen. Ich sehe sie im Halbkreis um den Backofen, sehe sie die Mützen heben und schwenken, höre sie husten, sehe, wie sich ihre Oberkörper nach vorn beugen, wie sich ihre Hände vor den Mund legen, wie ihre Körper zucken, sich schütteln, von den Hustenstößen hin und her gerissen, sehe rund und schwarz die verbrannten Brotlaibe aus dem Backofen springen in weiten Sätzen und fortrollen bis ich sie aus dem Auge verliere.

Seit ich in diesem Zimmer bin, seit ich sitze und diese Bilder vor mir aufsteigen lasse, diese gebauschten gebuckelten Körper, seit ich höre, sehe, seit ich ich weiß nicht dieses Gefühl wie Ohrensausen habe, Ohrensausen, seit ich löffle, etwas vielleicht wie Fischsuppe, die Wobser, obgleich ich durch Zuhalten des Tellers meine Sättigung andeute, mir schöpflöffelweise in den Teller gießt, Nehmen Sie doch noch von dieser, Sie haben doch sicher oder, und sich ein Gefühl wie Aufgetriebenheit einstellt, seit dieser Mund gähnend vor mir aufgebrochen ist und alles sich in eine rasende klappernde Gabelbewegung steigert, bin ich mit meinen Füßen beschäftigt und versuche, die Knoten meiner Schnürschuhe zu lösen, die, von Lehm und Mist überkrustet, an meinen Füßen festsitzen. Dazu habe ich das Bein mit dem einen Fuß über das andere geschwungen, derart, daß Krogge, dem dieses ganze Mobiliar gehören muß, der mich allerdings zu verwechseln scheint, denn er nennt mich, mir gegenüber am Tisch sitzend, Doktor oder Möbel-Brömel oder Herr Schrader, so daß ich mich umsehe und Ausschau halte, ob denn wirklich ich und nicht ein anderer gemeint ist, mir aus der Ferne zuschaut. Krogge, der am anderen Ende des Tisches hockt, der mich mustert und offenbar für Herrn Schrader hält, denn er nennt mich so, zieht aus der Jacke, aus dem Ledermaul einer Brieftasche, eine photographische Aufnahme und macht Anstalten, sie mir zu zeigen, sehen Sie Schrader, sagt er, dazu muß er etwas mehr als gewöhnlich sich über den Tisch legen. Er hält sie in der ausgestreckten Hand zwischen den Fingerspitzen und schiebt sie über die Tischplatte zu mir herüber, ich, ebenfalls mit ausgestreckter Hand über den Tisch gebeugt, ergreife sie, ziehe sie zu mir herüber, nähere sie meinem Gesicht und betrachte sie. Es ist die Aufnahme eines Tieres, das, mit dem Leib über die Photographie von links nach rechts gelagert, den Photographen, der weder ich, noch ein mir bekannter Mensch sein kann, anschaut. Auf dem Rücken der Photographie steht mit Handschrift geschrieben: das Zebra. Also das ist das Zebra. Ich habe es mir kleiner vorgestellt, obgleich ich vermute, daß es in Wirklichkeit noch größer sein muß als auf dieser Aufnahme. Krogge nickt mir zu, mit einem weichen schwappenden rotgesichtigen Nicken, was wohl heißen soll, diese Aufnahme können Sie behalten, oder was mich ermutigen soll, sie genauer anzusehen, sie aber auch zu behalten. Bevor er es sich anders überlegt, diesem Menschen ist ja nicht zu trauen, wie er weiß und dick, die Hand mit einer zuschnappenden Gebärde noch erhoben, auf seinem Stuhl sitzt, lasse ich sie in meiner Rocktasche verschwinden. Dort hockt er, wie gerade aus dem Teig eines großen Bettes gestiegen, als habe er sich aus einem breiigen Schlaf befreit, einen Moment auf dem Bettrand sitzend, vorstellbar mit zwischen Knie und Kinn gestütztem Arm, dann erhoben, blindlings schlappend durch ein großes muffiges Schlafzimmer nach den in kleinen Häufchen zerstreuten Kleidungsstücken getastet, Unterhose Unterhemd wollene Socken, über den weichen Körper seiner Frau streichend oder mit einem klatschenden Schlag auf das nackt unter der Decke herausleuchtende Gesäß sie ermunternd, und sei sogleich, einen Kittel überwerfend, aus dem Schlafzimmer heraus durch den Korridor in dieses Zimmer geschlichen, und habe mit dem Essen begonnen, habe sich die Schlafspuren vom Gesicht gewischt, um endlich ganz aus dem Bereich des Schlafes und einer damit verbundenen unwillkürlichen knarrenden Atembewegung, einem Herumwälzen, röchelndem Aufschrecken, mit einem abschließenden Gähnen, das ich beschrieben habe, in die Wirklichkeit zurückzufinden. Diese Wirklichkeit ist vom unablässigen Geräusch eines Wasserhahnes durchtropft, von den Strichen der Besenborsten durchraschelt, durchdünstet von Speisenrauch und Zigarrenqualm, darin sitzt er, mit weit herabhängenden Backentaschen, weichen mahlenden Mundbewegungen, in einem weißen über dem Leib faltenziehenden Kittel. Plötzlich kommt mir der Gedanke, angesichts dieses Körpers, der in der Dämmerung dieses Zimmers wie ein Mehlsack wirkt, angesichts dieses Kopfes, angesichts dieser Arme, jetzt, angesichts dieses Körpers noch einmal, der Gedanke, er wäre mir irgendwo im Leben, in einer früheren Zeit, vielleicht früher, vielleicht was, vielleicht früher schon begegnet, etwas in den Händen wie ein Buch wie Blätter aus einem Buch, raschelnd blätternd den Finger befeuchtend blätternd.

Bei diesem Bild und bei dem sich mit diesem Bild verbindenden Geräusch erinnere ich mich an ein ähnliches Bild aus der Vergangenheit. Wir kamen gebeugt und mit dem Husten kämpfend gegen Abend an den Stadtrand, das sind die Bilder: abputzen und anzünden Asche Asche Asche bei Krauternte Frauen, mit Kopftüchern bei Runkelernte gebückt hacken mit Hacken, es ist die Wahrheit, wir näherten uns dem Eingang der Stadt. Ich spüre das Schlürfen der Schuhe meines Hintermannes, wir kommen von links, einer hinter dem andern, in dieser Weise, von Osten, wieviel Jahre ist es her, zwei drei Jahre, bevor wir ankommen von hinten und uns nähern, es ist einerlei, zwei Jahre drei Jahre, bevor wir S erreichen, mit ihren Buckeln und ihrem Mauerwerk vor uns liegen sehen, mit ihren Ausbuchtungen, rund gesagt ich weiß nicht drei Jahre. Wir sahen uns an, was soll man davon halten, sagte mein Begleiter, das Prasseln des Kartoffelkrauts, die Frauen, die breitbeinig, gebückt und uns ihre Gesäße zukehrend, an diesem Abend in roten Hosen, die Hacken schwangen, in diesem wie eine schmerzhafte Entzündung am Himmel ausgebreiteten Abendrot, die Krähen die auf dem Acker hockten, flügelschlagend, die Körbe in denen die Kartoffeln lagen, der Bauer der mit knallender Peitsche auf dem Fuhrwerk saß, der Bauer der mit der Pfeife auf dem Kutschbock saß, der Rauch der mir in den Augen zwickte, es war Ostwind. Die Röcke der Frauen preßten sich gegen ihre Schenkel, der Bauer sog an der Pfeife, langsam erhob sich der Dampf aus der Pfeife und mischte sich mit dem Dampf des Kartoffelkrauts, wir kamen von links, kämpften eine Weile mit dem Husten, bis er uns krachend übermannte, wir schüttelten uns, das Bild nahm uns auf, wir schüttelten uns unter den Hustenstößen und sahen im Umdrehen die Krähen in die Luft schwirren, die Frauen auf ihre Hacken gestützt uns nachschauen, das Anrücken des Karrens und das Verschwinden des Karrens in der Ferne. Hören Sie mein Guter, alles ist so eingetroffen wie ich es vorausgesagt habe, waren seine Worte. Ich sagte, wobei mir der Husten die Worte verdunkelte und vom Mund drückte, was was was. Ich hörte das Schlürfen seiner Schuhe, seine raschelnden Atemstöße, seinen bellenden Husten. In diesem Augenblick erreichten wir S mit ihren Beulen Buckeln Kröpfen Kerben Einbuchtungen und Ausbuchtungen. Was für ein Anblick. Wir breiteten die Arme aus und zogen die Luft ein. Das sind die Bilder, die sich einstellen: der Bauer mit dem Kittel, die Peitsche, der Karren, die Pferde, aus dem After des einen Pferdes herausgekrochen weiß und dünn wie eine Peitschenschnur ein Pferdewurm hin und her schwingend. Das sind die Bilder, sie verbinden sich mit anderen Bildern und mit den Geräuschen anderer Bilder, mit dem Geräusch des Hustens, dem Hervorspringen des Hustens aus der Mundhöhle, dem Geräusch der Peitsche, doch sie werden jetzt fortgerieben vom Schrubben Rumpeln Kratzen der Bürsten, deren Geräusch zusammen mit dem Geräusch der Holzschuhe der Waschfrauen, zusammen mit dem Dampf der Waschkessel aus dem Waschhaus dringt, an dem ich vorbeikomme in Tauschwitz, in das ich eingedrungen bin wie im Schlaf, in das ich wie das Messer in die Butter drang, das mich aufschluckt, Tauschwitz, und sich hinter mir schließt. Und noch ein anderer, sehe ich, wird aufgeschluckt, hinter mir, schwarzgekleidet winkend hutschwenkend zigarrerauchend an diesem Tag, an dem mich die Geräusche der Bürsten der Waschbretter der Schlegel empfangen, hutschwingend, sehe ich, versinkt er im Nebel, taucht heraus und versinkt mit gehobenen Armen. Wo sind Sie, hören Sie doch, seine wie abgegriffenen wie zusammengezogenen wie umgekneteten Umrisse schweben beinlos hinter mir her und winken aus dem Dunst heraus, erinnern Sie sich, höre ich, hineingerufen in das Schrubben der Bürsten, das Klatschen der Schlegel auf der Wäsche, das Keuchen der Waschfrauen, erinnern Sie sich, das Plätschern des Wassers in den Waschtrögen, das Quietschen und Kreischen der Waschfrauen über etwas, das Rumpeln der Wäsche auf den Waschbrettern, das Donnern des Feuers unter den Waschkesseln, das Kratzen der Bürsten auf der Wäsche, das Stampfen der Wäschestampfer im Bottich, das Zischen der Wäschelauge, das Klappern der Holzschuhe der Waschfrauen, das Reiben ihrer Hände an den Schürzen, erinnern Sie sich, das Herausziehen der Stöpsel, das Gurgeln des ablaufenden Wassers, das Geräusch des Auswringens, das Abtropfen Abtropfen. Ja ich erinnere mich, so trieben wir weiter, wir beschatteten unsere Augen mit den Händen, es war das Ende der Reise, von Osten kamen wir nach S. Die Stadt mit den Ausläufern dieser Stadt in den roten Hosen dieses Abends tauchte vor uns auf, wir erreichten den Rand von S, der Wind ging, so verging der Abend, wir hatten uns aufgemacht, der Tag war vergangen, plötzlich, nach allen Bildern dieses Weges, nach allen Geschichten, die er mir beim Gehen erzählte, nach allen Zigarren die er ansteckte, die er mir anbot, die ich ablehnte, war es Nacht, in dieser Finsternis lag S wie ein Leuchtschwamm. Ja ich erinnere mich und gleite wie im Schlaf in den Dampf der Waschkessel, den Geruch der Waschlauge, des flockigen blasenziehenden Schaumes, der feuchten abtropfenden Wäsche, den scharfen Geruch der Seife. Die Frauen die sich mit roten Gesichtern bückten und aufrichteten, die Krähen die krächzend aufschwärmten, so daß sich die Sonne verdunkelte, in der Luft waren und sich wieder auf den Acker setzten, die Bewegungen der Hacken auf und ab die aufgeworfene Erde der Rauch des Kartoffelkrauts, wie schlafend treibe ich hinein in den Dampf der aus dem Waschhaus quillt, der wie dicke Milch in diesem Topf Tauschwitz steht, treibe weiter und sehe die vom Dampf beschlagenen Hauswände in Tauschwitz, den feuchten aufgeplatzten Putz von Schwamm überzogen und darunter rot erscheinen die Ziegelsteine, die Fenster an denen die Tropfen herabrinnen und hinter den Fenstern die Gesichter der Waschfrauen an denen die Schweißtropfen herabrinnen, ihre Bewegungen in Gummischürzen über die Waschbretter gebeugt ruckweise. Gebeugt mit gespannten dünnen Kleidern und wollenen herabgerollten Strümpfen gebückt mit Hacken über dem Acker gekrümmt und sich aufrichtend, als wir vorbeitrieben, der Bauer die Frauen hackend mit Hacken Schwung um Schwung im Rollen der Karren. Ja. Der Karren.

Dieser Gedanke hat Form und Ausmaße einer roten großen Bohne einer Feuerbohne, von der ich mir denke, daß sie in diesem Zimmer ist, im Dunklen der Ecke, in deren Spitze. Diese Bohne, eine große rote Bohne, in einer der Ecken des Zimmers, will ich aufheben, ich habe diese Absicht und ich habe alle für diese Absicht nötigen Voraussetzungen. Nichts scheint zunächst leichter zu sein als das. Ich brauche nur die

Hand zu heben, mich vom Stuhl zu erheben, durch dieses Zimmer zu laufen, an diesem Tisch, an dieser nach oben schießenden Uhr vorbei, es werden zehn Schritte nötig sein, zwölf, den Rücken zu krümmen, die Knie zu beugen, mein Hintern schwänge dabei vielleicht tief über den Fußboden, trotzdem, die Hand zu heben fünf Finger die Hand, trotzdem, die Hand, von der nun Daumen Zeigefinger und Mittelfinger einen Schnabel bilden würden, um die Bohne aufzupikken. Wie ich aber die Hand hebe oder vielmehr sie noch nicht einmal hebe sondern heben will, ist diese Bohne verschwunden und mit dem Verschwinden der Bohne verschwindet auch die Geschichte der Bohne und auch dieser Gedanke.

Ja ich erinnere mich an Wobser, an seine Geschichten, die er, von Saugbewegungen an seinen Zigarren unterbrochen, vortrug und »Der angenehme Tischnachbar« oder »Das Ohr am Gartengitter« nannte, er unterbrach, während wir gingen, seine Worte nur, um die Zigarre an den Mund zu führen, die Backen einzuziehen, den Rauch einen Augenblick im leicht geöffneten Mund zurückzuhalten, ihn dann mit aller Kraft von sich zu stoßen, auszublasen, wobei er die Augen zur Hälfte schloß und die Nachdenklichkeit ausdrückte, die auch in seinen Worten zum Ausdruck kam. Ja ich erinnere mich, »Der angenehme Tischnachbar«, eine alte Geschichte, sagte Wobser, stellen Sie sich dabei, sagte er, einen ungeheuren Tisch vor, in einem ungeheuren Zimmer, Sie sitzen. Ich, fragte ich, Sie meinen mich. Ja, sagte er, Sie, ich meine Sie. Sie sitzen an diesem Tisch, es ist vielleicht Mittag oder Abend, Sie sind nicht allein, es ist eine kleine Pause eingetreten zwischen den Gängen, was machen Sie da, nun, fragte er, was machen Sie da. Ich weiß nicht was ich antwortete, vielleicht Ich weiß nicht. Nun, Sie werden mit den Tischgeräten, die Sie beim Essen benutzen, eine Art Schwerpunktskunststück durchführen, sagte er, Sie nehmen eine Stecknadel, die Sie bei sich tragen, ich, sehen Sie, trage eine Stecknadel bei mir. Und tatsächlich, ich sah ihn eine Stecknadel aus dem Rockaufschlag ziehen und wieder hineinschieben. Alles übrige, sagte er, Teller Flaschen Korken Gabeln und so weiter finden Sie auf dem gedeckten Tisch, so daß Sie sich während der Essenspause bei Ihren Nachbarn und Nachbarinnen durch angenehme Unterhaltung beliebt machen können. Sie können, sagte er, zum Beispiel einen Teller ohne die Gefahr ihn zu zerbrechen bequem auf einer Nadelspitze sich drehen lassen, wenn Sie vorher unter ihm in gleichmäßigen Abständen vier Gabeln befestigt haben, was sich sehr leicht durch zwei je in der Mitte durchgeschnittene Korkpfropfen bewerkstelligen läßt. Es handelt sich darum, hören Sie zu, sagte er, den Teller genau im Mittelpunkt, hören Sie, Mittelpunkt, ja, antwortete ich, Mittelpunkt, aufzusetzen, haben Sie den richtigen Punkt, den Mittelpunkt, gefunden und das genaue Gleichgewicht durch Einbiegen und Ausbiegen beziehungsweise durch Verschieben der Gabeln hergestellt, so können Sie den Teller durch einen vorsichtigen Anstoß in Drehungen versetzen. Ja ich erinnere mich an seine Geschichten, »Die Zungenkünstlerin«, »Das Schlangenabschneiden«, »Vom Schallen und Knallen«, »Der ausgelachte Kraftmensch«. Wir gingen nebeneinander, sein ununterbrochenes Gebärdenspiel, sein Deuten und mit den Händen Beschreiben geschah in einer Landschaft, in deren Mitte ein großer braunbrockiger Acker lag, in deren Hintergrund ein Gewebe zusammengeflickter Landschaftsteile lag, struppige Waldstücke mit dem schönen fernen Schallen von Schüssen, Rasenstücke, Geröllfelder, schwarz miteinander vernäht. Vor uns sahen wir in einer im Abendrot aufgestellten Gruppe Bewegungen wie Hacken, wie Peitschenschwingen, wie Schweißabwischen, und diese Stimme die immerzu sprach wie zu sich selbst von etwas ich weiß nicht in die Abendröte hinein. Wie von selbst kamen die Worte eines nach dem anderen wie auf eine Schnur gereiht, in die Luft geblasen, ohne Unterbrechung. Er hatte mit dieser Stimme gesprochen, als er aufgetaucht war mit diesen oder ähnlichen Worten und wahrscheinlich auch schon bevor er aufgetaucht war und er sprach während wir dahingingen, stampfend, ich mit gesenktem Kopf wie etwas am Boden suchend oder über etwas nachdenkend, das war der Eindruck, den ein anderer, der mich sah, haben mußte, oder wie niedergeschlagen, aber keinesfalls war ich niedergeschlagen, sondern eher guter Laune, nur ermüdet vom Gehen und Zuhören, er aufrecht weitarmig zigarrerauchend, und ich dachte er wird sprechen, nicht das gleiche aber ähnliches sprechen, wenn ich ihn nicht mehr sehe, einfach in die Luft hinein für sich oder für einen Jemand, der noch nicht im Bild ist, aber jeden Moment auftauchen wird oder jedenfalls auftauchen kann, er sagte es, wenn ich, er sagte unter allen Umständen auftauchen wird, wenn ich ihm nicht mehr zuhören wolle, andere schienen nach seinen Worten nur darauf zu warten, ihm zuhören zu können, hören Sie, sagte er, ich hörte etwas wie eine Folge von Peitschenschlägen auf etwas wie einen dunklen verklebten aufgeriebenen Pferderücken, das ist die Wirklichkeit, sagte er, seine Stimme schien aus seiner Zigarre zu kommen, die er im Mund hielt und gelegentlich zauberkünstlerhaft von einem Mundwinkel zum anderen rollen ließ, ohne die Hände, nur mit Hilfe der Lippen und der Zunge, sehen Sie, sagte er, ich sah etwas wie ein Pferd mit überkreuzten Striemen im Fell zusammenbrechen, schnaubend mit Dampfwolken aus den Nüstern, mit abknickenden Vorderbeinen über die der ganze schwere Körper mit dem Maul zuerst zu Boden sank, sehen Sie, sagte er, auf die Bewegungen seiner Zigarre deutend, das ist ein Beispiel dafür, wie die Menschenzunge die Menschenhände zu ersetzen vermag. Ein, wie er sagte, in seiner Art einzig dastehender und fast unglaublich erscheinender Fall sei der Fall, den er mir jetzt erzählen werde, es handelte sich, glaube ich, um eine Frau namens Rauscher, wenn ich ihn recht verstanden hatte, oder Lauscher, eine wunderbare Erscheinung, sagte er, die ihre Zunge für allerlei Verrichtungen dressierte. Selma Rauscher, sagte er, gestützt auf die Aussagen von Mutter und Hausarzt der betreffenden Person, habe, nur mit Hilfe von Zunge und Lippen, ja sogar ohne alle Anleitung einen Waschlappen gestrickt und etwa ein Dutzend Topflappen im Laufe der Zeit, schließlich sich sogar ans Sticken und Häkeln gewagt, beim Stricken, sagte er, nahm sie die linke Achselhöhle zur Hilfe, in die sie die fertig gestrickte Nadel schob, um dann mit dem Munde die Strickerei umzudrehen, beim Nähen und Sticken steckte sie die Nadel mit den Lippen in den Tisch, vor dem sie saß, fädelte, gleichfalls mit den Lippen, den Faden ins Nadelöhr und schlang das andere Ende mit einem geschickten Zungenschlag im Munde zum Knoten, mit bewundernswerter Energie erzog Selma, sagte er, ihre Zunge im Laufe der Zeit noch zu allerhand anderen Hantierungen, die wir sonst gewöhnt seien, mit Hand und Fingern auszuführen. So brachte sie es fertig, sagte Wobser mit seine Worte unterstreichenden Gebärden, sich mit Mund und Lippen der Eßgeräte zu bedienen, sie führte die Gabel mit den Lippen zum Mund und löste mit der Zunge die Speisen ab, später gelang ihr dieses Experiment auch mit dem gefüllten Löffel, und übrigens, sagte Wobser, wenn ihr jemand die Garnsträhne hielt, konnte sie sogar das Garn zum Knäuel aufwickeln, sie nahm dazu das Fadenende in den Mund, wickelte durch Bewegungen der Zunge einige Rundtouren um die Zungenspitze und streifte dann diesen Ringel ab, zusammengedrückt ergab er den Anfang des Knäuels, der, auf der Zungenspitze rollend, bis zur Größe einer Faust gewickelt werden konnte. Sehen Sie, sagte er, und ballte dicht vor meinem Gesicht seine Faust, bis zur Größe einer Faust, allerdings glaube ich, sagte er, einer Frauenfaust, keiner Männerfaust. Ich sah seine Faust und sah zur gleichen Zeit das Pferd stark aus den Nüstern blutend immer noch unter Peitschenhieben in den mürben Ackerboden einsinken. Selmas Zunge, die ursprünglich eine durchaus normale Form aufwies, habe allmählich durch ihre eigenartige Tätigkeit eine ganz veränderte Gestalt angenommen, sie sei schmal und spitz geworden und habe sich derart gestreckt, daß sie fast bis zur Nasenwurzel reichte, dabei sei sie von einer Geschmeidigkeit gewesen, die, sagte er, Staunen erweckt habe, ohne jedoch die Sprache durch Anstoßen zu entstellen. Ja ich erinnere mich, mit weiten sich über den Boden schwingenden Schritten, wobei kaum das Auftreffen der Füße auf dem Boden zu hören ist, treibe ich weiter, tauche hinein in die hochsteigenden Dämpfe, treibe davon, der Wind rauscht an diesem Tag hinter Tauschwitz.

Ja ich sitze in diesem Zimmer und versuche mit einer Folge von Zeichen einen dieser Klöße zu bekommen, die kugelförmig in den Schüsseln liegen, ich beschreibe mitten in den Geräuschen des Essens die Kugelform des Kloßes, den ich meine, ich öffne soweit es geht den Mund und vollführe mit den Fingern Stopfbewegungen in die Öffnung hinein, ich mache heranwinkende Bewegungen mit den Händen, mit diesen Bewegungen verbinde ich auch den Wunsch nach Runkeln Rüben Rettichen Kraut und Kohl, und ich drücke ihn aus durch kleine wie in der Luft einen angenommenen Gegenstand zerbröckelnde Fingerbewegungen. Krogge, dem diese Bewegungen gelten, sitzt, selbst ein ungeheuer weißer ausgedehnter ins Zimmer gewölbter Kloß, mir gegenüber, beißend schnappend und mahlend stopfend und schluckend und mit diesen Handlungen derart beschäftigt, daß er meine Bewegungen nicht bemerkt. Nur Wobser nimmt meine Bewegungen auf, deutet sie und gießt mir, obgleich ich meine Hände über den Teller decke, einen neuen Schöpflöffelinhalt Fischsuppe hinein. Und während alles weitergeht, wie ich es beschrieben habe, während neue Schüsseln im Zimmer erscheinen, gefüllt mit den stumpfen Kegeln der Klöße, während sich die Türen öffnen und Schüsseln hereingetragen werden, so daß der Tisch weit und breit bedeckt ist von ihnen, von den Höckern der Klöße, den Buckeln der Runkeln, den Rücken der Rüben, wende ich mich nach links, zu dem von weichen Samtbehängen umrahmten Fenster und beobachte dieses Bild.

Es ist ein Bild, das hinter mir suppig dampft, mit Häuserbrokken Mauerstümpfen, mit den abgebissenen Klumpen eines Abends, ein halbverkochtes halbverkautes in einer großen Küche zusammengeschüttetes in einem großen Mund zusammengemahlenes Bild. Ich höre das Geräusch von fließendem Wasser, das Hüpfen von kleinen Steinen auf dem Wasser, das Plumpsen größerer Steine ins Wasser, das Schütten einer Flüssigkeit wie Wasser ins Wasser, das Plätschern eines Urinstrahls im Wasser. Ich sehe das Gelb des Urins sich mit dem Blau des Wassers mischen und sehe im Wasser mit aufgerissenen Augen den Körper eines Hundes von Tang und Schlick behängt naß zottig vorübertreiben. Ich sehe zwei Männer, abgenommen die Hüte und Steine werfend über den Fluß genannt der Krumme Fluß, ich sehe sie rufen und höre, wie sie mir zurufen, ich solle mitmachen, rufen sie, kommen Sie mit uns, Steine gibt es überall. Aber ich mache Gebärden als könne ich sie nicht verstehen, ich bohre und rüttle mit den Fingern im Ohr, schwenke bedauernd die Arme, schüttle die Schultern, ich deute mit meinem ganzen Körper das Nichtverstehen an, weniger ihrer Worte, die an mir vorüberflattern, als von etwas ich weiß nicht anderem, weiter Entferntem, das nichts mit dem Auftauchen ihrer Personen zu tun hat, sondern eher mit mir selbst, mit meinem nun nicht gerade meinem Auftauchen, aber vielleicht meinem Gedächtnis, das in ununterbrochener Folge Bilder ausscheidet, die weich wie aus geschmierten Kanälen aus mir herausrutschen, mit Gerüchen nach nasser Erde, einem würzigen Erdgeruch, und nach Blut. Etwas von dem ich noch keine Vorstellung hatte mußte im Umkreis dieses Bildes ausbluten, ja Blut, aus etwas heraus in etwas hinein sickern, hören Sie das, sagte Wobser, es sickert. Er sprach von einer einsaugenden Erde, von einer Erde, die alles in sich hineinziehe, alles verschlucke und verdaue. Das Bild stellte eine bestimmte Szene aus dem Landleben dar, eine Gruppe, ich glaube Frauen mit Hacken Kopftüchern Kartoffelkörben, standen in einem Kreis um etwas, von dem ich noch nichts sah, das ich roch, und starrten auf ihre Hacken gestützt in die Mitte des Kreises. Dieses Bild, ich erinnere mich, stellte ein Darüberbeugen über einen dunklen schlammigen Haufen dar. Alles was recht ist, sagte Wobser, jemand, vielleicht ich, sagte etwas Kurzes Einsilbiges, vielleicht Ja. Es war ein blitzartiges Öffnen und wieder Schließen des Mundes, wobei dieser Vorgang der wie soll ich sagen Verschluckung weiter fortschritt. Der mit Schlamm bedeckte Körper des Pferdes lag in einer ich glaube Suhle, einer flachen wannenförmigen Vertiefung, eine Blutlache hatte sich dicklich dunkelrot gebildet, die Blutspur führte über das Dunkelbraun der schweren geschwollenen Hinterbacken hinweg über den aufgetriebenen fast weißen Bauch mit dem blauen fingerdicken Geäder über die durchschimmernde Bauchdecke zum Erdboden, der Körper befand sich in einer Art Krampf, er war noch nicht tot, aber starb zuckend verklebt verschlammt mit einem letzten kraftlosen Versuch, sich aufzurichten, und Wobser, auf den in den sogenannten letzten Zügen liegenden Körper deutend, unterbrach seine Geschichte und sagte etwas wie Das ist die Wirklichkeit. Ja. Es ist eine abgemähte, von den schimmernden Windungen dieses Flusses durchzogene Landschaft, durch die ich komme, in der der Wind mit dicken Backen bläst und die kleinen struppigen Büsche an den Boden drückt. Meine Füße lassen sich schwer heben, ich sehe den Sand bis über die Schuhe und Spannen und Knöchel herauf fast an den Hosenbeinen stehen, ich sehe einen Bottich vorübertreiben, schwarze aufgequollene Äste, Schaumflocken, den Leichnam eines Hundes. Zwei Männer am Ufer, ihrem Äußeren nach Kellner, rufen mir zu, etwas wie meinen Namen, aber der Wind, der Wind, er war zu laut als er aufkam, ich verstand nicht recht oder tat so als verstünde ich nicht und ließ mich treiben und drücken, wobei ich die Berührung des Windes im Rücken wie die durch einen festen Körper verursachte Berührung empfand. Ich komme zum Fluß und sehe schwarz und schwarz, wobei ich überlege ob es das Schwarz von Kellnern ist, einen und einen anderen Mann Miene machen, Steine vom Erdboden zu nehmen, ich sehe sie den Mund auftun und mir zurufen. Ich höre nichts, ich höre nichts, es ist nichts zu machen. Da nehmen sie, es müssen Kellner sein, Steine auf vom Erdboden. Beim Bücken stehen ihre Frackschwänze wie Flügel in die Höhe. Als sie sich aufrichten halten sie Steine in den Händen. Ich höre das Schmatzen und Glucksen der Strudel, Zweige und Laub zu kleinen fortwährend in ihrer Form sich verändernden Inseln zusammengedrückt schwimmen neben mir dahin, betretbar, wie sie mir scheinen, wünsche ich mir auf ihnen sitzend so dahinzuschwimmen, mit über der Brust verschränkten Armen, unter den vom Wind über das Wasser gebogenen Bäumen dahin, weich und ungewöhnlich gut sitzend, bequem winkend an den Herren am Ufer vorbei, die mir zurufen und die ich nicht höre, so in die Ferne hineinzuschwimmen, so und so. Doch jetzt, nicht sitzend nicht schwimmend, sondern aufrecht und gehend, höre ich das Heranschwirren der Steine, sie wachsen in der Luft und ich spüre den plötzlich in meinem Körper aufsteigenden

Schmerz, als sie mich getroffen haben. Sie treffen mich viermal an den empfindlichsten Stellen. Es ist schmerzhaft und hindert am Gehen, es sind Kellner, denke ich, die von weitem, von der Entfernung, die zwischen ihnen und mir liegt, sich ausnehmen wie schwarze hochbeinige Vögel, und nun meine ich auch ihr Zwitschern und Krächzen zu hören, sie stehen auf einem Bein und schlagen mit den Flügeln, ihre großen gebogenen Schnäbel klappern. Es schmerzt. Ja das ist es, es schmerzt.

Die vorbeigleitenden Fußgänger am Grau der Fassade, das fleckenhafte Vorbeiziehen von Farben an einem grauen Hintergrund, etwa von Braun, oder von Schwarz, eine wellenförmige sich hebende und senkende fortwährende Bewegung, ein Hintereinander in langen Reihen, doch dazwischen immer wieder das Grau der Fassade. Die Spiegelungen ihrer Umrisse in den Fensterscheiben des Kellergeschosses. Das Braun oder das Schwarz dazwischen das Grau, also das Braun meinetwegen eines Mantels, das Grau der Fassade, das Schwarz meinetwegen eines Mantels, das Grau der Fassade, das Braun meinetwegen undsofort. Wenn ich mich zum Beispiel aufrichten würde, wenn ich aufstünde, ich könnte einen Vorwand gebrauchen, sagen wir um das Fenster zu schließen, wenn ich zum Fenster ginge, es schlösse, nur zum Schein, um meinen Vorwand zu rechtfertigen, dann könnte ich auch die Straße sehen, vielleicht die Fahrzeuge, von denen ich jetzt nur ein Vorbeirauschen wahrnehme, ich könnte einen Augenblick stehenbleiben und diese Person betrachten, die sich aus einem der gegenüberliegenden Fenster beugt, eine Frau ähnlich wie meine Frau, in irgend etwas Leichtem ich weiß nicht lose Hängendem Flatterndem, wahrscheinlich Durchsichtigem, und einen Lappen ausschüttelt. Hinter ihr erscheint die Seitenansicht eines Mannes und beugt sich über die Frau, eine Berührung ist nicht ausgeschlossen, wahrscheinlich unvermeidlich, etwas wie Entlangstreichen der Männerhand an der schimmernden nach vorn gebeugten Rückenlinie der Frau und nun sogar etwas wie eine Verschmelzung der beiden Personen, wenn auch in dieser Entfernung nicht mit Genauigkeit zu bestimmen, während sich die Frau zurück ins Zimmer wendet. Vielleicht eine

Zitternd zieht sich dieses Bild mit einem Mal zusammen und wird von einem plötzlich aus heiterem Himmel fallenden kurzen Regen durchschossen, die Personen, wie herausgebrochen oder wie aus einer geöffneten Spitze des Bildes herausgefallen, sind verschwunden, doch in die Leere des auch in seinen Ausdehnungen nun veränderten Bildes dringen neue Geräusche, Zurufe wie mir scheint, die Stimme eines noch nicht in diesem Bild aufgetauchten Rufenden, warten Sie doch, erinnern Sie sich, bleiben Sie stehen, und dieser Rufende, in seiner ganzen Person, erscheint nun am Rande des Bildes und mit ihm, allerdings ohne Bezug zu ihm, das ist sicher, erscheinen zwei andere Personen und huschen, doch vielleicht ist es Täuschung, huschen im Hintergrund vorüber, in einer ich würde sagen Verfolgung begriffen, wobei ein uniformierter wohlbeleibter Mensch mit großen schwerfälligen Sätzen einem Menschen in schwarzem Umhang, mit sehr eleganten Hosen, den Zylinder in der behandschuhten Hand, fächelnd, in spitzem Schuhwerk, nachsetzt. Trotz der Unterschiedlichkeit der Fortbewegungsweise beider Personen vergrößert sich der Abstand zwischen ihnen nicht. Es ist ein kurz aufleuchtendes Bild, in der Geschwindigkeit des Aufleuchtens schwer zu beurteilen. Wie mir scheint, aber nur scheint, bewegen sich gar nicht die Personen, sondern bewegt sich nur das Bild mit allen möglichen im Bild aufgestellten, den Bildhintergrund bildenden Bäumen Buschgruppen, ich bin meiner Sache nicht gerade sicher, alles ist, bei der Kürze des Geschehens, schwer ich sagte es zu beurteilen, aber es ist ein wirkungsvolles Bild.

Umarmung, vielleicht eine Umarmung, die sich im hinteren dunklen für mich nicht sichtbaren Teil des Zimmers fortsetzt, denn es ist immerhin möglich, gleichgültig ob er nun der Ehemann ist oder der Liebhaber, daß er sich mit dieser Absicht über die sich ihrerseits aus dem Fenster beugende Frau gebeugt hat. Ich könnte, selbst wenn ich aufstünde, den

Fortgang der Szene nun nicht mehr verfolgen. Doch hier ist wieder das Zimmer, hier sind wieder die Eßvorgänge, die ich beschrieben habe, und hier, neben mir, ist auch Wobser, der einen Arm erhoben hat und auf etwas gerichtet hat, das sich am Fenster zu meiner Rechten abspielen muß. Ja ich sehe es. Ich sehe im oberen Winkel des Fensterrahmens ein radförmiges Gewebe aus konzentrisch über ausgespannte Strahlen laufenden Kreisen. Eine große weibliche Spinne mit deutlich vom graubraunen Hinterleib abgehobener Rückenzeichnung, mit einer borstig aufgerichteten Behaarung, sitzt im Zentrum des Netzes, während eine kleinere wahrscheinlich männliche, ein Tier mit dünner häutiger Bedeckung, in einem Kreislauf vom Rande des Netzes her achtbeinig auf das Weibchen zukrabbelt. Das Weibchen erwartet regungslos in einer ausgespreizten Bereitwilligkeit das Männchen, das sich mit großer Geschwindigkeit akrobatenhaft auf sein Ziel zubewegt, es erreicht und nun diesen bewegungslosen in Erwartung versunkenen Körper mit der schmalen Taille und den langen schlanken Beinen umkreist. Die Begattung findet in einer kurzen flüchtigen Berührung statt, der Körper des Männchens verläßt den Körper des Weibchens, und während beide Tiere noch einen Augenblick in Körperberührung nebeneinanderhocken, sieht man deutlich den Größenunterschied beider Tiere. In diesem Augenblick, in dem das Männchen zögert, vielleicht noch benommen vom Eindruck des Begattungsvorgangs, deutet sich mit einer ich weiß nicht Bewegung der großen behaarten Zunge das Erwachen des Weibchens aus seiner Liebesstarre an, etwas bereitet sich vor, mit einer behutsamen tastenden Bewegung der Freßwerkzeuge, die aus dem Kopf des Weibchens ragen. Im Folgenden, mit einem Aufrichten des Vorderkörpers verbunden, schlagen sich die Zangen des Weibchens blitzschnell in den sackförmigen Unterleib des Männchens, das, nach wenigen zappelnden Windungen und einem schwachen Versuch, sich aus dem Biß zu lösen, erstarrt und nun in einem langsamen ausführlichen Freßvorgang im bedächtig mahlenden Maul des Weibchens verschwindet.

Nein ich würde nie behaupten, schon gar nicht jetzt, wo ich mich erinnere, daß ich mich nicht erinnere, ich erinnere mich sogar gut und würde, wenn ich es für vernünftig hielte, ihm das auch zurufen, obwohl mir bei diesem Gehen nasse aufgehängte Wäsche ins Gesicht schlägt und meinen Mund zuklebt. Vielleicht, nicht jetzt, aber irgendwann einmal, werde ich es ihm zurufen. Aber jetzt, bei diesen Veränderungen, bei diesen schnell aufeinanderfolgenden Eindrücken, könnte es noch passieren, daß das, was ich rufe, gerade wenn es aus meinem Mund ist, schon nicht mehr wahr ist, daß es zwischen meinem Rufen und seinem Hören, in dieser kurzen Zeit, in manchem schon falsch ist, und lügen will ich nicht. Ich erinnere mich beispielsweise an seine Geschichte vom Totschießen, die er immer wieder und immer mit neuen Abweichungen vortrug. Eine dieser Geschichten begann mit einem Sprung zweier Personen auf ein Bett, das durch die doppelte Belastung vielleicht auch durch die Heftigkeit des Sprunges in sich zusammenstürzte, ein Geräusch sei entstanden, wie man sich denken könne, in dessen Folge eine dritte Person im Türrahmen erschienen sei, ein Mann in schwarzer Festkleidung, als sei er gerade aus einer goldstuckverzierten Theaterloge getreten, zylinderhuthebend, ein Mann mit einem Revolver, mit dem er blindlings in die nach seiner Meinung vorgefundene Betrugsabsicht hineinschoß. Wobser erzählte diese Geschichte auch auf die Weise, daß er zunächst eine Frau beim Auskleiden schilderte, ihre Umhüllungen fielen nacheinander vom Körper und Wobser beschrieb die erscheinenden Schattierungen, den Haarbewuchs, den Schimmer der Spitzen und Rundungen, mit Mundgeräuschen ahmte er das Rascheln nach, das beim Hinuntergleiten der Wäsche entstanden sei, ein knisterndes oder auch schlüpfriges Geräusch, sagte er, die Verführungsszene in dieser Fassung seiner Geschichte spielte sich nicht im Bett, sondern auf dem Boden vor dem Bett auf einem Pelz oder Fell ab, einem schwarzen Fell, von dem sich die Fleischfarbe vorteilhaft abhob, dennoch erschien die beschriebene dritte Person, abermals mit einem Revolver, und feuerte aus nächster Entfernung in einen unbekleidet liegenden aus seiner ineinandersaugenden Umschlingung gerissenen Körper hinein, während der zweite Körper sich durch einen Sprung, hier erschien der Sprung wieder, allerdings in einem anderen Zusammenhang, aus dem Fenster in die Nacht eines Parks rettete. Welche Unterschiede rief ich wiederholt aus, und ich meinte die Unterschiede in den Darstellungen dieser einen Geschichte, aber er, Wobser, nachdenklich die Zigarre abklopfend, Sie täuschen sich, mein Guter, keine Unterschiede, sondern, ich will nicht sagen, die Wahrheit, aber, warten Sie mal, die Wirklichkeit, ja, so würde ich es nennen. Seine Geschichten, die oft an einem Punkt abrissen, zersprangen und in andere Geschichten hineinliefen, glitten auch in diesem Fall, angeregt vielleicht durch einen äußeren Vorgang, in eine neue Geschichte hinein, die er »Das Ohr am Gartengitter« nannte. Es ist ein graues und gelbes Fließen und Gleiten an mir vorbei, weiche Körper mit weichen Bewegungen in nebligen Umrissen. Ich bin weitergekommen, mit kleinen vorsichtig aufgesetzten Schritten, meine Schmerzen betastend und durch eine Art Stöhnen ausdrückend. Ich mache kurze Pausen, und während ich stehe, den Atem pfeifend ausstoße, eine Hand gegen den Unterleib presse und verschnaufe, während ich eine Ruhepause einlege, sehe ich in großen Bogen treibend Schlittschuhläufer mit verschränkten Armen laufend sich von einem Bein auf das andere schwingend mit großer Geschwindigkeit über den Fluß gleiten, von diesem Ufer mit Zipfelmützen und im Wind flatternden Halsbinden bis zum anderen nur in einer sehr starken Einbildungskraft wahrgenommenen Ufer, dort verschwinden doch an anderen Stellen wieder auftauchen, geduckt und die Hände hinter dem Rücken verborgen alles in großer Eile stoßweise. Ihr Gleiten Kreisen Rutschen Drehen, sich von einem Bein auf das andere schwingend am Abend, auf die gewöhnlichste Weise vorankommend und doch schneller als gewöhnlich, eingemummt in dicke wollene Westen mit Ohrenschützern, sehe ich sie Kreise beschreiben und plötzlich in die Luft springen wieder auftreffen auf dem Eis, sehe sie verschwinden und auftauchen, höre das Knirschen Knistern Knacken des Eises, das Schwappen des Wassers in das sie bis zum Gürtel und weiter im Versinken bis zum Mund eintauchen und sehe schließlich sie endgültig verschwinden, wobei nur das Loch schwarz und rund gluckernd zurückbleibt. Nach dieser kurzen Pause mache ich mich wieder auf den Weg, mit schleppenden durch die Anschwellungen kurz gehaltenen Schritten. Ach, höre ich, warten Sie, höre ich, erinnern Sie sich, höre ich. Ja ich erinnere mich, ein Geruch von Asche und Ackererde, eine Geschichte, »Das Ohr am Gartengitter«, irgendein gebeugter Jemand, das Ohr an ein eisernes langes Gartengitter gelegt, ein zweiter Jemand, in einer gewissen Entfernung, am anderen Ende des Gitters, mit einem Stock, mit dem er einen starken lautschallenden Schlag gegen das Eisen führt, worauf sich der erste Jemand aufrichtet, mit verzerrtem Gesicht, und sich die Ohren zuhält.

Neben dem Fenster, im angetrübten Oval des Spiegels, der die Schnörkel Zapfen Bogen und Knicke dieses Zimmers einfängt und zu neuen sonderbaren Gegenständen verkuppelt, erkenne ich jetzt eine Bewegung, die mir früher nicht aufgefallen ist, und für die ich auch im Zimmer keine Entsprechung finden kann. Es ist das Lüften und Wiederaufsetzen einer Mütze, einer Matrosenmütze, mit einem Schriftband, dessen Buchstaben ich, weil sie im Spiegel umgekehrt erscheinen, nicht lesen kann. Diese Bewegung, dieses Lüften der Mütze, macht mich auf einen unter der Mütze liegenden, sich immer weiter und ungeheuerer öffnenden Mund aufmerksam, eine Hand mit einer Gabel, an deren Zinken ein Kloß steckt, hebt sich, im Spiegel, dieser Mundöffnung zu und schiebt den Kloß unzerkleinert, wobei sich auf eine unbegreifliche Weise die Mundwinkel ausweiten und dieser Mund nun wahrhaftig zu einer großen dunklen Grube wird, in den Mund. Dieser Vorgang ist mit einer gewissen Nachdenklichkeit im Gesicht des Schlingenden verbunden, er zieht die Gabel aus dem Kloß, der nun im Mund liegt, zurück, die Lippen schließen sich über dem Kloß, der, im Spiegel, nach meinem Eindruck unzerkaut, langsam in den Schlund hinabsinkt, von einer wurmartig fortschreitenden Eigenbewegung des Schlundes hinabgesogen. Diese Person, die mir bisher am Tisch nicht aufgefallen ist, die entweder nicht am Tisch, oder aber verdeckt für mich am Tisch sitzen muß, eine eigentümlich ich würde sagen in einem Matrosenanzug gekleidete Person, legt sich nach diesem Vorgang, den ich im Spiegel verfolgt habe, zurück, und fällt aus dem Spiegel heraus. Der Direktor, neben dem Spiegel sitzend, starrt mit einem Kneifer, über den Tisch gebeugt, die Hände auf die Tischplatte gestützt, wie zum Aufspringen entschlossen, in eine Ecke des Zimmers, die für mich von der gemaserten Seitenwand des Schrankes verdeckt ist, auch Krogge, wenngleich ohne die Haltung einzunehmen, die der Direktor eingenommen hat, blickt in diese Richtung, beide wenden sich aber nach einer kurzen Zeit wieder ihren Tellern zu, und dort also, hinter dem Schrank, sitzt der Matrose.

Ein Umschwung. Aus den Erinnerungen zurückgefallen sehe ich in der Art großer glotzäugiger Fischköpfe schnappende hinter Glas schwimmende Gesichter, die Hände wie Flossen wedelnd und in den Händen etwas wie Kaffeekannen Kaffeetassen Kuchenstücke. Meiner Meinung nach und dem nach, was an Sichtbarem und Hörbarem auf mich einwirkt, komme ich an Frauen vorbei, die Kuchen essen, die hinter den Fensterscheiben sitzen, die Gardinen zurückgeschoben, mit wie zum Kreischen aufgesperrtem Mund, wie in stehenden, lange Zeit stehenden, dann in Bewegung geratenden Bildern den Mund zuklappen und mit weichen mahlenden Mundbewegungen, wobei auch die Busen mitschwingen, in ihrer Tätigkeit fortfahren. Ein Umschwung. Ich falle mitten in eine Handlung hinein, mitten hinein in Geräusche und Bilder, das Poltern Rattern eines Karrens, das Auf und Nieder von Kinnbakken, das Knirschen meiner Schuhe, das Herumkneten Herumschieben im Mund, das Scheppern Klappern der Kannen auf dem Karren, das Nachschütten von Kaffee, die schläfrigen Bewegungen dieser Handlungen und die diese Handlungen begleitenden Handlungen wie Schwenken der Brüste, Kratzen der Brüste, Reiben der Achselhöhlen, das Herausklatschen von Axtschlägen aus einem Torbogen, das Hineinlangen der Hände in den Kuchenkorb. Eine Verwandlung. Ich komme auf einem langen träge vorwärtsrinnenden Weg an

Fenstern vorbei, hinter denen Frauen sitzen, Kuchen essend, sehe, wie sie einmal ihre Hände in den Kuchenkorb senken die sie in den Kuchenkorb senken und in den Kuchenkorb senken, wie sie zweitens herausheben Kuchen Kuchen und Kuchen und drittens, wie sie drittens den Mund öffnen. Eine Veränderung. Vielleicht eines Tages, ich sehe es und ich höre es, vielleicht erst von weitem, ein Fenster, die Bewegungen hinter dem Fenster, dann von nahem, vielleicht Frauen, die um einen Kuchenkorb sitzen, darübergebeugt, wobei ihre Gesäße vom Stuhl hinunter auf den Boden fließen. Das ist es. Ein Vorbeilaufen an einem Bild, an dem Auf und Nieder unter den Blusen, dem Hervorknurren eines Hundes aus einem Lattengatter, dem Kleinbrocken des Kuchens, dem Aufkreischen einer Säge, dem Plätschern des Kaffees heraus aus der Kanne hinein in die Tassen, dem Hinabschlucken des Kuchens, dem Zurücklehnen mit auf dem Schoß gefalteten Händen, dem tiefen Atemholen, dem Nachschütten von Kaffee, dem Aufrichten Vorbeugen Armheben Handöffnen Hineingreifen in den Korb Herausziehen der Hand mit Kuchen Hinaufführen des Kuchens zum Mund Öffnen des Mundes Hineinlegen des Kuchens Schließen des Mundes Kauen der Kiefern, Schlukken des Schlundes, dem Aufrichten Zurücklehnen Hinabsenken der Arme, Zusammenfalten der Hände im Schoß, dem Atmen der Körper, dem Heben und Senken der Brüste, dem Ticken der Turmuhr, dem Schlagen der Turmuhr, dem Dröhnen der Turmglocke, dem Knarren der Wetterfahne.

Ich sehe durch dieses Zimmer durch eine offenstehende Tür in ein anderes Zimmer und durch eine andere Tür in ein drittes Zimmer und durch ein Fenster die in dieser Entfernung zusammengebackenen unauflösbaren Formen einer Landschaft. Ich weiß nicht, ob das was ich sehe der Rede wert ist, und ob es eine Beschreibung lohnt, aber ich will jetzt, am Ende meines Berichts, die Genugtuung haben, alles beschrieben zu haben, was ich hier sehe. Im anschließenden Zimmer, vielleicht der Küche, sind es Gegenstände, die ich für Brotkörbe Gewürzbüchsen Mehlkruken Kuchenwalzen Reibeisen Kartoffelquetschen Rührlöffel halte, obgleich ich sie mehr errate als erkenne, im darauffolgenden Zimmer, vielleicht dem Experimentierzimmer, Gegenstände, die, und hier bin ich meiner Sache noch weniger sicher, Glaskolben Globusse Fernrohre ausgestopfte Tiere übereinandergeschichtete Folianten Elektrisiermaschinen Photographenapparate sein können und dazwischen, in einem gerade noch sichtbaren Winkel, etwas wie ein aufgeworfenes zerwühltes Bett, vielleicht Krogges Bett, von dem er sich erhob, in dieses Zimmer trat, sich an den Tisch setzte, wo er nun sitzt, die Gabel träumerisch mit der Hand ergriffen, mit der Spitze einer der vier Zinken im Mund, um die Zähne, zwischen denen ein Überrest von der Mahlzeit stecken mag, zu reinigen. Das Kratzen dieses Vorgangs und das sich anschließende Saugen dieses Vorgangs. In diesem und im folgenden Moment ist er einem Koch ähnlich. Das kann Täuschung sein. Wenn er aber den Kopf wendet und in die Richtung guckt, in der ich die Küche vermute und dabei prüfend den Geruch der Küche mit der Nase aufnimmt, ihn schnüffelnd einsaugt, die Hand nachdenklich an die Wange legt und plötzlich nickt, glaube ich, daß es keine Täuschung ist.

Hier begann etwas hinter den Spanngardinen, hier wird etwas fortgesetzt. Es begann vielleicht über den Blumenkästen, mit weich aus den Fenstern dieser Straße herauswachsenden Körpern, auf ausgelegten Kissen, mit schnauzbärtigen Männern mit kurzen dampfenden Hängepfeifen, rotbäckigen Frauen, hinter denen der Küchendunst heraustreibt. Oder es begann hinter den Fenstern, im Inneren der Zimmer, mit einem Schälen und Rühren oder Kaffeemühlen gegen die Brust Drücken. Hier begann etwas in der Friedlichkeit dieses Bildes mit Worten und Zurufen, es begann mit Kopfnicken Pfeifenschmauchen und setzte sich hinter dem Blumenschmuck fort mit dem Aufspringen von den Sitzgelegenheiten, dem Aufschlagen der Fäuste auf den Tischplatten. Es begann hinter den grün zurückgefalteten Fensterläden, erst mit Kopfschütteln und Auspaffen, dann mit dem Zersplittern von Geschirr, und es setzt sich nun fort hinter den aufgeblühten Geranien Begonien Topfrosen, mit Haareraufen und Fäustedrohen, mit Aufkreischen und Umfallen, mit Aufeinanderzustürzen, mit Rütteln und Schütteln, und es endet, während man sich gegenseitig die Richtung zur Tür weist, während sich die Gesichter in die erhobenen Schürzen graben, während die Pfeifen erlöschen und die Braten verbrennen, mit dem knallenden Zuschlagen der Fenster und dem ratschenden Vorziehen der Vorhänge. Diese Bewegungen und Geräusche sind mir bekannt, sie erinnern mich an die Zeit mit meiner Frau, an unsere gemeinsame Beurteilung der Suppe, die sie hereinbrachte, die ich heiß und versalzen fand, sie aber mild und richtig gewürzt, und die ich ihr schließlich mit einem Ausruf über die Schürze vor ihre Füße kippte, wonach sie mir, sich die Haare raufend, während ich ihr mit den Fäusten drohte, die Geschichte ihres ersten Mannes erzählte oder vielmehr zuschrie, dieses Mannes, der alle Suppen gegessen habe, die sie ihm vorsetzte und der immer noch einen Teller und noch einen Teller verlangte von ihren Suppen, Fischsuppen, Kohlsuppen, Brotsuppen, Biersuppen, Mehlsuppen, Milchsuppen, Grießsuppen, Pilzsuppen, Reissuppen, Obstsuppen, Wurstsuppen, Schleimsuppen, Nudelsuppen, Wurzelsuppen, Bohnensuppen, Erbsensuppen, Linsensuppen, Möhrensuppen, Graupensuppen, Hühnersuppen, Tomatensuppen, Gemüsesuppen, Kartoffelsuppen, und in der Regel erzählte meine Frau, nachdem die Suppe ausgegossen als molkige Pfütze den Boden bedeckte, vom Tod ihres Mannes, wobei sie die Worte des Mannes, der im Bett gelegen habe, und die Worte von ihr, die vor dem Bett gestanden und seine Hand gedrückt habe, nacherzählte. Gib mir noch Suppe, waren seine letzten Worte und sie, antwortend, aber unfähig zu antworten, schluchzend, ja. Dieses letzte Gespräch vor dem Tod ihres Mannes schloß sie in ihrer Erzählung jeweils mit einem Vergleich dieses Mannes und mir ab, dabei liefen ihr die Tränen über die Backen und sie preßte, um ein Schluchzen zu unterdrücken, die Schürze vor ihr Gesicht, während ich zum Fenster lief und es schloß. Auf die gleiche Weise geschieht es hier, und hier, über den von Bruchsteinen und Lehm zusammengefügten Grundmauern, beginnt etwas Neues, hier wird es fortgesetzt, es beginnt mit dem Herausgreifen einer Hand, zwischen Gardinen hindurch über Blumen hinweg, es beginnt ich weiß nicht mit schiefgebrochenen schwarzrandigen Nägeln, mit einer Hand fett und weich an meinem Ärmel, es setzt sich fort mit einer aufschwellenden und abebbenden Stimme, ja, wie ein Aufspritzen Aufflattern, und ich öffne die Ohren und höre.

Ja ich höre. Schrader, da sind Sie ja. Das ist Krogges Stimme. Es ist schön, daß Sie gekommen sind. Krogge winkt mit der Hand herüber, über die Weite des Tisches. Diese Hand, rot dick und fünffingrig. Schrader, ruft er. Ich bin es nicht, ich bin nicht Schrader, dennoch winke ich zurück. Ich freue mich, daß Sie meiner Einladung gefolgt sind, wie lange habe ich Sie nicht gesehen, Sie sind dicker geworden. Im Gegenteil, dünner, ich bin dünner geworden. Ja, höre ich mich sagen, ja. Nicht wahr. Ich weiß nicht, er täuscht sich. Ich vermute, Sie sind mit Ihren Ausarbeitungen weitergekommen, wie ist es damit, die Zeit vergeht. Ja unrecht hat er nicht. Aber auch ich, hören Sie, ich, vielleicht können Sie sich das denken. Ja. Ich habe neues Material zusammengetragen, Sie werden eine Überraschung erleben. Ja. Sie wissen, ich bin ein Mensch, der möglichst unerkannt seiner Eigenschaft als Naturforscher nachgeht, in dem unwegsamen dicken nicht zu sagen brodelnden nichtsdestoweniger aber schönen. Ja. Und natürlich der darangrenzenden weit ausgebreiteten strauchlosen verdorrten mein Gott Steppe. Ja. Wo das staunende Auge die Pracht der. Ja. Allerdings mit manchen Mühen und Strapazen verbunden, kein Spaziergang, denken Sie das nicht, dieses ich möchte sagen Eindringen dieses Hineinknirschen in das trügerische undurchdringliche sozusagen. Ja. Allerdings mit manchen denken Sie nur an die plötzlich aufgähnenden Schluchten Abstürze. Ja. Diese Waldgeschwüre, diese Rillen Risse Schlitze, Sie wissen das auch. Ja. Diese Gemische aus grünen und braunen Flecken, diese. Ja. Schlamm meine Güte Schlamm Wildwuchs Wasserfälle, es besteht ja nicht nur aus. Ja. Dieses Aufglotzen von Tieren Knurren und Tappen diese Unvorstellbarkeiten Unförmigkeiten beim Hinsehen. Ja. Diese Schluchten Dickichte Klüfte, dieses Zusammenfließen von Himmel und Erde zu einem einzigen. Ja. Und einzudringen ich sagte es schon. Ja. Um das gibt es kein Herum, diese plötzlich sich aufrichtenden Baumstämme, man hat keine Ahnung diese plötzlich. Ja. Wie Gallerte denken Sie sich etwas Derartiges wie Gelee. Ja. Oder aus einem Wasserloch, diese Überraschungen beim Darüberbeugen. Ja. Oder Sie treten in Ihre Hütte und denken sich die Wände aus gebuckeltem Nußbaumholz angefertigt, müssen aber feststellen, nach einer gewissen Zeit. Ja. Daß es sich um unbeweglich nebeneinanderhockende Schaben handelt, diese bräunlichen haarigen plattgedrückten, Sie wissen. Ja. Körper, die nichts verschonen, tagsüber in Ritzen gedrückt, aus Winkeln Spalten und Löchern lassen sie sich herabfallen auf Ihren Körper. Ja. Stellen Sie sich also eine zunächst unbewegliche dann in eine leichte zuckende oder besser pumpende Bewegung geratende Wand vor. Ja. Eine atmende Wand, das gibt es, oder Sie schlagen die Bettdecke zurück und fragen sich was ist das. Ja. Ein etwas ins Graue spielender Streifen, wie ein durch Feuchtigkeit gebildeter Schimmel und bei Ihrer Untersuchung. Ja. Eine Art Schleimstreifen von einer Anzahl kleiner Tiere etwa Spinnen gebildet, eine unabsehbare Menge dieser stecknadelspitzengroßen Tiere, ein unaufhörlicher. Ja. Passen Sie auf, ein Zug von verwesten Vögeln ausgehend, Ungeziefer würde ich sagen, ein abscheuliches Jucken oder vielmehr Brennen an Ihrem Körper. Ja. Oder die Reste von Fleisch, ein Fleischklumpen, der vor Ihnen davonkriecht, umwimmelt von einer Art. Ja. Oder etwas anderes, beispielsweise Ihre Hände. Ja. Sie bemerken darauf plötzlich zuckende winzige Bewegungen, ein vielleicht rostfarbenes oder blutfarbenes verstehen Sie. Ja. Ein Einbohren, ein ich würde sagen langsames Voranfressen in Ihren Händen, ein Anlegen von kleinen Gängen unter Ihrer Haut, nicht wahr. Ja. Oder etwas in einer saugenden Dunkelheit, wohin Sie auch greifen, ein plötzliches Aneinanderstoßen im Innern der Nacht, etwas Warmes etwas Weiches Haariges Feuchtes, was ist das, sagen Sie vielleicht. Ja. Oder noch gefährlicher, Ihre Schuhe, nehmen Sie an Sie treten hinein, nichtsahnend in gutem Glauben und plötzlich. Ja. Oder im Haar.

Ja. Sie fassen sich ans Haar und fühlen diese klebrigen weichen beweglichen. Ja. Oder nehmen Sie zum Beispiel Matschie, die Auffindung seines Kopfes, ohne Körper, bedenken Sie. Ja. Ich will nicht die fachliche Eignung beurteilen, auch nicht seine menschliche. Ja. Aber in diesem Augenblick, bei einem solchen Vorfall. Ja. Und unser Gewährsmann, Schrader, hören Sie. Ja. Und unser Gewährsmann Hock-Bern, der unermüdliche und entdeckungsfreudige Hock-Bern. Ja. Ich brauche Ihnen nichts mehr zu sagen, Sie erinnern sich an die Auffindung seines Körpers, ohne Kopf. Ja. Oder denken Sie an Bart, er hatte den Namen Bart, trug aber auch zugleich einen in die Länge gewachsenen Bart, einen Vollbart, nichts Außergewöhnliches, aber auch nicht alltäglich. Ja. Was man von ihm fand, übrigens nach Monaten, war sein schöner hellbrauner gewellter Bart. Ja. Im übrigen hat mir auch Schilling geschrieben. Ja. Die Nachricht lief ein, daß er und seine Frau, übrigens eine schöne Person, im Sommer dieses Jahres an einem heißen Abend im Garten sitzend von ihrem großen Haushund plötzlich angefallen und von vielen Bissen. Ja. Zerfleischt, auf eine unmenschliche Weise. Ja. Schilling, Sie wissen, er arbeitet über die verschiedenen Formen der Streifung. Ja. Wie auch Diezel, dem man erst im vergangenen Jahr eine Riesenschlange, die sich in ungeheuren Schlingen um seinen Leib gelegt hatte, vom Leib schneiden mußte, indem man. Ja. Mit Haumessern, überlegen Sie das, die einzelnen Stücke die am Boden noch zuckten und hüpften. Ja. Also Sie sehen, eine im Grunde nicht ganz ungefährliche Arbeit, Ihnen brauche ich nichts zu sagen, Sie wissen das doch. Ich weiß nichts, ich weiß nichts, ich weiß nicht wovon er redet, Matschie, Hock-Bern, Bart, Schilling, Diezel, diese Namen, ich habe sie nie gehört, diese Menschen, die sich in einer gehirnausdorrenden Hitze, hören Sie, sagt Krogge, in dieser dampfenden Feuchtigkeit oder knisternden Trockenheit, dieser aufsingenden Helle oder schmerzhaften Schwärze, vorwärtsbewegen, sie sind mir unbekannt, und ich kann sie mir nicht einmal vorstellen. Dennoch winke ich und er winkt zurück und ich denke, wer ist das, wer ist Schrader, für den er mich hält.

Ja, ich höre, fortgezogen von einer Hand, die nach mir schnappt und sich in meinen Ärmel gräbt, zwischen den Blumenstauden sehe ich etwas rund, fleischig, von kleinen fettigen an die Stirn geklebten Löckchen umgeben, ein Frauengesicht, dessen Mund aufgeklappt ist. Dahinter ein Zimmer, eine nebeneinander und übereinander geschichtete Dunkelheit, zusammengedrückt aus Möbelstücken. Der Mund öffnet sich wie eine Schote, die Worte trommeln wie Erbsen in einen leeren Eimer an mein Ohr. Es ist die Geschichte vom Koch, die sie erzählt, eine Folge harter Mundausscheidungen, eine Geschichte vom Sitzen und Horchen, eine Geschichte, deren Mitteilungen sich auf Selbsterlebtes und Selbstgesehenes bezögen, in der sie sitze und horche, und sie zeigt diese Gebärden des Sitzens und Horchens. Diese Geschichte beginnt nach der Essenszeit, mit den Resten des Essens, Töpfe mit angebackenen Rändern, mit verharschtem Bodensatz, und mit der Frau des Kochs, die Haare zu einer Schnecke eingerollt, beim Warten und Horchen. Doch nichts ist zu hören, kein Scharren, kein Knarren, und nichts ist zu sehen, kein Rucken, kein Zucken. Während dieser Geschichte nähert sich ihr Mund meinem Ohr und mein Ohr nähert sich ihrem Mund, sie legt die Hand an den Mund, ich lege die Hand ans Ohr. Es sei ein Horchen gewesen, etwas wie. Ich habe meinen Hut gehoben, ein kurzes Lüften, um eine Kleinigkeit. Was ist denn, sagt sie. Mein Hut, sage ich. Wieso Hut, sagt sie. Nun mein Hut, was denn sonst, mein Hut. Ja so sei es, ein Horchen, in dessen Verlauf sie gerufen habe, aber keine Antwort erhalten habe. Ich rief, sagt sie, und er hörte nicht. Nun stellen Sie sich dieses Rufen vor, etwas wie. Ich ziehe mein Taschentuch hervor, ein weiches Abwischen. Was ist jetzt, sagt sie. Mein Tuch, sage ich. Was für ein Tuch, sie. Nun ein Tuch, ein Taschentuch, wenn Sie wollen. Eine Weile ist Stille, nur die Atemgeräusche aus ihrem Mund. Dieses Rufen, hören Sie, etwas wie Markerschüttern, Ohrenfellbohren, aber der Koch, dieser Ofentürklapperer, dieser Topfdeckelheber, ach, dieser fette Schneevogel, Sie können es glauben, er ist. Ihr Weiterreden, weiter mit Äußerungen, die ihren Mann betreffen, das könne ich glauben, er suche, sie zupft an ihrem weit fallenden Rock, seine haarigen schwarzen Schlupflöcher, warten Sie ab, oder er hocke auf ihrem Leib, oder in ihrem Leib, das sei die Wahrheit, er krieche durch ihre Öffnung in ihren Bauch, er käme heraus aus dem Rauchfang und kröche hinein, hier, fühlen Sie, sagt sie. Dabei zeigt sie auf ihren schwer hängenden Bauch, hier sitzt er und zwickt pocht und pickt meine Güte. Ob ich verstünde. Ja ich verstünde. So sitze sie also und warte und werde dick und könne nicht sitzen und so stehe sie auf und werde lang und könne nicht stehen, und hinter ihr sitze die Schwester, mit ihrem Gewicht, ihren zweieinhalb Zentnern, baumdicken Beinen, die sie dem Koch, wenn er komme, um den Hals schwinge. Sehen Sie, und sie macht eine Geste, in deren Verlauf sie die Beine hochschwingt, das sei die Wahrheit, sagt sie, ich könne es glauben. Ich glaube es. Ich habe meinen Binder gelockert, ein augenblickliches Aufziehen. Was machen Sie denn. Nun ein Lockern, ein Aufziehen. Was denn ein Lockern ein Aufziehen. Nun nichts Besonderes, ein Lockern ein Aufziehen. Das sei ihre Schwester, die ihren Kuchen verschlucke mit ihren ja Gott und was nun. Dabei tritt sie zurück, in die Dämmerung ihrer Kammer hinein, die Farbe ihres Körpers verschwimmt in den Farben der Kammer, und beschreibt mit den Händen den Umfang der Schwester und beschreibt weiter, indem sie sich setzt, wie die Schwester sich setzt, und weiter, indem sie die Beine übereinanderschlägt, wie die Schwester die Beine übereinanderschlägt. Dieses Klopfen und Pochen, ob ich es höre. Nein ich höre es nicht. Das sei der Koch, in der Nachbarkammer, hinter der Tür, vor die über Nacht eine dicke fleischige Schicht, haarige Schicht gewachsen sei, und nun rumore und klopfe und rufe er dort, und er wolle heraus, laß mich heraus, während die Haare weiterwüchsen, nach innen hinein, sehen Sie. Dabei deutet sie auf die Schnecke die auf ihrem Hinterkopf sitzt. Nach innen hinein, hören Sie, in meinen Kopf durch die Kopfhaut ins Kopffleisch, sie sagt Kopffleisch, wo sie stechen und bohren und wachsen, man hat das Gefühl als sei, sehen Sie nur. Dabei nimmt sie meine Hand und legt sie sich auf die Stirn. Fühlen Sie es, fragt sie. Ich fühle nichts, ich fühle eine durchfurchte warme Haut, und ich fühle ihren Atem beim

Weitererzählen. Sehen Sie, sagt sie. Sie warte, es sei ihre Schwester, die ihren Kuchen den Topfkuchen Zopfkuchen Napfkuchen Aschkuchen Pfannkuchen Rührkuchen Kirschkuchen verschlucke, da sitze sie in einem Winkel den ganzen Tag über und schlucke und schlucke den Spritzkuchen Speckkuchen Sandkuchen Kranzkuchen Blechkuchen Quarkkuchen und sie rufe abends den Koch, wenn er käme, schaue ihm zu und rufe, Koch, und der Koch auf der anderen Seite höre sie rufen, und sie warte auf ihrem Hintern, hören Sie, Hintern. Ja ich höre. Dabei sehe ich sie die Hände ringen, sich die Augen wischen, sie will, glaube ich, schluchzen, schluchzt aber nicht, sondern redet weiter und erzählt von der Ankunft des Kochs. Stellen Sie sich vor. Ich solle mir sein Hereinkommen vorstellen, wie er knarrend die Tür auseinanderdrücke, oder wie er hereinhusche, oder nein, er stampfe herein, mit seinem zungenbreiten Riemen, den er schwinge, ja, schwinge. Ich habe durch ihr klirrendes Kichern ausgelöst eine Vorstellung, sehe den Koch seinen Riemen schwingen und sehe auch, während sie weiterredet, wie er ihn sinken läßt, weil die Schwester mit einem Zurückklappen des Rockes sich im Schaukelstuhl zurückwippen läßt und ihm ihre Schenkel zeigt, etwas wie eine Bewaldung und eine klaffende Schneise, mit einem leise klirrenden Kichern, das eigentlich das Kichern der Frau ist, die jetzt mit einem Zusammenschlagen der Hände das Aufklatschen des Riemens, ich weiß nicht auf welchem Körper, schildert. Aus meiner Vorstellung zurückgerissen, in die ich mich schon hineingesogen habe, und in der sich gerade der Koch über die Schwester beugt oder sich im Gegenteil die Schwester auf den Koch setzt und gemeinsam sitzen sie in meiner Vorstellung schwingend auf ihrem Schaukelstuhl, aus meiner Vorstellung zurückgerissen, durch einen aufsteigenden Geruch, Küchengeruch, ich weiß nicht oder durch ihre Bewegung, ihre mit den dunklen Möbelkörpern verwachsende Bewegung, etwas wie sich auf etwas Daraufsetzen, höre ich wieder die Stimme der Frau, die ihr Horchen beschreibt. Das Horchen, o ja das Horchen. Und das Warten. Ich könne mir denken was dabei alles. Ja ich kann es mir denken. Sie habe für ihn gesorgt und gemacht für ihn gewischt und geputzt und gerieben gebacken gebohnert und habe ihn, hören Sie glauben Sie sehen Sie, wenn er am Abend gekommen sei abgerieben eingeschmiert seine Schmutzwäsche gekocht. Man solle die Küche im Dorf lassen, laß doch die Küche im Dorf, sage ich, sagt sie nun, aber er nimmt sein, hören Sie, Aufspringmesser, Ruhe wolle er seine Ruhe haben, Messer, denken Sie, Messer. Entschuldigung, sage sie, Entschuldigung, aber er höre nicht und schließe sich ein, riegele zu, und sie höre es schütteln und wackeln im Bett und die Bettstellen knarren und höre den Koch die Flasche mit Schnaps an den Mund setzen und höre es schlucken. Sie können es glauben, höre es schlucken und gluckern, so sei es sie sage die Wahrheit. Mein Umlegekragen sägt am Hals, ein daruntergeklemmter Finger, eine Winzigkeit. Was ist, sagt sie. Mein Kragen, sehen Sie, mein Umlegekragen. Und nachts könne man ihn schreien hören, Schnaps ich will meinen Schnaps, und das Bett schütteln hören, und sie bringe ihm Schnaps und er laufe hinein und sie bringe ihm neuen und er laufe und laufe und sie bringe ihm neuen und er komme, das sei die Wahrheit, schließlich in seinen Unterhosen seinen Pantoffeln, mit seiner ungeheueren Musspritze, seine Hose liege über dem Stuhl, wissen Sie über der Lehne, und er greife hinein in die Tasche, hören Sie, was würden Sie sagen, und nehme sein Messer heraus und wolle, sage er, ihren Hund totstechen, ich steche ihn tot er hat mich gebissen, und sie schreie und weine. Ich öffne den Gürtel, etwas wie Aufschnallen, etwas Gewöhnliches. Was denn nun. Mein Gürtel, ein Drükken. Ein Drücken, wie ich darauf käme, ein Drücken. Sie schreie und weine, und er hetze den Hund in der Kammer herum, ich ersteche den Hund, nein sage sie, hören Sie, und er höre es und wolle sie schlagen, du schlägst mich nicht, sage sie, doch schlage sie, sage die Schwester und der Koch schleppe sie schwere Frau schleppe sie und sie schreie und weine, laß meinen Hund laß ihn leben, und er nehme seinen zungenbreiten Riemen und trinke noch mehr Schnaps, nicht schlagen nicht schlagen, doch schlagen schlagen, rufe die Schwester, so sei es, ich müsse verstehen, sie sitze hier wie auf Würmern und Küchenschaben und Ameisen, wartend und horchend und rede sich Fransen an den Mund meine Güte. Im Verlauf ihrer Rede, bei ihren letzten Worten, hat sie, wobei sie zugleich das, was sie berichtet, mit ihren Händen beschreibt, die Tür erreicht, sie geöffnet und nun zieht sie mich Schritt für Schritt in das Zimmer hinein und dort bis zum Bett. Über dem Bett, in einem schwarzen runden Rahmen, hängt das Bild eines Mannes, vom Weiß eines Kittels umspannt, aufgeschlagen ein Buch in der Hand und in der anderen den Stiel eines Schöpflöffels. Ein Bild, auf das sie mit den Worten, mein Mann der Koch gestorben mit fünfzig Jahren eines Tages groß und dick Koch und später Chefkoch, deutet. Und noch mehrmals im Verlaufe des Folgenden deutet sie, indem sie sich aufrichtet, mit den Worten, Koch und später Chefkoch, auf das Bild des Mannes im Rahmen. Auch ich deutete, ich erinnere mich, auf dieses Bild, als ich in das Zimmer trat und fragte, wer ist dieser Mensch.

Zwischen Suppe und Mund kann sich vieles ereignen. Zum Beispiel diese Worte, die mir in die Ohren fallen, oder Krogges verändertes plötzlich vom Licht bestrahltes Gesicht. Schrader, was für eine Überraschung. Zum Beispiel dieses herumwandernde Licht über Körper und Gegenstände. Sie haben es gehört, mein Lieber, alle tot oder die meisten, doch wir leben. Zum Beispiel dieses Deuten auf seinen Kopf, aus dem der große weiße Pilz der Mütze wächst. Und was mich betrifft, ich werde erst sterben, wenn die Beine abgelaufen sind, die Hände abgegriffen sind, der Schlund abgeschluckt ist. Zum Beispiel dieses Umfassen und Drücken der Kehle mit der Hand. Danach mag man mir den Leib öffnen und in mich hineinschauen. Zum Beispiel diese aufsägenden aufschlitzenden Handbewegungen. Und Sie, ich nehme an das gleiche, eine Kerngesundheit, in die man ruhig hineinschneiden kann. Zum Beispiel die Bewegung, mit der er sich den Teller von neuem vollschüttet. Obgleich auch eine bestimmte Unbehaglichkeit nach dem Essen, ein unbestimmter Druck im Magen, ein Drang zum Erbrechen, eine Hartleibigkeit, eine Verzögerung des Stuhlgangs. Zum Beispiel das Deuten auf diesen zu einer Lufttrommel geblähten Bauch.

Ich weiß nicht, ob Sie das auch kennen. Zum Beispiel das erneute Beginnen mit dem Essen. Und meinen Zahn beißen die Würmer, dieses durchgewachsene Zahnfleisch durch den Zahnboden wie ein Pfropfen, sehen Sie. Zum Beispiel dieses Herabziehen der Mundwinkel und mein Hineinsehen in die Tiefe eines schwarzen Loches mit einer vorgesetzten Reihe schwarzer Plomben. Ich weiß nicht, auch dieses Reißen in den Armen, dieses Ziehen in den Beinen, diese Behinderung des Schluckaktes. Zum Beispiel dieser neue Versuch mir Suppe einzuschütten und meine Weigerung sie anzunehmen. Ich höre diese Worte und sehe den Sprechenden sitzen, den Finger erhoben, auf mich einsprechend, und neben ihm sehe ich andere sitzen, ihre aufgegrabenen Münder, ihre Gabeln auf dem Weg vom Teller zum Mund stumm in den Händen. Und wie ich sie sehe, erinnere ich mich an den Augenblick, als ich in dieses Zimmer trat. Es ergibt sich dieses an den Rändern nun schon vergilbte Bild: Rechts im Zimmer steht in einem dunklen Rock Krogge und sagt, Sie wollen etwas bringen, und nachdem ich, ebenfalls in einem dunklen Rock, das verneine, sagt er, Sie wollen etwas holen. Auch das wird verneint, ich stehe in der Tür und hebe meinen Hut in die Höhe, nur eine Idee, aber doch genug um meine Kahlköpfigkeit aufschimmern zu lassen, einen winzigen Augenblick, den ich sogleich mit einem Senken des Hutes beende. Mit Hut, sagt nun Krogge, sieht er aus wie Wobser, er setzt den Hut ab und sieht aus wie Schrader, dann setzt er den Hut wieder auf und sieht wieder aus wie Wobser. Nach diesen Worten nehme ich meinen Hut endgültig ab. Nun müßte ich also, wenn ich Krogges Worten trauen darf, wie Schrader aussehen. Schrader. Im Hintergrund dieses Bildes, eines an seinen Rändern zerknitterten, eingerissenen Bildes, sitzt der einhändige Sohn, neben ihm hochbusig die Frau von Krogge, neben ihr, in einer demütigen Haltung, die Schwester der Frau, der Bruder der Frau und ihr Onkel, daneben ein Herr namens Ruckgaber, daneben Wobser Schlötzer Gibser Wurzer Schutzer und neben Schutzer der Direktor. Ein Stuhl ist frei in diesem Bild, Krogge weist, während ich mich nach allen Seiten hin hutwinkend verbeuge, auf diesen Stuhl, und ich, in diesem Bild aus der Erinnerung, setze mich auf diesen Stuhl, auf dem ich noch jetzt sitze.

Folgendes könnte nun, vielleicht nicht in dieser, aber einer dieser entsprechenden Reihenfolge geschehen: das Abschnallen der Strumpfbänder, das Einschnappen des Riegels, das Aufknöpfen des Schürzenkleides, das Umdrehen des Schlüssels im Loch, das Abstreifen des Schürzenkleides, das Aufhaken des Büstenhalters, das birnenförmige Hervorquellen des Busens, das Einschnappen des Riegels, das Ausspreizen der Beine, das Öffnen des Latzes, das Einschnappen des Riegels, das beginnende Knarren des Bettes, das Keuchen das Stöhnen das sich mit dem Knarren des Bettes mischt, das Auftauchen des Bauches, das Schütteln des Bauches, das Lösen der aufgesteckten Frisur, das Öffnen des Mundes, das sich Entledigen der Hose, das Knacken des Schlüssels, immer schneller, das Abschnallen der Hose, das Hinunterlassen der Hose, das Zusammenschlagen ihrer Beine über mir, das Umschlingen Einzwängen meines Körpers, das Gefühl ihres Körpers hart hart und weich weich, das Nachgeben des Fleisches unter meinen Fingern, das Kitzeln das Kneifen meiner Finger, das Ablegen des Hemdes, immer schneller, das Herunterrollen der Strümpfe, die Bewegungen unserer Körper, immer schneller, das Krachen des Bettes, das Wackeln des Nachttisches, das Schwanken der Kommode, das Zittern der Fenster, das Baumeln der Lampe, das Aufknöpfen der Jacke, das Zuschnappen des Riegels, das Aufschnallen der Hose, das Hinabstreifen der Hose, das Vorlegen des Riegels, das Vorschieben des Riegels, das über den Kopf Ziehen des Hemdes, das Herumdrehen des Schlüssels, das Hinunterlassen der Hose, das Vorhängen der Türkette, das Öffnen der Hose, das Zuziehen der Vorhänge, das Knarren des Bettes, das Erscheinen Auftauchen und Verschwinden eines und eines zweiten Schreis, der sich zu einem Grunzen verdunkelt, der Bogen eines Schreis, der abbricht und zu einem Grunzen zusammenschrumpft, das Zappeln Zittern Zucken ihres Leibes, der Stillstand, die Ruhe, das Hochziehen Zuknöpfen Festschnallen der Hose, das Zurückziehen des Riegels, das

Zurückdrehen des Schlüssels, das Lösen der Türkette, das Hinaustreten auf die Straße. Doch diese Ereignisse sind ausgeschlossen. Diese Bilder, diese Folge in meiner Vorstellung aufgereihter Bewegungen und Geräusche, bleiben, so sehr ich mir auch im Moment dieser Vorstellung sicher bin, in der Vorstellung stecken, sie ereignen sich nicht. Ich brauche einen neuen Ansatz, vielleicht sollte ich mit ihrem Herankommen beginnen. Sie kommt mit aufgerollter Frisur, sie kommt mit erhobenen Händen, mit ausgestreckten, gastfreundlich geöffneten Armen mir entgegen, Willkommen Willkommen, nun kommen Sie herein, schließt hinter mir die Tür, dreht den Schlüssel im Loch, schiebt den Schnapper vor, hängt die Türkette ein, führt ihren Mund dicht an mein Gesicht. Es ist gut, daß Sie gekommen sind. Ich täusche mich nicht, es ist das, was sie sagt. Ihre Ankunft ist mir recht. Es gibt keinen Zweifel über ihre Äußerung. Ihr Erscheinen ist mir recht. Ich sehe die gelbe von dunklen Rissen Spalten Gräben durchzogene Gesichtsfläche, die Mundgrube mit dem Aufwurf der Lippen, die zerknitterten Tränensäcke, die aufgeschüttete Nase mit den dunklen Schächten der Nasenlöcher, die kleinen braunen buschigen Warzenhügel, die verschlungenen Gehörgänge Ohrgrotten, dieses Gesicht unter der Kruste des Puders. Ich spüre das Drücken Streichen ihrer Hände, ich höre das Keuchen Schnaufen aus ihrem Mund, das Rascheln, mit dem sie ihr Unterzeug abstreift, das Rücken Schnappen des Riegels, das Drehen Knirschen des Schlüssels im Schloß, das Rasseln Scheppern der Türkette. Ich glaube so geht es, ihr Fleisch blüht auf, sobald es aus ihrem Schnürleib tritt, stärker atmend, so scheint es zu gehen, stärker atmend, mit dem Aufklopfen der Federbetten, dem Glattziehen des Lakens, mit allen klatschenden raschelnden Vorbereitungen, mit dieser zurücksinkenden breitrinnenden aufkreischenden Bereitwilligkeit, etwas wie Gestrüpp, mit Kuppen Einsenkungen, vielleicht Hügelland Höhlen Bewaldungen, durch die wir gingen, aus denen wir plötzlich heraustraten auf eine Schneise, mit einem dumpfen Geruch nach aufgeworfener Ackererde und mit etwas in einer Grube, einem braunen dampfenden Körper, der in seinen wie sagt man letzten Zuckungen lag, die Erdbrocken klebten an den Schuhen, warten Sie, als wir auf diese Schneise traten, diese bestimmte Bodentönung, diese Ausscheidungen des Bodens, dieses Herauskriechen schlüpfriger kleiner Tiere aus dem Boden, der sich in einer weitgeschwungenen Hügellandschaft hinzog, ausgebreitet ausgespreizt naß aufgequollen, mit einer bestimmten Art von Gestrüpp, für die Dauer eines Augenblicks sichtbar, in einer vielleicht Biegung, oder Krümmung, oder vielleicht beim Aufheben der Beine die Darbietung einer verhaarten Nische. Nein.

Mein Gesicht spiegelt sich in der Suppe. Halt, sage ich, als man mir noch Suppe geben will, nun ist es genug.

Oder doch, vielleicht sollte ich nur anders beginnen, etwa mit der Beschreibung des Bettes, mit etwas Rosafarbenem Rüschenbesetztem Schwellendem aus dem ihr Arm herausragt, etwas Getöntes leicht und blond Überhaartes, ein schläfriges Winken, matt wie nach einer vorangegangenen Anstrengung in einem Halbdunkel, von vielleicht Kerzenflammen beleuchtet, ihre ja, seidige Haut, schimmernde Haut, straffe junge ungewöhnlich samtige pralle, etwas gesprenkelt von den kleinen Flecken der Sommersprossen, dabei etwas Duftendes, ein starker Geruch nach vielleicht Parfüm, gepudert geschminkt ihre ungemein delikaten Körperteile, sagte ich delikat. Ja. Der Schimmer, vielleicht die Blässe, die Kostbarkeit in etwas Seidigem Spitzenbenähtem oder einfach aus Spitzen Bestehendem Raschelndem, oder vielleicht etwas milchig Liegendes oder Ausgestrecktes oder Gespreiztes, oder vielmehr, im Gegenteil, Zusammengekauertes, aber zitternd Spitzes und straff Rundes, etwas wie die Wärme oder Kühle ihres Körpers, etwa diese kleine rosige schneckenhafte Ohrmuschel, diese wie sagt man zarten wie sagt man die Lenden, die Weichen, die Innenseite der Schenkel, die dichte ich meine Behaarung, alles wie ich es beschrieben habe in einer Kerzenbeleuchtung, mit allen Schattierungen, mit dem Knistern der Flamme, dieser Flamme die diesen Körper überzuckt und schattiert, ja, und dabei ihr Abwehren, ihr Zurückstoßen meiner Hände die vorschlüpfen und in etwas hineinwandern. Nein nein, die Stimme dieses keineswegs fetten sondern eher in die Länge gezogenen Körpers, eine wie gesagt delikate schamlose Länge, dabei abweisend, knochig, wenn auch nicht dürr, nicht gerade dürr, weicher. Was wollen Sie denn, lassen Sie, Sie werden doch nicht, wer gibt Ihnen das Recht, mager, ja, von dieser Magerkeit, etwas wie Zittern schließlich und wie Nachgeben, das Lockern der Abwehrbewegung, nun auch stumm ja feucht, dieses Zurücksinken, ein Halbrund mit einem flaumigen Bewuchs, das Bild einer Öffnung, ich weiß nicht was korallenrot und schwarz naß aufstehend schimmernd umbuscht dieser verborgene Eingang und dieser delikate Geschmack über den ganzen Körper verteilt, über die ganze bräunlich oder rotbraun betupfte Haut, dabei diese Gerüche ich würde sagen Gewürze, Zimt. Ein Bild also mit dem Schattenfall der Brüste, den harten hervortretenden Hüftknochen, mit einem winzigen zunächst winzigen Wimmern, doch beim Zurückblicken, vom Bett aus durch das Oval eines leeren Toilettenspiegelrahmens in ein Nachbarzimmer, das Erscheinen eines Mannes, der einen Zylinderhut trägt, ganz wie es dieser Umgebung und auch diesem Vorgang angemessen ist, und allerdings in der Hand einen Revolver, den er hochreißt, und der Eindruck, dieser Mann im Umhang könne schießen, wenn er eine Kugel im Lauf hat und man müsse damit rechnen, daß er. Nein.

Nein. In die Schöpflöffelbewegung hinein, über das Weiterrutschen der Suppenschüssel hinweg. Nein.

Ich könnte versuchen an einer anderen Stelle einzusetzen, etwa beim Hineintreten ins Zimmer, oder mit dem Fortgang eines Vorgangs, den ich voraussetze, sagen wir dem Vorgang des Auskleidens. Damit ist viel gewonnen. Ja es war in der Dunkelheit dieses Zimmers, mit den weichen Umrissen des Mobiliars, des Bettes im Hintergrund, auf das wir zuschritten, umschlungen und uns betastend, ein langer Weg durch diesen in Dunkelheit gelegten Raum, über den kühlen Holzfußboden, nackend und aneinandergepreßt beim Gehen mit vielen aufeinanderfolgenden Schritten an diesen Gegenständen vorbei, die aufgehäuft übereinandergestülpt ineinandergeschachtelt geschoben gedrückt geschichtet in diesem Raum standen, dessen Umfang je länger wir in ihm liefen wuchs, mit unserem Gehen breiter und tiefer wurde, mit diesen Sesseln in Schonbezügen diesen Tischen und Wannen Kartons Zubern Schachteln Koffern und Kisten, gekapselt gepreßt gestellt gekeilt gezwängt, Schränken Kommoden Truhen mit knarrenden Türen aufstehenden Deckeln mit herausquellenden Stoffen Mänteln Hosen Röcken Kleidern Schürzen Kitteln, mit stockigen Gerüchen und Gerüchen nach Mottenkampfer Lavendel Kernseife, mit Zimmerpflanzen, zwischen denen wir dahinschritten, aus Töpfen herauswachsend aus Kübeln mit schuppigen Stämmen, schneckenartig eingerollten Blättern, angeschwollenen Gipfelknospen, die hohen walzigen mit einem Schopf ausgespreizten Zapfenpalmen, die zurückgerollten Sagopalmen, ein beliebter Grabschmuck, sagte sie, häufiges Bespritzen ist nötig, sehen Sie, sie glich in einer eingenommenen Haltung des Begießens den nackten Gipsfiguren, die zwischen Fächerpalmen Rohrpalmen in den schattigen Urwäldern dieses Raumes standen, mit ihren Gipshänden herausgriffen, mit schimmernd harten Fingern, zwischen leicht und bedächtig schwingenden Wedeln, Rohrpalmen in tiefen Töpfen mit Lehmerde Sand Hornspänen etwas Taubendung, wöchentlich mit weichen Schwämmen zu waschen, sie strich über die umhaarten Stämme, Dattelpalmen, sehen Sie, mit dorniger bei Berührung schmerzhafter Unterseite, Feuchtigkeit ist wichtig, die strauchig wachsenden Fächerpalmen, mit weißen glatten Augenhöhlen erschienen dazwischen die Gipsgesichter regungslos still, sehen Sie, ich sah schön kriechende Moosfarne, über Regalen mit Eingemachtem, mit Winteräpfeln und Zwiebeln, Blasenfarne Schildfarne dazwischen das matte weiche Schwingen der Brüste, geschlitzte Frauenfarne kleingesägte Saumfarne und dazwischen geduckt oder aufgebäumt Porzellantiere mit porzellanenem Fauchen und Knurren, Aralien mit handförmig geteilten oben mattgrünen unten filzig rostroten Blättern, der gefensterte durchlöcherte Philodendron emporklimmend in den Zimmerecken, in starken Büscheln Aspidistra, Kurkuligo leicht gebogen lanzettlich tiefgefaltet, Schraubenbäume mit bewehrten langen gebogenen rinnenförmigen spiraligen Blättern, in Büscheln Schirmen Stauden großfleckig gestreift langblumig trompeten- und trichterförmig krautartig starkduftend bürstenähnlich getigert mit saftigen Stielen starken Schäften, an denen sich Efeu hinaufwindet und Wachsblumen Judenbart mit reichbehaarten großen rundlichen Blättern und hängendes Frauenhaar über eisernen Bettstellen, auf denen Matratzen und rotleuchtende Federbetten aufgetürmt sind. Wir liefen an ihnen vorbei, einen langen Weg lang, mit schweren erwartungsvollen Atemstößen zum Bett im Hintergrund, das noch weit entfernt schien, unerreichbar an diesem Tag, erst am Abend erreichbar, nach einem langen beschwerlichen Fußmarsch vorbei am Mobiliar des Kochs, aufgetürmt gestapelt bereitgehalten gebündelt verschlossen eingemottet und mit einem feinen fernen Duft von vor Zeiten zubereiteten Speisen und bei diesen Zubereitungen geflossenem Schweiß, und mit zwischen ihnen hockenden Gestalten, mit allen Gestalten des Lebens des Kochs und seiner eigenen Gestalt im Rahmen über dem weit entfernten Bett, mächtig gebläht fett und geschwungen kugelrund eingefangen in einem Augenblick der Würde, des Wohlbefindens, gestopft und gewaltig und von dieser Haltung gefangen vielleicht zwei Gestalten auf dem Weg zu einem Bett, umschlungen und sich lösend und die Hosen wieder schließend, die Frisuren ordnend, die Röcke streichend unter dem Blick des Kochs, die Hemden schließend noch vor der Ankunft am Bett schließend.

In einer nun eingetretenen Pause zwischen zwei Gängen, zwischen dem Hinaustragen leerer Schüsseln und dem Hereintragen voller Schüsseln, in einem Augenblick der Ruhe, der untätig neben den Tellern liegenden Hände.

Noch einmal nehme ich einen Anlauf und ich nehme ihn, während die Frau des Kochs im Zimmer auf- und abgeht, mit ihren großen schweren Schritten, ihre Brüste schwingen beim Gehen herüber und hinüber, auch ihr Gesäß schwingt und ebenfalls ihr heraustretender Bauch schwingt, ihre Schürzenbänder schwingen, ihr weiter grober Rock schwingt von ihren schweren Bewegungen beim Gehen. Bei diesem Gehen erzählt sie von einem Umzug, eines Morgens, sagt sie, im Winter. Sie erzählt unter dem Stampfen ihrer Schritte von einer girlanden- und fahnengeschmückten Straße, diese prachtvollen Farben, Raketen krachen aus den Häusern heraus. Das ist der Beginn ihrer Geschichte, mit meinen Worten wiedergegeben, die Menge reibt sich die Hände, stampft mit den Füßen auf, schlägt die Arme über der Brust zusammen, klappert und zittert, die Atemdämpfe steigen zum Himmel, einem blauen gläsernen Himmel voller Konfetti und Luftschlangen. Sie beschreibt ein dichtes Stehen, Körper an Körper, bei dem keiner den Arm heben kann ohne einen anderen Arm mitzuheben. Die Menge hält sich umschlungen, schaukelnd und stampfend, plötzlich beginnt sie zu schreien zu winken sich auf die Zehenspitzen zu erheben zu hüpfen, der Zug nähert sich, ein unabsehbarer Zug, Fahnen und Musik voran, sagt die Frau des Kochs. Erst seien die Musiker gekommen, die, infolge der herrschenden Kälte, um sich zu erwärmen, aus Leibeskräften spielten, aber dennoch froren und darum, weil ihre Hände, ihre Ohren, ihre Backen, ihre Füße und Beine und Körper froren, die Instrumente von Zeit zu Zeit absetzten, um sich die Hände zu reiben, dabei vor Kälte stöhnten. Ihnen folgten die Wagen, von schweren zitternden Pferden gezogen, aus deren Nüstern stoßweise Dampf drang, auf den Wagen auf Bänken saßen kostümierte Frauen und Männer, die, auf Grund von Scherzen, die einer von ihnen fortwährend erzählt habe, vielmehr herausgeschrien habe, sich vor Lachen gekrümmt hätten. Es sei ein Gelächter gewesen, sagt sie, das schallend quietschend brüllend fast die Musik, deren Lautstärke schon kräftig genug gewesen sei, übertönt habe und die Sitzenden verbogen habe, die Körper vor Lachen in die Luft gerissen habe und dann die Oberkörper vornüber heruntergeworfen habe, über die vom Lachen auf den Leib gedrückten Hände. In dieser Stellung sei, und sie zeigt mir diese Stellung während sie spricht, lachend eine bestimmte Anzahl der Lachenden erfroren. Später habe man sie mit offenem vom Lachen aufgerissenen Mund vom Wagen gehoben, ihre Körper schon in der Erstarrung, von der Gewalt des Lachens gekrümmt, die Hände auf den Leib gelegt, die Augen, obwohl schon gebrochen und im Grunde natürlich ausdruckslos, hätten noch den Ausdruck des Gelächters getragen. Bei ihrer Erzählung schreitet sie im Zimmer auf und ab, ihr dicker weicher schwitzender Leib gibt, wenn sie sich, um das Lachen dieser Menschen nachzuahmen, über ihre auf den Leib gepreßten Hände wirft, einen schmatzenden Ton. Ich befürchte in diesem Augenblick, daß sie das Gleichgewicht verlieren und auf den Boden stürzen könne, ich stelle mir vor, wie ihr Körper, zuckend am Boden liegend, weich, noch immer lachend, um mit diesem Lachen das Lachen der kostümierten später erfrorenen Menschen nachzuahmen, langsam ruhiger wird, wie ich zu ihr trete, um ihr beim Aufstehen behilflich zu sein, ihren Körper ergreife, unter den Armen, in den nassen weichen Achselhöhlen, und zu ziehen beginne. Ich ziehe mit aller Kraft, langsam erhebt sich der Oberkörper vom Boden, ein Keuchen Schnaufen dringt aus meinem Mund, langsam erhebt sich der Oberkörper, es geht langsam, ich ziehe unter Aufbietung aller mir zur Verfügung stehenden Kräfte, ich sagte es schon, Kräfte, doch bevor ihr Oberkörper sich soweit erhoben hat, daß sich auch ihr Unterkörper erheben könnte, habe ich meine Kraft vergeben, der Oberkörper fällt klatschend zurück auf den Boden und ich werde mitgerissen und falle auf ihren Körper. Bei diesem Gefühl von etwas weich Auseinanderklaffendem unter mir komme ich auf den Gedanken an, ich weiß nicht, vielleicht ihren Rock, das ist möglich, das ist durchaus wahrscheinlich, hinaufzuschieben, an, kurz und gut, an Begattung. Auch ihr muß dieser Gedanke gekommen sein, denn bei meinen ausführlichen Vorbereitungen, etwa dem Hinaufstreifen Aufhaken, bleibt sie regungslos liegen, ich drücke mich in ihre, nein, nichts, ich drücke nichts, es geschieht nichts, sie fällt nicht, sie bleibt stehen, sie lacht um das Lachen der Kostümierten später Erfrorenen zu beschreiben. Als man die Toten vom Wagen hob, erzählt sie und bleibt einen Augenblick stehen, um mit ihren fetten geröteten Armen die Bewegung des Herabnehmens zu machen, die gefrorenen Kleider knirschten, die Musiker bliesen mit aufgeblähten Backen, um sich zu erwärmen, verblieben sie in ihrer sitzenden über den Leib hingekrümmten Haltung, man setzte sie neben den Wagen und mußte sie im Sitzen begraben. Nur ihr Mann der Koch, der ebenfalls auf dem Wagen gesessen habe, ebenfalls lachend, sei, nach einer Reihe von Belebungsversuchen, nach Abwaschungen Abreibungen Einflößungen, wieder aus seiner Starre herausgestiegen. Nun setzt sie sich, keuchend, von den Anstrengungen des Gehens und des Beschreibens erschöpft, in ihren Sessel, die Arme hängen zu beiden Seiten ihres Körpers hinunter, der Kopf fällt auf die Brust, ihre Schenkel klaffen unter dem Rock weit auseinander, es wird Abend, die Sonne schiebt sich tief vor das Fenster und beleuchtet nun das Zimmer, dessen Gegenstände andere Formen, andere Umrisse bekommen, die Uhr wirft einen langen dünnen Schatten über die Frau des Kochs, die tief atmend im Sessel liegt und nun schweigt. Ich habe mir zu dem von ihr Beschriebenen meine eigenen Gedanken gemacht, auch ich erinnere mich an die Kälte dieses Winters, an ein Zimmer mit beinweiß abgedeckten Sesseln, das ich verließ, um auf die Straße zu treten, ich erinnere mich an die Tierkörper, die erfroren im Schnee lagen, Vögel, Katzen, Ratten mit stockharten Schwänzen, an die Fußgänger, die auf der anderen Seite der Straße vorbeizogen, in Winterbekleidung, mit Wollkappen Ohrenschützern Fausthandschuhen Halstüchern Gamaschen Muffen, mit Atemwolken vor ihren Gesichtern. Die mich in diesem Augenblick erfassende Kälte packte meinen Körper und drückte ihn wieder zur Tür hinein. Kommst Du wieder, rief meine Frau, die weißen Tücher, mit denen die Sitzmöbel bedeckt waren, entsprachen der Schneedecke. Mein Ohrenschützerlüften. Ja ich komme wieder, aber sei unbesorgt, ich gehe bald und komme nicht zurück. Noch immer erwarte ich, daß die Frau des Kochs, nach allen vorausgegangenen Anstrengungen erschöpft, wieder zu reden beginne, ich sehe, da sie ihren Kopf von den Erinnerungen erschöpft hängen läßt, daß sie einen beinahe kahlen Kopf hat, die rosafarbene Kopfhaut schimmert durch die Haarsträhnen. Auf diesen Moment habe ich gewartet, ich nähere mich langsam der Zimmertür, doch noch bevor ich sie erreichen kann, springt sie von neuem in die Höhe, macht nun im ganzen einen erholten, einen ausgeruhten Eindruck und fährt, nachdem sie mich gefragt hat, ob ich schon gehen wolle und ich geantwortet habe, nein, ich wolle nicht gehen, in ihrer Erzählung fort.

In diesem Augenblick wendet sich Wobser, der neben mir am Tisch sitzt, an die Frau von Krogge, die sich an der unteren, von mir aus gesehen unteren Hälfte des Tisches leise, so daß ich den Inhalt der Unterhaltung nicht verstehen, nicht einmal erraten kann, mit dem Sohn unterhält, und bittet sie um eine Nadel, da seine eigene Nadel, die er sonst bei sich trage, auf eine unerklärliche Weise verschwunden sei. Die Frau bricht die Unterhaltung ab, erhebt sich, wie es scheint mißmutig, aber ich kann es nicht beschwören, und verläßt das Zimmer. Nach einer Zeit der Stille, die nur einmal von einem Aufschrei und einem Geräusch, als falle ein Gegenstand zu Boden und zerbreche, unterbrochen wird, erscheint sie wieder am Tisch. Sie hat eine Nadel in der Hand, die sie Wobser, es scheint ärgerlich, übergibt. Nun wendet sich Wobser an den Bruder der Frau, der sich an den Onkel gewendet hat, um diesem einen ausgestopften hinter beiden aus der Wand ragenden Tierkopf zu erklären, eine Art Pferdeschädel, im Unterschied zum Pferd jedoch gestreift, und bittet ihn um eine bestimmte Anzahl von Korken, genau gesagt drei Korken. Der Bruder bricht die Erklärung ab, erhebt sich, wie es scheint mißmutig, aber ich kann es nicht beschwören, und verläßt das Zimmer. Nach einer Zeit der Stille erfolgt im Nebenzimmer dreimal das Geräusch, das bei der Entkorkung von Flaschen entsteht, nach einem vierten Geräusch, das wie Umstürzen und gleichzeitiges Zersplittern und gleichzeitiges Versickern klingt, erscheint er wieder am Tisch. Er hat drei Korken in der Hand, die er Wobser, es scheint ärgerlich, übergibt. Nun wendet sich Wobser an den Onkel, der den Erklärungen des Bruders der Frau lauscht, und bittet ihn um eine Flasche. Der Onkel erhebt sich, schwankt mühevoll, sich an den Kanten und Vorsprüngen der Möbel stützend, zur Tür, schleppt sich in das Nebenzimmer, seine zusammenknickenden Schritte sind noch eine Weile zu hören, dann ist Stille. Es ist kein Geräusch zu hören. Nichts. Alle haben die Gesichter zur Tür gewendet und warten auf das Wiedererscheinen des Onkels.

Ich möchte Ihnen von der Hand erzählen, sagt die Frau des Kochs, eine Geschichte, die ich »Die Hand des Sohnes« nenne. Das von der Vergangenheit in Gang gesetzte Seufzen der Frau, das ihr locker aufgeschüttetes Fleisch bewegt, steht zu Beginn ihrer neuen Erzählung, die sie im Sitzen vorträgt, und in der ein Mensch mit nur einer Hand, es ist ihr Sohn, auftritt, eine gute Erscheinung, wie sie sagt. Im Verlauf ihrer Erzählung sieht man den Sohn, noch mit beiden Händen und mit einem Beil in der rechten Hand, aus einer Haustür treten, über einen grobgepflasterten engen Hof gehen und in einen Schuppen, der am Ende des Hofes steht, verschwinden. Dort hört man es rumpeln und poltern und man hört plötzlich, in der Erzählung der Frau des Kochs, das Beil auf einen noch unbekannten Gegenstand hinabklatschen, dreimal hintereinander. Die Tür wird wieder geöffnet, der Sohn erscheint bleich mit zusammengezogenem Gesicht, in seiner Hand nun nicht mehr das Beil, sondern eine Hand, seine linke Hand. Aus dem handlosen Stumpf seines linken Arms schießt ruckweise, den Herzbewegungen entsprechend, ein Blutstrom, über den im Hintergrund im Schuppen stehenden Hackklotz rinnt das Blut hinab. Der Sohn läuft taumelnd mit zusammenknickenden Knien über den Hof zum Haus zurück, verschwindet im Haus und kurze Zeit später hört man die kreischenden Schreie seiner Mutter. Mein Sohn, mein lieber Sohn. In einem anderen Bild sitzt der Sohn mit verbundenem Armstumpf, mit blutgetränktem Verband, noch immer in der zurückgebliebenen Hand seine zweite schon blutleere starre Hand haltend, mein lieber Sohn, sagt die Frau, hast Du Hunger, willst Du einen Kaffee. Was, sagt er. Willst Du einen Kaffee, sagt sie, einen Kaffee, verstehst Du, sagt sie. Ja, sagt er, gib mir einen. Dabei fällt ihm die Hand aus der Hand, die Mutter schreit auf, die Hand liegt weiß und fünffingrig auf der Dunkelheit des Fußbodens. Warum hast Du das getan.

Ich kann es nicht sagen. Mein Sohn mir kannst Du es sagen, hier ist Kaffee, hier ist Kuchen, nun sage es. Ich kann nicht. Mein Sohn, sagte ich, sagt die Frau des Kochs in ihrer Erzählung. Ich weiß nicht, ich weiß nicht, er erhob sich, bückte sich und hob mit der Hand seine am Boden liegende Hand auf und verschwand aus diesem Bild. In einem dritten Bild sieht man den Sohn mit anderen Söhnen in einer langen Reihe nackt, mit den Händen die Geschlechtswerkzeuge bedeckend, bei einer der Arbeitstauglichkeit vorausgehenden Musterung. Beim Anblick des Armstumpfes des Sohnes schüttelt der Musterungsvorsitzende den Kopf und macht eine zur Tür weisende Bewegung, eine Gebärde, die der Sohn mit sichtbarer Genugtuung verfolgt. Im vierten Bild findet noch einmal das Abhauen der Hand statt, diesmal aus einer anderen Perspektive, ich glaube der des Kochs. Der Koch spricht durch den Mund der Frau des Kochs, das Auftreten des Sohnes mit dem Beil wird geschildert, seine Vorbereitungen im Schuppen, in dessen hinterem Winkel, für den Sohn nicht sichtbar, schwer aufgeworfen weiß und stumm der Koch steht. Er, der Sohn, rollt den Hackklotz in die Mitte des Schuppens, wobei Schaufeln Rechen Hacken und Eggen krachend umfallen, ohne darauf zu achten legt der Sohn die linke Hand auf den Hackklotz, den Handteller nach oben gekehrt, hebt mit der rechten Hand das Beil und läßt es, alles in einer schwachen fahlen Beleuchtung, fallen. Das Beil schlägt klatschend auf dem Handgelenk auf und trennt die Hand zu einem Teil vom Arm, er hebt ein zweites Mal, noch immer still, die Hand mit dem Beil, läßt sie ein zweites Mal fallen und trennt die Hand bis auf wenige sie noch mit dem Arm verbindende Sehnen und Hautstränge ab, erst jetzt schießt Blut aus den Trennstellen, erst jetzt dringt ein Aufstöhnen aus seinem Mund. Ein drittes und letztes Mal hebt der Sohn das Beil und trennt mit einem dritten und letzten Schlag die Hand endgültig vom Arm, sie fällt zur Seite des Hackklotzes auf den Boden, mitten in einen Lichtstrahl hinein, der durch ein erblindetes Fenster einfällt, in seiner rechten Hand, die nach unten hängt, hat er noch das Beil, er läßt es fallen und es fällt neben die Hand, die er nun mit der Hand aufhebt. Er bückte sich, ich sah seinen Bukkel, sagte der Koch, sagt die Frau, darauf öffnete er die Tür, ein scharrendes ein knarrendes ein schleifendes Öffnen, ein quietschendes ein knirschendes ein schabendes Öffnen, ein Hinaustaumeln über die Schwelle, das Rot der untergehenden Sonne beleuchtete ihn von vorn. Da es den Anschein hat, nach allem was ich sehe, daß sie noch andere Situationen aus dem Leben ihres Sohnes darstellen will, nach allem was ich höre, denn sie erhebt sich zum Ansetzen einer neuen Schilderung, Mein Sohn, beginnt sie, erhebe ich mich vom Bett, und alle diese in diesem Augenblick gedachten und dargestellten Bilder schießen zu einem einzigen Bild zusammen, in dessen Mitte die Frau des Kochs steht, Mein Sohn, die Arme geöffnet, weit aufgehalten, obgleich auch nachdenklich, wie in Gedanken versunken. Ein Geruch nach Schmalz und Zwiebeln weht mir entgegen, als ich auf sie, also in das Bild hineintretend, zutrete, oder auch, wie ich schnüffelnd feststelle, ein Geruch nach Gänseklein, wie ich schnuppernd sitzenbleibend feststelle, ein Geruch nach Linsen mit Blutwurst Essig Speck. Ich habe diesen Eindruck, zunächst wie erhoben sitzend in etwas wie einer Loge, hinter etwas wie einer Brüstung, auf etwas wie einem Sessel, in etwas wie einer Dunkelheit, während in einer lichtbeschienenen bestrahlten Mitte, unter mir, schreiend, in einer Art Rolle, die, nach allem was ich sehe, die Frau des Kochs darstellt, die Frau des Kochs steht, nackend und zitternd und, wobei sie die Geschichte ihres Sohnes fortsetzt, in ihre Kleider hineinfährt. Ich, noch immer auf dem Bett hockend, mit Schmerzen an einer bestimmten Stelle Schmerzen wenn auch nicht stark, in die Dunkelheit zurückgesunken, sehe, wie bei ihrem raschelnden Anziehen Überstülpen Hineinsteigen Hindurchschlüpfen Zuschnüren Festknöpfen Zuhaken Zubinden Umlegen Hinaufrollen Hineinzwängen Durchstecken Hochziehen das Zimmer zusammenschrumpft und sich wieder ausdehnt und zusammenschrumpft. Sie füllt es mit ihrem fest umschnürten Körper aus, mit ihren Armbewegungen und ihrer Stimme. Von Lachsalven oder Aufstöhnen oder Tränenströmen unterbrochen, trägt sie ihre Geschichten vor, die sie »Mein Mann der Koch« oder »Meine dicke Schwester« oder »Die Hand des Sohnes« nennt, und ich, noch immer sitzend, fühle mich plötzlich eingeschnappt aufgeschluckt von etwas, das sich hinter mir schließt, weich und warm und naß wie das Innere eines Mundes.

Im Nebenzimmer herrscht eine vollkommene, auch nicht von den Schritten des Onkels gestörte Stille, die auch die in einer Gebärde der Erwartung erstarrten Personen an diesem Tisch ergriffen hat.

Ein kleines rotes Stück Zunge liegt in diesem Mund, der auf mich einspricht, ich sehe es aufleuchten, wenn sie kugelrund lachend an mir vorbeirollt, aus dem Zimmer hinausrollt, wieder hereinrollt, während sie etwas zu trinken bringt, Kaffee, wie mir scheint, Kaffee, während ich mir ihren unter diesen schweren schwingenden Kleidungsstücken liegenden Körper vorstelle, während sie mit Bewegungen und Gebärden die Bewegungen und Gebärden der Personen ihrer Geschichten nachahmt und vorführt, während ich nicke oder den Kopf schüttle oder Widerwillen oder Entsetzen oder Freude ausdrücke je nach Inhalt der Geschichte Erstaunen oder Entrüstung, während wie Pilze aus dem Boden die Worte aus ihrem Mund brechen. Sehen Sie, sagt sie plötzlich, sie zieht dabei eine Portiere zur Seite, sehen Sie. Und ich sehe durch einen Türrahmen hindurch, in einem angrenzenden Zimmer, ein Stück eines Tisches, an dem, die Beine übereinandergeschlagen, die Arme verschränkt, die Schwester der Frau sitzt, neben ihr, den handlosen Armstumpf vor sich auf dem Tisch, sitzt der Sohn, und beide sehen an Schüsseln vorbei und hängen am Mund einer Person, die die Hände auf die Stuhllehne gestützt hat, also steht, und die nach allem, was ich von ihm weiß, der Koch ist, mit einem weiß aufgetriebenen Hut auf dem Kopf.

Noch immer ist Stille im Nebenzimmer, in das sich vor einer Weile der Onkel hineinschleppte, ich sehe noch seine mühsamen Vorwärtsbewegungen. Kein Geräusch läßt auf die augenblicklichen Handlungen des Onkels schließen, er scheint unbeweglich, vielleicht auf einen Stuhl gestützt, zu stehen, oder vielleicht, auch das ist möglich, zu sitzen, zu verschnaufen, oder vielleicht, aber das ist unwahrscheinlich, zu liegen, warum sollte er liegen. Das letztere ist ausgeschlossen.

Das Auftreten und Abtreten ihrer Figuren, die in ihren Geschichten eine Rolle spielen, in diesem knarrenden knakkenden knisternden Zimmer, die aus der Dunkelheit herausspringen und wieder in sie zurückspringen, die zwischen den Möbelstücken hervortreten und sich nach ihrem Auftritt wieder verbergen, setzt sich fort. Doch die abgegriffenen wer weiß fettfleckigen ich sagte schon fettfleckigen Figuren, teils stillstehend, teils die Hände ringend, teils stumm, teils gesprächig, erscheinen, wie ich glaube, nicht mehr um meinetwillen, der Koch, die Schwester, der Sohn, sie sehen nicht mich an, sondern sehen, ebenso wie die Frau des Kochs, zum Fenster, wo mit einer roten Kruste der aufkommende Abend den Himmel überzogen hat und wo plötzlich scheibenförmig wie der Mond zwischen den Stauden und Dolden des Blumenbretts ein mir bekanntes Gesicht, Wobsers Gesicht, aufgeht und ins Zimmer blickt, das Gesicht an das Fenster pressend, mit breitgedrückter Nase und auseinanderlaufendem Mund. Mit einem Schrei schnappt die Frau des Kochs auf, eilt mit wehenden Schürzenbändern durch das Zimmer, öffnet das Fenster ruckartig und ergreift, noch ehe Wobser es verhindern kann, wobei ich nicht weiß, ob er es verhindern will, Wobsers Ärmel. Ich benutze die Gelegenheit, erhebe mich, bin mit einigen Schritten an der Tür, öffne sie und stehe im Freien, auf einer Straße, die ich wiedererkenne und auf der ich davonlaufe. Erinnern Sie sich, höre ich Wobser noch rufen, bevor er zur Tür hineingezogen wird. Und während ich mich erinnere, komme ich an Häuserwänden vorbei, aus denen das Balkenwerk morsch hervorbricht, an weißgekalkten Häuserwänden vorbei, mit grünen Fensterläden, mit wehenden Tüllgardinen, an aufgebrochenen grauen Häuserwänden vorbei, mit herabgefallenem Verputz, an schieferüberschuppten Häuserwänden vorbei, mit kleingeteilten trüben Scheiben, an aus dunkelroten Backsteinen zusammengefügten Häuserwänden vorbei, mit dickverhängten, den Blicken der Vorübergehenden verborgenen Innenräumen, an faltigen fleckigen Häuserwänden vorbei, mit aufgesprungenem Mörtel, mit rostigen Vergitterungen, an Häuserlücken mit den Spuren früherer Häuserwände vorbei, an frisch bestrichenen Häuserwänden vorbei, mit den Lochmustern der Gardinen, an Häuserlükken ohne die Spuren von Häuserwänden, doch mit den Möglichkeiten für Häuserwände vorbei, an Häuserwänden vorbei, die den beschriebenen Häuserwänden gleichen oder ähnlich sehen, und wieder an Häuserlücken vorbei und nur noch an Häuserlücken vorbei, die an nichts mehr erinnern, die die Spuren von nichts tragen, die nicht einmal Häuserlükken sind. Die Pflasterung rutscht unter meinen Schritten hinein in etwas grobkörnig Verkrumtes, in ein langsames Dahinwelken und Eintrocknen, in einen runzligen rissigen Weg, saftlos und zerknittert und laubraschelnd. Und nun komme ich zu einem letzten lichtlosen Haus, bevor mich die Dunkelheit des Waldes verschluckt, und ich stehe einen Moment vor diesem Haus, aus dem kein Geräusch dringt, einem Haus mit schwarzen Fensterlöchern, zerbrochenen Scheiben, vernagelten Türen, verwelkten Topfpflanzen, abgebröckelten Gesimsen. Es ist ein rauchlos starres stummes Bild, selbst die Bäume unbewegt dürr und kahl. Und in diesem Moment des Davorstehens habe ich den Eindruck, als nähere sich von der rechten Seite dieses Bildes lautlos etwas Schwarzgekleidetes Zylinderhuttragendes, gefolgt von etwas Polizistenhaftem, verschwinde in einem Hintereingang des Hauses und bewege sich durch die leeren Räume, türenknallend und den Staub auftreibend, der sich dick auf die Dielen gelegt haben muß, erscheine nacheinander in den Fensterrahmen, kurz vorüberhuschend, und verlasse das Haus durch einen Ausgang, erst der Zylinderhut, dann der Tschako, in der gleichen Reihenfolge in der es gekommen ist und verlasse auch dieses Bild in der gleichen Reihenfolge.

Noch immer herrscht Stille im Nebenzimmer, kein Geräusch kündigt die Rückkehr des Onkels oder auch nur seine Anwesenheit an. Wir sind in der Gebärde des Wartens auf unseren Stühlen angebacken und es geschieht nichts, es regt sich nichts. Erst nach einer langen Zeit, die Bereitwilligkeit zum Warten und zum Anschauen der Tür, durch die der Onkel kommen muß, ist beinahe erstorben, in diesem wichtigen Moment, gerade noch um einen Überrest der Aufmerksamkeit auf sich zu lenken, hört man ein fernes, näherkommendes Schlurfen und ein ebensolches fernes, näherkommendes Schnaufen, und wirklich, dort in der Tür, besonders seine Körperbeschaffenheit, sein verwachsener Wuchs fällt jetzt ins Auge, erscheint der Onkel, bleich, mit pfeifendem Atem, unter ungeheuren Schwierigkeiten gehend, wie es den Anschein hat. Mit beiden Händen hat er eine Flasche an die Brust gedrückt, gekrümmt, schneckenhaft langsam, wandelt er hinter dem Tisch herum, eine gebogene Wanderung, mit den Anzeichen einer großen Anstrengung auf dem Gesicht, dort zieht er vorbei, hinter den Rücken des Sohnes, der Frau, der Schwester, des Bruders, dort zieht er, mit den Zeichen der Erschöpfung, er entspricht eigentlich meiner Auffassung von Unbeweglichkeit, aber er kommt vorwärts, hinter dem Rücken Ruckgabers, dort scheint der Fortgang seiner Wanderung noch einmal ungewiß, es ist etwas wie Wimmern, das aus seinem Mund kommt, aber nun hat er Wobser erreicht und reißt, ja, reißt die Flasche von seinem Körper ab, und es scheint fast, als bliebe ein Stück seines Körpers an der Flasche hängen, oder im Gegenteil, als bliebe ein Stück der Flasche in seinem Körper stecken, aber so ist es nicht, man sieht es, er übergibt die blanke Flasche mit einer letztmaligen Kraftanstrengung, mit etwas außerordentlich Zitterndem Endgültigem Abschließendem, um nun, nach einem Zusammensturz des Körpers, in seinen Stuhl hineinzuschrumpfen, nein, vielleicht hineinzutrocknen, nein, aber darauf kommt es nicht mehr an. Die Aufmerksamkeit im Zimmer gehört nun Wobser.

Jetzt, nach einer Reihe von Beschreibungen von Schritten, die an Häuserwänden vorbeiführten, mündet der Weg, nach ich weiß nicht Biegungen Knicken, in ein dunkles aufgähnendes Waldmaul.

Es ist eine Art Moosboden, auf dem ich gehe, er sinkt unter meinen Schritten zusammen. Hier im Dunklen laufe ich weiter, mit Gestrüpp Gebüsch trockenen knackenden Ästen trockenem raschelndem Laub, mit Gerüchen nach Harz Holz Moos, Gerüchen nach Moder und Humus, hier durchquere ich den Wald, ich schiebe die zusammengewachsenen Zweige auseinander, das Dickicht, die Dürre, so laufe ich, eine lange Zeit, Sonne und Mond treiben über mich hinweg, neben mir ertönt das Schallen harter Schüsse und das Aufstöhnen getroffener Tiere, neben mir erscheinen die langen Bärte der Jäger, die feuchten schwarzen Schnauzen der Tiere, und in diesem Knistern Knallen Rauschen Röcheln, diesem Herabknacken der Äste, Herabklopfen der Tannenzapfen, Zusammenbrechen der Tierkörper, in diesem Aufschlitzen Abhäuten Ausweiden und Hinwegschleifen, in diesem Krachen der Axtschläge, dem Umstürzen der Bäume, dem gleichförmigen Durchziehen der Säge, in diesem Tierpfotentappen, Hundeschnüffeln, Ausschneuzen der Waldarbeiter laufe ich dahin, in einer oben rot aufgebrochenen Schwärze bei Sonnenuntergang. Ich sehe die frischen Schnittflächen der Baumstümpfe, aus denen das Harz quillt, das weiße gefladerte Holzfleisch, die abgeschälten schorfigen Rindenstücke. Das Geräusch, mit dem sich die Säge in den Stamm frißt, wird bei meinem Vorbeilaufen von einem Wortwechsel unterbrochen, zwei Männerstimmen schreien sich zu und es ist die Rede von einem Sägeblatt, das klemme, von einer Arbeit, die Durst mache, von einer Flasche, die voll sein müsse, die aber leer sei, und diesen Worten folgen die Geräusche klatschender oder dumpf fallender Schläge, folgt das Aufbrüllen der Getroffenen, ein Keuchen und Herumwälzen, ein Zersplittern und ein gluckerndes Auslaufen und daran anschließend wieder die von Erregung und Anstrengung verklebten Stimmen und schließlich wieder die beginnenden und sich gleichmäßig fortsetzenden Sägezüge. Eine leichte Bewegung hinter dem Gestrüpp deutet das Hin- und Herstreichen der Säge an, das vom Keuchen, aber nun von dem durch die Anstrengung des Sägens hervorgerufenen Keuchen begleitet wird und in das sich, nach einer Reihe von Strichen, wieder eine aufkommende, eine Flasche betreffende Erregung mischt. Ich erinnere mich, während sich hinter meinem Rücken die Waldgeräusche zu einem unauflösbaren Gebräu vermengen, an einen ähnlichen durch eine Flasche ausgelösten Wortwechsel, freilich in einer anderen Umgebung, unter anderen Umständen, mit anderen Auswirkungen. Ein Vorfall, der in die Zeit mit meiner Frau fällt, ich erinnere mich an das fahle Aneinandervorbeigleiten unserer Körper in den Zimmerfluchten, in denen wir uns nicht sahen, nur die Bewegungen des anderen im Nebenzimmer hörten, ich ihre Küchenhantierungen, sie vielleicht das Vollgießen meines Glases. In dieser Zeit rief ich, vor einem Tisch sitzend, nach einer langen Schweigsamkeit in die Küche hinüber, in der sie sich mit ihrer korbartig auf dem Hinterkopf liegenden Frisur aufhielt, wahrscheinlich über den Töpfen, oder wahrscheinlich alle Schranktüren öffnend und wieder schließend, die Hände in die für einen Moment geöffneten Kästen hineinführend. Gib mir die Flasche, rief ich. Und sie, ihre Stimme schepperte blechern im Küchenhintergrund, welche Flasche. Wenn ich sie auch nicht sehen konnte, so konnte ich mir doch die Gebärden vorstellen, die sich mit ihrer Antwort verbanden, etwa das Kopfschütteln und Naserümpfen. Überall in der Wohnung auf den Sesseln und Kanapees saßen die Mitglieder der Familie, die Brüder und in anderen Räumen die Schwestern, über ihre Krankheiten gebeugt, die sie beschrieben und betasteten, und die sich aufrichteten, als unsere Stimmen nach einer langen Zeit wieder aufeinanderzufuhren. Du weißt, um welche Flasche es sich handelt, rief ich. Und sie, ihr Kopf mußte in der Tiefe des Ausgusses stecken, Flasche, Du sagst Flasche. Zu dieser Antwort schien mir ein Gesichtsausdruck zu passen, bei dem sie, um Abscheu auszudrücken, die Mundwinkel sinken ließ, eine Vorstellung, bei der meine Erregung wuchs, ich schrie und sie schrie zurück und es handelte sich immer noch um diese Flasche, die ich haben, die sie mir aber nicht geben wollte, und eine ununterbrochene Folge von Worten, die alle diese Flasche betrafen, schloß sich an, die sie mit ihren schrillen langgezogenen Schreien verband, bis ich schließlich, um ein Ende zu machen, aufsprang. Es ist soweit, hörte ich sie schreien, das Geräusch ihres Schreiens erreichte mich zur gleichen Zeit wie das eines Umfallens Auslaufens, vielleicht Zersplitterns, ja, Zersplitterns, vor mir auf der Tischdecke wuchs ein Fleck, der jetzt, in meiner Erinnerung, weiterwächst und über diese Erinnerung hinauswächst und diese Erinnerung überdeckt und alles verbirgt an was ich mich erinnern könnte.

In dieser auf ihn gerichteten und auf das Äußerste gespannten Aufmerksamkeit ergreift Wobser, wobei er sich vorbeugt, seine Bewegung drückt Sammlung aus, den ersten der vor ihm liegenden Korken, halbiert ihn und verfährt, auf die gleiche Weise vorgebeugt, ebenso mit dem zweiten vor ihm liegenden Korken. Nun richtet er sich, mit einem Händereiben, mit dem er vielleicht die Genugtuung über die bisher erfolgten Vorbereitungen ausdrücken will, wieder auf. Vor ihm liegen jetzt vier Korkenhälften und er ergreift, in einem dritten Vorbeugen, den dritten Korken, ergreift die Nadel, treibt sie in die Mitte des dritten Korkens und pfropft den dritten Korken, nach einer geringfügigen Anspitzung des unteren Endes, auf die Flasche. Mit einem neuen Händereiben und einem vierten Vorbeugen wendet er sich jetzt an die ihm gegenübersitzenden Schlötzer Gibser Wurzer Schutzer und bittet um ihre Gabeln, die sie ihm zögernd, aber doch mit einer durch das Vorausgegangene hoch gesteigerten Spannung überreichen. Die Gabeln, an denen noch Reste des Essens, vielleicht Kloßreste, kleben, drückt er, jeweils vorgebeugt und wiederaufgerichtet, der Reihe nach mit den Zinken in die Korkenhälften, verbiegt sie um eine Kleinigkeit und nimmt, bei einer Steigerung der Geschwindigkeit seiner Handlungen, in einem in immer kürzeren Abständen hintereinander erfolgenden Vorbeugen und Zurückbeugen, seinen fettigen Teller, setzt die derart zubereiteten Korken oder wenn man will die derart zubereiteten Gabeln in gleichen Abständen auf vier Seiten des Tellers auf, nimmt, während seine Nachbarn ihr Erstaunen durch Ausrufe ausdrücken, den auf diese Weise präparierten Teller und setzt ihn auf die Nadelspitze die im Korken steckt der in der Flasche steckt. Die Nadel kreischt und pickelt auf der Suche nach dem Mittelpunkt an der Unterseite des Tellers, und tatsächlich, nun setzt sich, leicht mit den Fingerspitzen angetrieben, der Teller in eine schöne langsam schaukelnde Drehbewegung.

Auf diesem Weg komme ich in eine Sturmlandschaft, mit Windpfiffen und einem über dem Boden gebeugten flatternden Baum, mit raschelnd hochgewirbeltem Laub, der Himmel ist weich und grau herabgesunken und schleift über die schwarz aufgebrochene Erdkruste, es ist eine quer durchgeschnittene wie abgeschälte Landschaft und die Schalen dieser Landschaft fliegen auf und hinweg. Das in die Länge gezogene Heulen eines Hundes kommt aus dem Hintergrund, wo sich in einer das Bild schräg durchschießenden Schraffierung ein Regenfall andeutet, in einer Anzahl feingezogener Striche, von einem fernen Rauschen begleitet. Und jetzt wächst diese Landschaft auseinander und ich trete in eine andere flache plattenähnliche Umgebung, die von zwei Gestalten in einer Verfolgungsszene durcheilt wird, die erste Gestalt mit spitzen dürren Sätzen, wobei sie sich mit einem Seidentuch, vielleicht getränkt mit einem Herrenparfüm, das Gesicht betupft und den Zylinder mit der anderen flachen Hand auf dem Deckel auf den Kopf drückt, die zweite Gestalt mit stumpfen fetten Sätzen, wobei sie den Arm vielleicht zum Zugreifen vor sich hält. Diese feste harte porzellanene oder marmorne Landschaft, in der ich ruckweise vorwärtsstoße, eine scheibenartige dünngeschabte Landschaft, breitgedrückt vielleicht platt von haardünnen Rissen durchzogen, verändert sich wieder, und ich gehe nun durch eine faltige, an den Rändern verbrökkelnde Landschaft, von Büschen wie mit Rüschen besetzt, schorfig zerfallend in die Ferne des Horizonts hineingesunken, von Hügeln wie von einem weichen, schön gewölbten Ausschlag aufgebeult, darüber wischen in diesem Bild die leicht herabhängenden Wolkenlappen. Und auch diese Landschaft kommt und verschwindet und ich trete in eine von dünnen Insektenstimmen gefüllte Landschaft mit überwachsenen Bergen und kleinen schlammigen schilfumhaarten Seen, mit zerklüfteten im Abendrot schimmernden Felsbildungen, wie Schneckenhäuser aufgetürmt mit borstigen Kuppen, ich gehe an Mauern vorbei mit blinden Fenstern und hineingetriebenen Nischen, in denen Urnen und versteinte Tierköpfe stehen, aus den Ritzen dringen kurze trockene Grasbüschel und blütenlose Pflanzenschäfte und graue stumme an die Mauern gedrückte Bildsäulen deuten mit ausgestreckten Armen in die Luft, auf einen glasharten rotgetönten Himmel, oder sie deuten mit geöffneten und erstarrten vielleicht beim Öffnen erstarrten Mündern auf mich, mit einem wortlosen Aufmicheinsprechen und schnappen im Vorübergehen nach mir, ich fühle ihre Bisse, ich spüre die Härte ihrer Zähne und die Härte ihrer Umarmungen, mit denen sie mich an ihre harten Körper über ihr hartes ich weiß nicht gipsernes Geschlecht ziehen, wobei ein unablässiges hartes Tropfen hinter der Mauer hörbar wird, ein unablässiges Gurgeln vielleicht von Wasser, das sich in einen unterirdischen Abfluß hineindreht, ihre harten luftlosen Atemstöße pfeifen über mein Gesicht und die trockenen harten Zungen brechen es auf und reißen meinen Mund auseinander und drücken mich mit einem lautlosen Keuchen in sich hinein in ihre harten scharfrandigen Schlitze in die ich hineinfließe unter einem unaufhörlichen Tropfen und Gurgeln aus dem Hintergrund unter steinharten Aufschreien in der Luft und einem knackenden Abbrechen oder vielleicht sandigen Herabrieseln oder gipsernen Aufbäumen und Abknicken. Ich gehe auf diesem Weg über abgebrochene, von Moos überkrochene Finger Nasen Ohrmuscheln, in den Boden eingesunkene Gesichter mit runden weißen Augenhöhlen, und auf einer Biegung des Weges weiter in eine neue Landschaft, die unter mir wie alte Gallerte zittert, an ihren Furchen Warzen und Pusteln vorbei, an ihren von frischem Wachstum überzogenen Narben, schwammig aufgedunsen, meine Füße sinken hinein und schmatzen heraus und tragen mich in neue Landschaften, struppig mager, mit auf den blattlosen Bäumen krächzenden Krähen oder mit dem Schwarz vertrockneter ihre Krallen zum Himmel streckender Krähen, verdorrt und kahl, mit aus dem Boden starrenden Stauden, und ich komme in einen einsetzenden Schneefall und meine Füße stapfen über die dicke wattige Decke dieser Landschaft, ich sehe die Atemstrudel aus mir herausdringen und komme in eine Ackerlandschaft, mit frisch gepflügten Sturzäckern und dunkel in diesem Abendrot stehenden Kartoffelmieten und dumpfer menschenleerer Abendwärme mit Krautschöpfen und bärtigen Runkeln und die Krähen fahren kreischend durch dieses Bild, heben und senken sich und das langgezogene Heulen eines Hundes trifft aus dem Hintergrund ein, langgezogen gebogen abbrechend oder in ein Winseln hineinrutschend, und ein Mensch schleppt sich am Rande dieses Bildes vorwärts, dem Hundeheulen nach, bleibt stehen, horchend und scheint nun zu rufen, ohne die Nutzlosigkeit dieses Rufens zu bemerken, denn ich höre ihn nicht und ich verlasse dieses Bild, diese Landschaft und finde mich in einem neuen Bild, mit bauchdicken Tonnen in denen ein dickflüssiger schwarzer Inhalt steht, mit filzumwickelten Rohren und in der Ferne stehenden Wellblechhütten, und hinter mir ist wieder dieser Mensch, rufend und auf Antwort horchend, winkend und hutschwingend, und ich höre ihn nicht und sehe nun vor mir, in einem neuen Bild, bis zum Hals im Erdreich versunken, hutlos und fortwährend sich die trockenen gespaltenen Lippen beleckend, menschliche Köpfe herausragen, sie verschwinden unter der Erde und tauchen wieder empor, und ich höre es kratzen klatschen knirschen und klopfen und sehe im Näherkommen auch die Körper in Gräben und Gruben und sehe schäumende Abwässer sprudeln und weiterrinnen und versickern und sehe, wie der Weg sich windet, aufstülpt und davonfliegt, in das aufkommende Abendrot hinein in eine noch ungewisse Landschaft.

In dieser Stille, in diesem Zimmer, in diesem Augenblick, in dem alle Augen an dem sich langsam drehenden Teller hängen, ertönt, nach einem einleitenden Schnarren oder Brummen des Uhrwerks, das achtfache Anschlagen der Standuhr, begleitet von einem durch die Gewalt der Schläge hervorgerufenen Rasseln des Uhrkastens. Ich greife an meinen Leib, ziehe die an einer Kette befestigte Uhr aus der Tasche, lasse sie aufschnappen, halte sie an mein Ohr, höre das Ticken der Unruhe, führe sie vor das Auge, sehe die Stellung der Zeiger auf dem Zifferblatt und verwandle die Zeit auf der Uhr mit dem Mund in die Worte Um acht. Diese Worte mischen sich mit den auf der anderen Seite des Tisches ausgestoßenen Worten Wie spät. Darauf schließe ich die Uhr, das Knipsen dieses Vorgangs, darauf reibe ich die Uhr am Hosenbein, das Schaben dieses Vorgangs, darauf schiebe ich die Uhr in die Tasche zurück, die Geräuschlosigkeit dieses Vorgangs, darauf kippt der Teller in einem möglichen Moment der Unkonzentriertheit Wobsers von der Nadel und stürzt auf den Tisch, das Klirren dieses Vorgangs, darauf schnappen die Nachbarn Wobsers von ihren Stühlen auf und beugen sich über den gestürzten Teller, das Scharren dieses Vorgangs, darauf fallen die Nachbarn Wobsers kopfschüttelnd auf ihre Stühle zurück, das Plumpsen dieses Vorgangs, darauf erscheinen die Schüsseln wieder im Zimmer, das Scheppern dieses Vorgangs, darauf setzen am Tisch wieder die Handlungen des Essens ein.

Ja ich erinnere mich an diese Landschaft durch die wir gingen, an die Verknotungen und Verknorpelungen, die ich beschrieben habe, an die Geräusche, das Kratzen Klatschen Knirschen Klopfen, die diesen Vorgängen und Handhabungen entsprechen, dem Graben, dem Hacken, dem Schaufeln, dem Stampfen. Auch die Bilder dieser Landschaft erscheinen wieder, die kleinen aufgeworfenen Erdhügel, die nackten behaarten weißen Oberkörper, über die die Schweißtropfen hinabrinnen und die sich in dieser Landschaft, die ich beschrieben habe, bücken, aufrichten und von neuem bücken, das rhythmische Schwingen der Werkzeuge, die in den Boden dringen, ihn aufreißen, aufwerfen und die Umrisse einer Röhre freilegen, die sich in der entstehenden Grube zu zeigen beginnt und aus der stoßweise eine braune dicke stinkende Brühe quillt. Nach Wobsers Worten zu urteilen, nach seinen Ansichten aus dem Hintergrund, wo ich ihn kommen sehe, mit der unvermeidlichen Zigarre, hatte er die gleichen Eindrücke, wie ich sie beschrieben habe, auch er erinnere sich, er sprach vom Klopfen in seinem Rücken, das vergehen wird, wie er sagte, vom Klopfen, vom Eindruck der Bilder, die in seinem Gedächtnis zurückgeblieben sind und die ich beschrieben habe, an die Gerüche Geräusche und Bilder, wie er sagte.

An diesem Tag, in diesem Augenblick, hörte ich Wobsers Stimme nach einer langen Zeit zum ersten Mal wieder, seine Reden, Geschichten und Berichte waren die, die ich von früher her kannte, seine Darstellung der Beerdigung, die wir gemeinsam besucht hatten und von der ich eine andere Erinnerung habe als er, das plötzlich herabstürzende Wasser, sagte er, diese Beerdigung, bei der schwappend das Wasser die Friedhofswege herablief, in das geöffnete Grab hineinschoß und den Sarg hob und ihn herausspülte, hinuntertrieb, aus dem Friedhofstor hinaus, und die Priester, die mit am Körper klatschenden Soutanen noch eine Weile aufrecht standen und dann von der Gewalt des Wassers fortgetragen wurden, dem vorangegangenen Sarg hinterher, und die Trauergemeinde, die Totengräber, die Leichenträger, die alle noch eine Weile versuchten sich an den Gitterstäben, den Grabkreuzen festzuklammern und die das Wasser schließlich fortschwemmte, den Priestern und dem Sarg hinterher, während sie beim Treiben im Wasser die Hände mit Blumensträußen und Kränzen aus dem Wasser heraushoben, Wobser ahmte bei dieser Geschichte das Rauschen des Regens nach. Oder die Geschichte, die er »Eine Begegnung auf der Treppe« nannte, in der er eine Treppe hinuntersteigend und plötzlich einer Person gegenüberstehend, vielleicht dem Nachbarn, mit einer Hand die Türklinke haltend, mit der anderen Hand die Hose haltend, eine Weile lang dem Nachbarn gegenübersteht, keiner sagt etwas, es geschieht nichts, nichts, nichts, dann tritt der Nachbar zurück in die Dunkelheit seiner Wohnung, Wobser läuft nach dieser Geschichte eine Weile stumm hinter mir, ich höre nur das Knirschen seiner Schuhe. Oder die Geschichte von seinem Vater, der, als er noch lebte, eines Tages zu ihm gesagt habe, geh fort komm nicht wieder, er, Wobser, sei dann aufgestanden, er habe gesessen, sei hinausgegangen und habe noch im Hinausgehen seinen Vater, der gesessen habe, rufen hören, geh fort komm nicht wieder, er sei wirklich fortgegangen, sei aber wiedergekommen und habe nicht den Vater, sondern die Mutter zu Hause angetroffen, sie habe gesagt, sie habe am Küchenbord gestanden und habe ein schwarzes rundes Brot in den Armen gehalten, von dem sie, indem sie es gegen den Leib zwischen die Brüste die zu beiden Seiten des Brotes aus dem Leib herausgetreten seien gedrückt habe, mit einem Messer ein Stück abgeschnitten habe, der Vater sei fortgegangen, Wobser macht dabei die Bewegung des Brotabschneidens. Ich kenne diese Geschichten, es sind bis auf einige Veränderungen die gleichen, die er mir erzählt hatte, als wir, es war am Abend, aus dem Wald auf die Schneise traten und in der Dämmerung vor uns die Umrisse eines großen unbeweglichen Körpers und daneben die eines kleinen beweglichen Körpers wahrnahmen. Wir blieben stehen, Wobser verstummte, in diesem Moment ging der Mond auf. Die Körper auf dieser glatten bis in den Horizont hineinragenden kahlen Fläche, die nun vor mir liegen, mit ihrem Äußeren in der Form von Zylindern, von Quadern, Würfeln, von Scheiben, haben keinen Schatten, das senkrecht in dieses Bild einfallende Sonnenlicht drückt sie auf den Boden, einen sandigen, von kleinen trockenen Grasbüscheln, Disteln und wildem Hafer bewachsenen Boden. Und das ist nun das Bild dieser Landschaft: im Hintergrund ein großes ziegelrotes Gebäude mit einem aus dem Dach des Gebäudes herausragenden Schornstein, in der Mitte eine kleine, schiefgezogene Hütte, zwischen beiden eine Reihe nebeneinander stehender Tonnen, im Vordergrund ein unterhalb des Knöchels abgeschnittener Fuß, an den Schnitträndern blutig, von einer ausgeschwitzten Flüssigkeit überzogen, mit einem dort, wo er vom Bein abgetrennt sein muß, weiß aus dem Fleisch hervortretenden Knochen. Aber es ist kein Fuß, sondern hat nur die Form eines Fußes, wenn auch jetzt, während ich mich darauf zu bewege, nicht mehr so deutlich, wie zu Beginn meiner Wahrnehmung, und es ist, wahrscheinlicher, eine Hand, aber auch das trifft seine Form nicht genau, es ist eine schlechte Beschreibung und es ist, wahrscheinlicher, wenn ich von allen Vergleichen mit Körperteilen absehe, die in manchem der Form dieses Gegenstandes tatsächlich entsprechen mögen, kein Körperteil, kein Fuß, keine Hand sondern, wahrscheinlicher, ein Fleischklumpen in Form eines Körperteils, etwa eines Fußes oder einer Hand. Im Vorübergehen sehe ich, wie über die Oberfläche des Fleisches mit ihren Rissen Kerben Knorpeln und Warzen die schwarzen Körper der Schmeißfliegen kriechen, aus ihren spitzen Hinterleibern sehe ich schleimige weiße Eier hervorquellen, ihre großen Saugrüssel senken sich in das Fleisch, ich sehe wie sich in der Sonne ihre Leiber zur Paarung übereinanderlegen, ein Brummen und Surren steigt auf, ich sehe die Körper zittern und gepaart in die Luft schwirren und herabstürzen, kreischend schießen die Krähen vorbei. Es sind die Geräusche die mir damals auffielen, als ich mit Wobser aus dem Wald trat, es war am Abend, die Hacken der Frauen, die mit ihren gebückten Körpern, ihren dünnen geblümten Röcken vor uns standen, klatschten in die Erde, eine von ihnen, ihr großes rundes Hinterteil leuchtete im Mondlicht, schrie auf, lieber Gott, was für eine Erinnerung, war ich es, war es Wobser, der eine der Frauen, als wir vorübergingen, die gebückt ihre Hacken schwangen und den Boden aufwarfen, gezwickt hatte, ich weiß es nicht mehr, hören Sie mal, schrie sie, der Abendwind kroch keuchend schnüffelnd unter die Röcke, riß sie in die Höhe, so daß unter den Röcken nun die Strumpfbänder erschienen und ein Stück der Schenkel. Es ist dieses Geräusch, ein Kreischen, das mich auf Wobser aufmerksam macht, er steht hinter mir, über den Boden gebeugt und hebt einen Gegenstand, etwas Blutiges, Weiches, Herabhängendes in die Höhe, es baumelt in seiner Hand hin und her, eine Flüssigkeit tropft hinunter und versickert im Boden, eine Bewegung prägt sich mir ein, er führt den Gegenstand an seine Nase, während darüber die Schwärme der Krähen hinwegschießen und durch das Bild fahren. In diesem Augenblick springt ein schwerer kleiner Mann dazu, es ist, wie ich vermute, der Bauer, der Bauer bückt sich, aber nur für einen Augenblick, dann springt er auf, er hat nun alles gesehen, nimmt die Schaufel und ich höre sein Graben Einstechen Aufschütten und sehe wie der Aushub an seiner Seite wächst. Es ist ein schöner Tag, die Sonne, der Himmel, die Vogelschwärme am Himmel, es sind Krähen, die sich herüber und hinüber schwingen. Mir kommen Gedanken an die Zeit mit Wobser, damals war Abend, in einer Landschaft ähnlich dieser Landschaft, obgleich nicht glatt sondern gewölbt und obgleich nicht dürr sondern fett. Ich erinnere mich an den Bauern, der mit seiner Schaufel eine Grube aushob, an der wir vorbeikommen, an die dunkle fette Ackererde, die Schollen Brocken Klumpen, wir hören das Knirschen der Schaufel in der Erde, das Klatschen der Erde auf den Haufen neben der Grube, der um so größer wird, je tiefer die Grube wird, das Keuchen des Bauern, das Ächzen des Bauern und dessen Flüche und Schreie und sein Wimmern, als er uns, als wir vorbeikommen, aus dem Wald auf die Schneise treten, auffordert, mit anzupacken, das Pferd, das warm und dampfend neben der Grube liegt, auf dessen Körper die Bremsen schwer von Blut vollgesogen hocken, in die Grube zu werfen. Ich nicht. Ich auch nicht. Ja so war es. Ich hörte das Wälzen und Schnaufen und nach dem Fall des Pferdes, das Aufklatschen des Körpers auf dem Boden der Grube, das Flüstern Kichern Kreischen der Frauen im Hintergrund und im Weitergehen die Schaufel des Bauern, die in den Erdhaufen drang. Als wir uns umdrehten, sahen wir den Bauern die Faust ballen und sie gegen den Himmel, die Grube, die Frauen und den Karren schütteln, wir sahen die Krähen mit kurzen schaukelnden Schritten um die Grube herumgehen, auf den Pferdekörper hüpfen und ihre Schnäbel in das Fleisch hacken. Auch ich stand einmal vor dem Fleisch, dessen Feuchtigkeit mir auffiel und aus dessen Oberfläche kleine gelbe Würmer herausragten, ihre Bewegungen, ein Winden, ein Krümmen, fesselten meine Aufmerksamkeit, jetzt sehe ich, wie Wobser, wenige Schritte hinter mir, das Fleisch, das von seiner Hand herunterhängt, mit einem Ausdruck des Ekels fallen läßt und die Hand an der Hose abreibt, darauf legt er die Hand über die Augen an die Stirn und deutet mit der zweiten Hand, wobei er etwas, das außerhalb dieses Bildes liegen muß, beobachtet, in die Richtung, in die er blickt. Es entsteht ein neues Bild, in dessen Umkreis mir eine andere Gestalt auffällt; diese Person, kurzbeinig, mit einem in der Nähe des Bodens schwingenden Unterleib, mit einem Kittel, ebenfalls schwingend, was auf plötzlichen Wind schließen läßt, einer Kappe, einem Grabscheit, diese herüber und hinüber schwankende Person, in der ich den Bauern vermute, hat die Hand über die Augen gelegt und blickt in eine Richtung, die aus dem Bild hinausführt. Ich verfolge seinen Blick und treffe in einem neuen Bild auf etwas Körperliches, Bewegliches, das sich in diese Landschaft, die wie eine Tischplatte wirkt, hüpfend, in weiten Sätzen, hineinbewegt. Es schießt aus dem Hintergrund des Bildes als sich rasch vergrößernder Körper auf die Stelle zu, an der das Fleisch liegt, schnüffelt, mit gesträubtem Fell, schnappt und verschlingt es. Alles geschieht in wenigen Augenblicken, es ist ein Schmatzen und Knurren dabei und noch beim Fressen erscheint in der Ferne der Bauer mit der Schaufel auf der Schulter, mit einem bei jedem Schritt aufspringenden Kittel. Ich höre Wobser rufen, seine Worte lassen sich etwa folgendermaßen zusammenfassen: wie gut die Witterung des Hundes sei, daß er aus dieser Entfernung das Fleisch gerochen habe, denn gesehen haben könne er es nicht, wie groß aber auch der Appetit des Hundes sei, daß er mit dieser Geschwindigkeit das Fleisch hinabschlinge, wenn man das sehe, sehen Sie, sagte er, wie er schlingt, müsse man eine Vorstellung davon bekommen, wie lange er kein Futter bekommen habe, und mir fiel tatsächlich die große Gefräßigkeit auf, das fortwährende Schlingen und Schlucken, und mit einem Hinweis auf die großen kahlen Stellen im Fell, die Grinde Schorfe und Wucherungen, die den Leib des Hundes bedecken, sehen Sie, sagte er, diese Grinde Schorfe und Wucherungen, endete Wobser mit einer Verwünschung des Herrn des Hundes. Das war Wobsers Meinung. Die Meinung des Bauern war, und sie läßt sich etwa so zusammenfassen, der Hund, er, der Bauer, wisse es, weil es sein eigener Hund sei, der Bauer sagte, mein Hund, mein Hund, sei schon früher, er deutete dabei eine weite Entfernung an, ein guter Spürhund gewesen, der Hund sei ein Hühnerhund, sehen Sie, sagte er, die Gefräßigkeit des Hühnerhundes ist allgemein groß. Im Verlauf der Geschichte des Hundes, die der Bauer erzählt, kommt er aus einer Hütte, schnüffelnd schnuppernd, und verschwindet wieder in der Hütte, wo man ihn kratzen scharren und winseln hört, und später stürzt er sich auf einen Trog mit Fleischstücken, gekochten Kaldaunen, kleinen eingeweichten Brocken von Hundekuchen, läuft dann, um seinen Herrn zu suchen, durch den Wald, über einen Acker und die Ackerfurchen entlang, kriecht in eine Kartoffelmiete, stürzt auf der Suche nach ihm, dem Bauern, in eine Grube und liegt dort viele Tage ohne Futter und in einem kalten Oktober, der Wind pfiff in dieser Geschichte ununterbrochen, er verkroch sich zitternd in die Ecke der Grube, der Regen klatschte auf den Boden, ihn fror, ihn hungerte, sein Heulen drang in der Nacht aus der Grube und vermischte sich mit dem Heulen des Windes; der Bauer, nachdem er ihn gesucht und gefunden hat, trägt ihn auf den Armen in seine Stube, an den Ofen, in dem das Feuer knackt knistert und prasselt, dort liegt dann der Hund, der Bauer deutet diese Stellung an, mit dem Kopf zwischen den Vorderpfoten, sehen Sie, sagt er, und der Bauer legt den Kopf zwischen die Arme. Im Verlauf der Erzählung des Bauern ist der Himmel schwarz geworden, in diesen Augenblicken des Stehens und Zuhörens haben sich von den Rändern der Landschaft her zu ihrem Zentrum hin Wolken geschoben, die unter der Sonne hinwegziehen und an der anderen Seite wieder aus dem Bild treiben, es entsteht eine Dunkelheit, die mich an eine andere, ähnliche, vergangene Dunkelheit erinnert. Wir traten an diesem Abend auf eine Schneise und erblickten einen leeren großen Karren mit ausgelegter Deichsel, neben dem Karren lag der Körper des Pferdes, auf dem die Krähen auf und ab schritten, ich starrte auf dieses Bild, ein Hustenreiz quälte mich, neben mir zeigte sich der Arm Wobsers, in dessen flacher Hand aufgeklappt sein Zigarrenetui lag. Während ich der Bewegung der schwarzen knollenförmigen Wolken folge, treffen mich aus dem Hintergrund Geräusche wie Jaulen und Winseln, und nach meinem Umdrehen, in einem Bild, das diese Landschaft als Tischplatte zeigt, auf der Gegenstände in der Form von, wie Wobser sagt, Geschirrstücken stehen, sehe ich etwas Dunkles wie den Hund auf seinem Rücken liegen, alle viere von sich strecken, sich wälzen, sich winden, sich verrenken, sich krümmen, sich aufbäumen, sich verkrampfen, jaulen, heulen, winseln, noch einmal, wobei die Beine in der Mitte durchknicken, sich aufrichten und mit einem Zittern zusammenbrechen, würgen, mit aufgerissener Schnauze Luft schnappen, würgen, eine

Flüssigkeit aus seiner Schnauze über seine Lefzen rinnen, so daß kleine, vom Verdauungsprozeß noch nicht ergriffene Fleischbrocken zusammen mit Speichel und Magensäften am Boden erscheinen. Ja ich sehe es, der ganze Körper wird, von einem Zappeln und Zucken ergriffen, hin und her geschlenkert, er beginnt sich zu drehen und scharrt mit den Pfoten eine Grube auf, einen großen Kreis, und noch bei dieser Verrichtung sinkt er um und liegt nun reglos am Boden, während sich mit einem Flügelklatschen aus der Höhe dieses Bildes die Krähen nähern, sich auf den Boden hocken und mit kurzen Schritten um den Hund herumgehen. Es ist ein Schreiten, ein Nicken mit dem Kopf, von einer gewissen Würde, ein Hin und Her des Rumpfes, ein Wackeln Schwanken und, nachdem der Bauer erscheint und knirschend mit der Schaufel eine Grube aushebt, ein Klatschen Rauschen Indiehöheschießen. Im Weitergehen verschwinden diese Geräusche, ich erinnere mich an die Geschichte vom Hund, wie sie der Bauer erzählt hat, er deutete, indem er die Hand erst dicht über den Erdboden, dann ein Stück höher und endlich in Kniehöhe hielt, das Wachstum des Hundes an, außerdem zeigte er den Hund nach seiner Abrichtung, beim Apportieren, er holte Holzpflöcke, Steine, kleine Vögel, Ratten, einmal auch eine Tasche, in der sich, der Bauer erinnerte sich nicht mehr genau, etwas Hartes, der Bauer sagte Hartes, befand, sehen Sie, sagte der Bauer, was, rief ich, Hartes, was, worauf der Bauer, da er es offenbar nicht beschreiben konnte, mit den Händen in der Luft eine Büchse oder Schachtel oder Flasche andeutete, mit den Schultern zuckte, sich am Kopf unter der Kappe kratzte und verstummte. Diese Landschaft, die wie eine Fläche, ich weiß nicht, wie ein Tisch, ich weiß nicht, wie eine Platte wirkt, wahrscheinlich infolge einer Art, ich weiß nicht, Einförmigkeit, Eintönigkeit, wird an dieser Stelle durch die Schaufel des Bauern, die er in kurzen Abständen in den Boden drückt, verändert. Ich beginne an dieser Stelle mit dem Husten, der nun, nachdem ich ihn lange zurückgehalten habe, meinen Körper nach vorn reißt, mit solcher Wucht, daß der Bauer mich, wobei er die Grabarbeiten unterbricht, verwundert ansieht. Auch Wobser sieht mich an, er ist in einer gewissen Entfernung hinter mir stehengeblieben, in seiner Hand brennt die Zigarre, ich huste eine Zeitlang und als ich mich, noch keuchend von der Anstrengung des Hustens, wieder aufgerichtet habe, sehe ich seinen Mund sich zwischen den an den Mund gehobenen Händen auftun, es ist eine Schwärze, an die ich mich erinnere, der Wind bläst viele seiner Worte fort und ich deute sie nach seinen Mundbewegungen, nach dem Aufreißen Zuklappen Wölben Spitzen seines Mundes und nach seinen Handbewegungen. Der Hund, ruft Wobser, sei, herangelockt von den Ausdünstungen des Fleisches, auf der Bildfläche erschienen, auf der sich der Bauer schon befunden habe, und zwar mit der Schaufel, die er, nachdem der Hund, nachdem er das Fleisch verschlungen habe, umgekommen sei, zum Vergraben des Hundes verwendet habe. Der Bauer war, als Wobser zu reden begann, Wobsers Rede aufmerksam gefolgt. Die Zufälligkeit dieses Zusammentreffens, ruft Wobser, gebe zu der Vermutung Anlaß, daß der Bauer mit dem Tod des Hundes gerechnet habe, ja, wahrscheinlicher, diesen durch das Auslegen eines vergifteten Köders herbeigeführt habe. Diese Begebenheiten und Ereignisse werden mir, sobald Wobser, der nun mehrere Male an seiner Zigarre saugt und den Bauern ansieht, sie geschildert hat, von der Seite des Bauern und zwar folgendermaßen geschildert. Der Bauer erzählt, auch er hat die Hände an den Mund gelegt und ich muß seine Worte erraten, wie er den Hund, er nennt ihn in diesem Moment zum ersten Mal beim Namen, ich verstehe ihn nicht, der von Natur aus kränklich sei, bei seinen Hundekrankheiten wie Räude Bräune Staupe Zeckenplage Glatzflechte Wabengrind Hundshunger Pfotenschrunde Ohrenzwang gepflegt habe, wie er die Anweisungen eines Arztes, Ublacker oder Üblacker, befolgt habe und wie der Hund, nachdem er, er deutet mit der Hand etwas Schmales Dünnes Schwaches an, beinahe verendet sei und wie er, nun zeigt er etwas Breites Dickes Starkes, mit seiner Hilfe wieder genesen sei, er, der Bauer, sei auch weit und breit, er deutet diesen Umkreis an, als Hundekenner und Hundeliebhaber bekannt, niemand außer Wobser sei dieser vorher geäußerten Meinung, oder sei ich etwa, er deutet auf mich, dieser Meinung. Ich denke im Weitergehen eine Zeitlang darüber nach, beide Schilderungen haben ihr Gutes und ihr Schlechtes, ich nähere mich dabei dem großen gewölbten von roten Ziegeln gebildeten Gebäude der Fabrik, die mit ihren schwarzen glaslosen Fenstern und ihrem Tor im Hintergrund liegt. Hinter mir höre ich Wobsers Schritte, Wobsers Atem, Wobsers Husten, das Anstecken einer seiner Zigarren, Wobsers Geschichten, die er »Der tote Hund« oder »Der böse Bauer« nennt. Auf dem Wege zum Hintergrund erreiche ich die Hütte, ich klopfe mit dem Fingerknöchel an die Tür, nichts antwortet, ich drücke die Klinke herunter und schiebe die Tür auf.

Bei diesen von neuem einsetzenden Geräuschen des Essens setzen vielleicht auch diese Gespräche am Tisch wieder ein und verwachsen zu einem knackenden raschelnden Satzgestrüpp, in das ich mit beiden Ohren eindringe, die Worte klatschen mir ins Gesicht, vielleicht, klatschen, vielleicht, oder schlagen, vielleicht das. Etwa folgendermaßen, denn das werde ich noch beschreiben müssen, bevor ich zum Ende meines Berichts komme, etwa folgendermaßen. Vielleicht mit verschiedenen Stimmen gesprochen, mit veränderlichen auf- und abschwellenden Stimmen, mit erklärenden zweifelnden erschreckten erregten neugierigen geneigten verquollenen rasselnden erstickten düsteren kalten brüchigen vom Essen verstopften Stimmen. Nein, ich glaube nicht. Das war die erste Stimme, und nun antwortend, aber nicht auf diese Worte, sondern vielleicht auf die Worte einer anderen schon früher aufgetauchten Stimme, mit den folgenden Worten. Sie dürfen mir glauben, es quoll aus diesen wie sagt man Ritzen heraus, etwa wie Blutbäche, Sie verstehen, in dünnen roten Streifen über den Boden zum Tisch. Und eine dritte Stimme, wieder an eine andere, vielleicht vierte oder fünfte Stimme gerichtet. Dann drücken Sie die Lasche ein und können es herausschütten. Diese Worte, und darauf wieder eine neue vielleicht sechste Stimme. Glauben Sie mir doch, es ist groß genug, oder finden Sie nicht. Und danach wieder eine ich weiß nicht siebente Stimme. Ich glaube es Ihnen, aber war es nicht abscheulich. Und nun eine bekannte schon aufgetauchte Stimme. Gepulvert, ja, feinkörnig, etwa wie Zucker. Und darauf ununterbrochen antwortend und fragend und übereinanderrutschend alle Stimmen. Sind Sie sicher. Ich meine sind Sie sicher, daß es nicht doch vielleicht größer sein müßte. Schon, aber es war auch wie soll ich sagen, nicht abscheulich, das war es auch, aber es war auch. Doch nicht etwa bröcklig. Ich glaube nicht, nein, außerdem wäre es nicht besser, wenn es größer wäre. Aber Sie sagten doch selbst, daß es über den Boden zum Tisch quoll, Sie sagten quoll, oder nicht. Ja das könnte man sagen, Sie drücken die Lasche ein, Sie schütten es in den Topf und es quillt auf, etwa wie Reis oder besser. Nein, nicht besser, das will ich nicht sagen, aber größer, verstehen Sie. Ja natürlich, es quoll aus den Ritzen über den Boden zum Tisch, stellen Sie sich vor, an den Tischbeinen hinauf über die. Jetzt übertreiben Sie aber, quellen ist zuviel gesagt, auch nicht wie Reis, aber vielleicht. Da haben Sie recht, größer schon, aber ich würde an Ihrer Stelle doch. Aber mein Gott man hätte doch vielleicht. Vielleicht. Ja Sie vielleicht. Vielleicht, aber es kamen immer mehr, sie quollen ich sagte es schon aus den Ritzen, es war eine rote wimmelnde ununterbrochene Bewegung. Wenn Sie meinen, aber vergessen Sie nicht, Sie öffnen die Lasche, schütten es heraus und rühren es um. Ich, warum ich. An dieser Stelle brechen die Gespräche für einen Augenblick ab, hörbar sind nur die Geräusche des Essens, das Weiterreden geschieht zögernd, die Stimmen drücken sich aus den kauenden Mündern heraus und sinken wieder in das Kauen zurück. Ein langer roter Streifen, eine ununterbrochene Wanderung, über den Tisch, warten Sie ab es geht weiter, über die Kleider über die Gesichter über. Die zweite Stimme, und die dritte Stimme nach einer Pause, die die Worte brauchen, um sich aus dem verklebten Mund herauszuarbeiten. Aber Sie können auch mit einem Tuch indem Sie es. Die vierte und im Anschluß daran die fünfte Stimme. Damit wäre doch nichts oder meinen Sie. Sagen Sie das nicht, das ist ja abscheulich, das ist ja. Und jetzt die sechste, erste, zweite, dritte Stimme, bevor sie endgültig in den Geräuschen des Essens versinken. Was für ein Tuch, vielleicht ein. Vielleicht nicht, aber man weiß nicht, vielleicht doch. Ja das ist es, abscheulich, es war abscheulich. Nein, das nicht, nur ein Tuch, ein einfaches Tuch, irgendein Tuch. Gut, ich will Ihnen glauben, vielleicht etwas größer, aber nicht viel. Die vierte Stimme zum Abschluß.

Das Knarren Schaben Kratzen Schleifen, das beim Öffnen der Tür entstand, sitzt mir noch im Ohr, ich sehe die Gegenstände in der düsteren, nur durch das Licht, das durch die Fugen der Bretter in die Hütte dringt, beleuchteten Hütte. Einen Tisch, einen Stuhl, einen eisernen Ofen, ein Bett, über dem Ofen ein Bord mit einem Topf, einem zweiten Topf, einem Napf, einem Becher, auf dem Tisch eine Flasche mit einem Kerzenstummel, eine Kanne mit einer schnabelförmigen Ausgußröhre, eine Tasse, einen Teller, einen Löffel, auf dem Teller einen Haufen kalter Rüben, auf dem Bett eine Decke, auf dem Boden unter dem Bett ein großer brauner schwerer beschmutzter Schuh. Es liegt ein Geruch nach Schweiß und Speiseresten im Innern der Hütte und während meine Augen über die mit dicken Staubschichten bedeckten Gegenstände wandern, über die emaillierte schwarzfleckige eingebeulte Kaffeekanne mit ihrer gebogenen Schnepfe, über die verkrusteten Töpfe, über den hohlen kalten Ofen, über die mit Brettern vernagelten Fenster, in denen die Überreste der Scheiben in einem alten harten Kitt stehengeblieben sind, höre ich Geräusche wie von Herumwälzen. Auf dem Bett unter der Decke liegt ein zusammengekrümmter Körper, der jetzt sein Gesicht, seine Aufmerksamkeit auf mich, den Hereingetretenen richtet. In seinem runden Gesicht bewegt sich murmelnd der Mund und bildet Sätze, in denen die Rede von einem bösen Ende ist, von einem Austrocknen und Verdursten, oder von einem Verblutungstod, einem Ende mit Halsabschneiden, einem ausfließenden Blutstrom, einer langsam voranschreitenden Körperzerstörung, mit Abgeschlagenheit, abgestorbenen Teilen und Markschwindung; ich höre von einem Durcheinander, einem Kommen und Gehen, in dessen Verlauf Knochenflicker und Fleischgucker erscheinen, Schäfer Abdecker Gerichtsdiener Totengräber, und von ihren Hantierungen, geheimnisvollen Gebärden, Einreibungen, Besprechungen, Verordnungen von Schmieren aus zerstoßenen Schnecken Krötenblut Schweinsmilch, Kuhdüngerkuren und Kalbfleischbrühen; ich höre von einer zurückliegenden Handlung, von einem Menschen, einem Koch, wie ich höre, der einen anderen Menschen, seinen Sohn, wie ich höre, aus dem Haus gewiesen habe, nachdem dieser, der Sohn, etwas getan habe, was ich nicht höre, von einer dabeistehenden lautschluchzenden Frau, und nun von dem Fortschritt des Körperzerfalls, der eine Folge dieser Hinausweisung sei; ich höre von einem welken abgemagerten Armglied und von in einer Wunde eingepreßten und eingenähten Steinchen, die drückten und rieben, und ich höre vom Brennen eines Armstumpfes, von den Behandlungen mit Weißmanns Schlagwasser verbessert durch Doktor Krötsch, ich höre von einem Grabesrand, von den Leistungen eines gewissen Mohrmann, der einen Absud von Farnkräutern hergestellt habe; ich höre weiter von einem Automobil, das auf dem Kopf stehe, weiter von Regenwürmern, Maulwürfen, die sich durch den Erdboden fräßen und verdauten und ausschieden in einem langen anhaltenden Strom, weiter von der Lage der Bürobeamten, die, in der Regel schwachsichtige Menschen, die gröbsten Handverrichtungen ausüben müßten, ich höre von Hexenschosch, von geschwollenen Driesen, Reimatischen Grämfen, Ameisenkriechen, Schnubfen, Armgissen und nach einer Pause, in der sich dieser Körper aufrichtet, wieder von einem Verdursten. Dabei deutet er mit einem handlosen Armstumpf auf mich, während die unversehrte Hand des anderen Armes nach einem Herumzupfen an den gekrüpften wie zugestutzten Ohrmuscheln die Bewegung des Trinkens macht, sie hebt eine gedachte Flasche an die Lippen und kippt einen gedachten Inhalt in den Mund, wobei die Gymnastik des Mundes das ganze Gesicht in eine pumpende Bewegung setzt. Dieser aufgerichtete Körper, der mich an den Sohn des Kochs, wie ihn die Frau des Kochs beschrieben hat, erinnert und wer weiß, vielleicht ist es der Sohn, dieser aufgerichtete Körper fällt, wie ich jetzt rückwärts gehend die Hütte verlasse und die Tür mit den gleichen Geräuschen mit denen ich sie geöffnet habe wieder schließe, mit einem stark herausgestoßenen Schrei zurück. Ich stehe ich weiß nicht vielleicht zum

Weitergehen entschlossen vor einer Hütte, aus deren Innerem eine Folge von Schreien dringt, ich sehe das mit Teerpappe benagelte Hüttendach, darauf eine Anzahl grauer Backsteinbrocken, das herausragende Blechrohr mit der kleinen spitzen Haube, ich sehe die unregelmäßig zusammengefügten Bretter der Hüttenwände, die rostigen Scharniere und Türbänder und nun, nach einigen Schritten, an die Rückwand der Hütte gedrückt, auf dem Kopf stehend, mit aufgerissenen Wagenschlägen, zerschlitzten Polstern, eingebrochenen Scheiben, von Sand überweht ein Automobil. Später, auf dem Weg zur Fabrik, begegne ich dem Bauern, wir gehen eine Zeit aufeinander zu, bis wir uns treffen, er nimmt die Kappe ich nehme den Hut ab, es fällt kein Wort zwischen Hütte und Fabrik, und wie ich mich nach einer Weile umschaue, sehe ich die ruckartigen Bewegungen, mit denen er seine Schaufel in den Boden treibt. Nach dieser Begegnung erreiche ich die Fabrik, ich schlage mit der Faust an das Tor, das von einer Rostkruste bedeckt ist, das Dröhnen, das Hallen, der Rost löst sich von meinen Schlägen, blättert ab und rieselt zur Erde, ist einer da, rufe ich, es kommt keine Antwort, nichts, es bleibt still, und ich beginne nun das Tor aufzuschieben, wobei ein Quietschen Kreischen Rumpeln gegen mein Trommelfell schlägt.

Zu diesen Geräuschen, die sich wiederholen, die aufklingen, abklingen, anheben, abbrechen, nebeneinander, hintereinander, kommen die übrigen, mir vertrauten Geräusche, die, solange ich in diesem Zimmer bin, auftreten. Ich sehe an diesem Tisch die Messer sich heben, die Gabeln sich heben, die Gabeln senken sich, durchbohren die Wursthäute, dringen mit ihren Zinken in die Würste ein, die Messer senken sich, schlitzen die Wursthäute auf, dringen mit ihren Schneiden in die Würste ein, aus den entstandenen Öffnungen und unter Zuhilfenahme der Messer, aber nicht mehr deren Schneiden, sondern nur deren Rücken, wird der Wurstbrei herausgedrückt, langsam herausquellend erscheint er dunkelrot durchsetzt mit dem Weiß der Speckgrieben, langsam herausdrängend herausrinnend auf den Teller, von den durch die

Messer hervorgerufenen Geräuschen wie Schaben, wie Schürfen begleitet, entleeren sich die Würste, werden die Wursthäute schlaffer, wird der Haufen des Wurstbreis größer und immer noch, mit Geräuschen wie Schaben wie Schürfen, quillt aus den Öffnungen der Würste langsam stoßweise der Wurstbrei.

In schweren Stößen, drückend, wobei sich die Hände zu röten beginnen, wobei die Adern aus den Händen treten, wobei ich fühle, wie der Schweiß aus meinen Achselhöhlen tritt und an meinem Körper hinunterrinnt, versuche ich das Tor aufzuschieben, die Anstrengung des Schiebens muß auf meinem Gesicht stehen, aus meinem Mund dringt Keuchen und auch aus Wobsers Mund, der inzwischen herangekommen ist und ebenfalls schiebt, dringt Keuchen. Er stemmt sich mit seinem Rumpf wie ich mit meinem Rumpf gegen das Tor, es kommt in Bewegung, durch einen Spalt, der vielleicht groß genug ist, eine Hand hineinzustecken, sehe ich in das Innere der Fabrik, ich sehe nichts. Von Wobser, der mit mir die Bewegung des Schiebens macht und dessen Gesicht, jetzt, wo es durch die Anstrengung des Schiebens verzerrt ist, sich verdunkelt, geht ein starker saurer Geruch aus, auf seinem Gesicht, das er mir zugewandt hält und dessen Mund, als wolle er etwas sagen, geöffnet ist, erkenne ich über dem Mund den Bart, ein Geräusch wie Ächzen dringt aus dem Mund, unsere Gesichter, mein nach vorn gewandtes Gesicht und das zurückgewandte mir zugewandte Gesicht Wobsers, berühren sich fast. Ich bemerke plötzlich seinen Bart, wie damals, es war gegen Abend, wir kamen aus dem Hintergrund und schlugen eine Schleife, oder wie war es, etwas lag zwischen uns und dem Ziel, ein Hügel, ein Haufen, oder wie war es, ich erinnere mich noch an Wobsers Worte, in diesem Augenblick schien er mir dicker als sonst, was was was, sagte er, er breitete die Arme aus, es war seine Angewohnheit, was was was, danach deutete er in eine Richtung, wo sich in der ankommenden Dunkelheit eine Erhebung abzeichnete, es war der Körper eines Pferdes, auf dem die Krähen hockten und mit den Schnäbeln in das Pferdefleisch hackten, große vom

Blut tropfende Stücke aus dem Körper rissen, ich spüre seinen Atem in meinem Gesicht, gemeinsam versuchen wir nun zu drücken zu stemmen zu stoßen zu schieben, es entsteht eine Öffnung, die groß genug ist, einen Kopf hindurchzustecken, ich erkenne im Inneren der Fabrik etwas mit den Umrissen eines Sackes, die Rollen kreischen und knirschen in den Schienen, das Tor öffnet sich bis zu einem gewissen Punkt. Es geht nicht weiter, sagt Wobser, die entstandene Öffnung ist nun so breit wie ein durchschnittlich breiter Körper, so daß ich mich, wenn ich mich in das Innere der Fabrik begeben wollte, durch die Öffnung hindurchzwängen müßte. Dabei bedenke ich, daß Wobser, der dicker ist als ich, wahrscheinlich nicht durch diese Öffnung paßt. Ich stelle mir vor, und diese Vorstellung erweckt in mir eine Art Heiterkeit, die Wobser von meinem Gesicht abliest, denn er fragt mich, was es zu lachen gäbe, wie sich Wobsers Gesicht bei der Anstrengung des Hindurchzwängens rötet und aufbläht. Nach dieser Vorstellung zwänge ich mich durch die Öffnung in die Fabrik. Was ich sehe, in der Dunkelheit dieser Halle, vom Dröhnen meiner Schritte begleitet, ist, in der Mitte der Halle, in seinen Umrissen, von dem durch die Fensterschächte einfallenden Licht beleuchtet, der Körper eines Pferdes, in den sich die Ratten bis zu ihren Hinterbeinen hineingefressen haben. Ich höre das Knappern Nagen der Ratten und höre es plötzlich abbrechen, sehe, wie sich die Ratten rückwärts gehend aus dem Körper befreien, höre das Quietschen Pfeifen mit dem sie in den Ecken verschwinden und sehe im Körper des Pferdes die schwarzen hineingefressenen Gänge. Ich rieche das Pferdefleisch, den süßen Geruch von Blut, der die ganze Fabrik ausfüllt, sehe das Blut, das sich in kleinen Pfützen auf dem Boden gesammelt hat und geronnen ist, das Pferd, ein großes, schweres Pferd, mit großen aufgerissenen Augen, mit gelben starken unter den Lippen hervortretenden Zähnen, mit aufgetriebenem, vielleicht von einer Pferdekrankheit aufgetriebenem Leib am Boden liegen, in meinem Rücken höre ich das Keuchen Ächzen meines Begleiters, der noch immer, da er dicker ist als ich, sich durch die Öffnung des Tores in die Fabrik zwängt, seine von Schnaufen unterbrochenen Worte wie Es geht nicht, ich komme nicht weiter, es klemmt, werden durch die Wände der Fabrik zurückgeworfen und verstärkt, wie sich das Schallen Knallen Hallen meiner Schritte verstärkt, das Kratzen Rascheln Scharren der Ratten, das Rumpeln des zweiten dem ersten Tor gegenüberliegenden Tores, das ich erreiche und nun öffne, das sich ohne Schwierigkeiten öffnen läßt, leicht angestoßen von meiner Hand surrend beiseite fliegt. Nun, im Freien, an diesem Tag, in dieser Landschaft, die wie eine Fläche, ich weiß nicht, wie ein Tisch, ich weiß nicht, wie eine Platte wirkt, wende ich mich noch einmal um, das Pferd liegt in der Mitte, im Hintergrund, am anderen Ende der Halle, sehe ich, wie ein Mann, dicker als ich, wenn auch sonst meinem Äußeren ähnlich, versucht, sich durch die Öffnung des Tores zu zwängen, es macht ihm Schwierigkeiten, er winkt, als erwarte er meine Unterstützung, mit der einen Hand, die sich schon im Inneren der Fabrik befindet, und ich höre, obwohl ich nicht beschwören kann, ob es das ist, was ich höre, seine Worte wie Ich komme nicht weiter, warte auf mich, es geht nicht, es klemmt. Im Gegensatz zum Eingang der Fabrik ist der Ausgang ohne Schwierigkeiten zu öffnen und zu schließen bis auf einen kleinen handbreiten Spalt, an den ich mein Auge drücke und durch den ich erkenne, wie an der anderen Seite ein Körper drückend schiebend zwängend sich hochstreckend und niederbeugend vor und zurückrückend in das Innere der Fabrik gelangen will. Ich beobachte eine Weile diese Bewegungen wie Zappeln, wie Schieben, wie Stoßen, dann gehe ich weiter, am Horizont, bis zu dem sich ein dünnes Wachstum von Disteln Gras und wildem Hafer hinzieht, erscheint der Bauer, er sitzt auf dem Karren. Das Nicken der Pferdeköpfe, das Schwenken der Bäuche, das Schaukeln der Hinterteile; er nähert sich langsam und verschwindet wieder, kommt und entfernt sich, er kommt und verschwindet in der Ferne.

Rechts von mir vor dem Fenster erscheinen die schwarzen struppigen Körper der Krähen, sie tauchen aus dem Hintergrund am Himmel auf, der die eine obere Hälfte des Fensters ausfüllt, während die andere untere Hälfte des Fensters, das vor einer Weile vom Direktor mit einer Bemerkung über Luftmangel geöffnet wurde, von einem Stück der Landschaft ausgefüllt wird. Die Kahlheit dieser Landschaft hat mich eine Zeit vorher beschäftigt, ihre Abgemähtheit Ausgerissenheit Abgestelltheit, abgerupfte Kohlstrünke, bräunlich verfärbtes, in Fäulnis übergegangenes Fallobst, zusammengerechte welke Blätterhaufen liegen auf der umgegrabenen aufgelokkerten Erde. Ich erkenne eine Person, die mit einer Mütze, einer Schürze, einer Blechbüchse gebückt zwischen den Hütten hin und her läuft und lange dünne Würmer aus dem Boden zieht. Ich hatte den Wunsch, aufzustehen und an eines der Fenster zu treten, der für einen Augenblick sehr stark war, unterdrückt und war sitzengeblieben und hatte von meinem Stuhl aus die Landschaft vor dem Fenster beobachtet. Jetzt wo ich darauf zurückkomme, erinnere ich mich an einen Hundeauftritt, der im Vordergrund dieses Bildes stattfand, der abbrach, als plötzlich mit großer Geschwindigkeit, mit weiten Schwüngen, mit einem eigentümlich kreischenden Geschrei, die Krähen auftauchten, ebenso wie jetzt, wo sie mit ihren fetten vom Futter aufgetriebenen Körpern auf das Fenster zukommen und vor dem Fenster, durch das sie herein ins Zimmer fliegen könnten, umkehren und wieder in der Ferne verschwinden, zusammenschrumpfen und aus der Ferne aufquellend wieder erscheinen, mit dem gleichen kreischenden Geschrei wie zu Beginn, mit ihren dunklen dicken Körpern und kräftigen Stimmen und dem Aufklatschen ihres Kots auf der Fensterbank, wieder umkehrend sich in den Hintergrund des Bildes hinein verkleinern und nach einer darauf vorgenommenen Wendung, sich wieder vergrößernd, den Vordergrund erreichen und krächzend vor dem Fenster vorüberstreichen.

Ja dieser Abend, dieser Karren, dieser von der Erschütterung des Rollens geschüttelte auf und ab hüpfende Körper, der, auf dem Kutschbock hockend, von den stampfenden schaukelnden Pferden davongezogen, die Pfeife anzündet, das Aufflammen und das Verlöschen des Zündholzes, das Aufsteigen des Rauchs, das Herabhängen der Peitsche, dieser Bauer, der sich in die Ferne hinein verkleinert, von den nickenden schwankenden Pferden fortgezogen, über diesen Weg, durch diese Landschaft, die ich beschrieben habe, zum Horizont und am Horizont entlang, eine lange Fahrt auf dem Karren, aufgerichtet in der Rechten die Peitsche, in der Linken die Pfeife, schwingend paffend knallend saugend und in die Ferne hineintauchend. Diese Bewegungen setzen sich in meinem Kopfe fort, an diesem Abend, an dem ich mit langen ausgreifenden Schritten weiterkomme, über diesen Weg und in dieses neue Bild hinein, in dem mir zunächst ein aufrecht sitzender Hund auffällt, ein regungsloses wie ausgestopftes Tier, mit dünnem von Ungeziefer kahlgefressenem Fell. Während ich mich ihm nähere, gerät er in Bewegung, seine Blicke Gebärden und Töne zeigen, daß er mein Kommen bemerkt, mit einem Aufheulen stürzt er mir entgegen, mit gefletschten Zähnen, mit tropfenden Maulwinkeln. Es gelingt mir ein Sprung zur Seite, ich öffne etwas wie eine Tür, ein knarrendes Öffnen, ein knarrendes Schließen, ein Verschwinden vor einem riesenhaft aufgesperrten Rachen, ich lege einen hölzernen Riegel um und stehe nun eingezwängt in einer engen, nicht einmal meiner Höhe entsprechenden Hütte, gerade so breit, um meine Breite aufzunehmen. In den Kniekehlen eingeknickt, links raschelnd auf einen Nagel gespießte Zeitungsstücke, rechts eine an die Wand geheftete Darstellung großer buttriger Birnen, hinter mir etwas wie eine harte schartige Sitzgelegenheit. Durch einen herzförmigen Ausschnitt erkenne ich die lehmige von Füßen zerstampfte Erde, und während mich ein scharfer und zugleich dumpfer zugleich auch süßlicher Geruch umgibt, sehe ich den Hund an der Tür scharren und kratzen und sich speicheltropfend gegen die Tür werfen, sein Glied leuchtet steif und rosa erhoben zwischen einem Büschel von Haaren hervor, knurrend und schnüffelnd wühlt er in den Abfallhaufen vor der Tür, seine schleckende Zunge schlüpft durch den Spalt zwischen Boden und Tür, seine Zähne knirschen im Holz, reißen und zerren und ich schreie etwas wie weg oder fort, etwas Schrillklingendes, wobei ich mit dem Fuß gegen die Tür trete, etwas wie weg oder fort oder beides oder etwas anderes und er stürzt sich plötzlich auf einen neben der Tür liegenden weichen gefüllten Sack, wirft sich in einem zuckenden ruckenden Bespringen über den Sack und bleibt mit einem abschließenden Aufjaulen schließlich auf dem Sack liegen, mit gespreizten Hinterläufen. Während hier, vor meinen Augen, dieser Vorgang ablief, öffnete sich im Hintergrund, noch sichtbar für mich, ein breites grünbestrichenes Hoftor, und ein dicker mit einer Joppe bekleideter Mensch erschien mit einer Peitsche heraustretend im Bild, das durch die Herzform des Türausschnitts begrenzt ist. Dort steht er jetzt, sein Gesicht liegt dunkel unter einer Mütze, und ruft einen Namen, den des Hundes vielleicht, denn der Hund richtet sich auf und springt winselnd, mit dem Schwanzstummel zuckend, auf ihn zu und an ihm hinauf. Kommen Sie heraus, ruft der Mann, es besteht keine Gefahr, mein Name ist Schön, kommen Sie heraus. Ich komme seiner Aufforderung nach, schiebe den Riegel zurück, drücke die Tür auf und stehe wieder im Freien, auf einem schlammig schmatzenden Erdboden. Mein Name ist Schön, es ist ein alter Mensch, mit freundlichem Gesicht und herauslächelnden gelben Zähnen, hinter ihm erscheint rundlich und rotwangig eine Frau. Sie stehen vor dem Hoftor, halten vor dem Leib die Hände verschränkt, lächeln, nicken, dieser Hund ist ungefährlich, er ist fast blind, sehen Sie die Augen, und ich sehe tatsächlich die fast weißen Augen über die das Fell hinwegwachsen will, er ist fast taub, sehen Sie die Ohren, und ich sehe tatsächlich die herabhängenden fast haarlosen Ohren mit wie ausgefransten oder eingebissenen Stellen, ein Hund, sagt er, ist ein treuer Begleiter, selbst im Alter anhänglich, genügsam, sehen Sie, und ich sehe einen Napf mit Abfällen alter längst beendeter Mahlzeiten, in die er seine Schnauze senkt, seine Haut gibt gutes Leder, teils sogar einen geschätzten Pelz, die Frau, Frau Schön, wie ich annehme, lächelt bei dem Wort Pelz und streicht über ihre fleckige Schürze, und ich sehe das von Parasiten zerfressene Fell des Hundes, wo findet man, sagt Herr Schön und läßt seine Peitsche auf dem Körper des Hundes aufklatschen, noch Gutmütigkeit und Dankbarkeit außer beim Hund, ich bestätige ihm das und es mag meine Zustimmung sein, meine Aufmerksamkeit, mit der ich seine Worte entgegennehme, kommen Sie, sagt Herr Schön, die Arme ausbreitend, essen Sie mit uns, ja, essen Sie mit uns, sagt auch Frau Schön, und nun geht es durch das Tor durch einen von Dungfladen Erdbrocken und Jauchepfützen verklebten Vorhof hinein, in den Stall, die Wärme des Stalls und der Geruch nach Mist nach Chlor und Stroh schlägt mir entgegen, der Geruch nach saurer lange gemolkener Milch, nach ranziger Butter, nach Käse und Molke, nach kleinen handtellergroßen und großen kopfgroßen Käsen, der dumpfe scharfe Geruch nach Vieh. Ich höre ein Keuchen und sehe in einer Ecke des Stalles zwei aneinandergepreßte Gestalten, die sich bei unserem Eintreten voneinander lösen, vielleicht ist es der Knecht, der die Hose zuschnallt und vielleicht ist es die Magd, die den Rock glattstreicht, ich höre die mahlenden Freßgeräusche der Rinder und sehe Rotzfäden von ihren wiederkäuenden Mäulern tropfen und höre die Worte Willkommen Willkommen von Mann und Frau Schön und das Klirren der Ketten und das Rascheln der Ratten im Stroh und das Aufschwirren schwarzer schillernder Fliegen und das Aufbrüllen der Rinder, das Herumpeitschen ihrer Schwänze, das Hinabklatschen ihres Kots und das Hinabströmen ihres Harns, und nun sehe ich einen Bullen über eine Kuh geworfen, schnaufend brüllend rückend und stoßend, sehe die Kuh besprungen und niedergedrückt, den zitternden dampfenden nach vorn sinkenden Körper, das schwarze knotige Glied naß aus der Scheide fahren und wieder hineindrängen mit Rasseln Flankenschlagen und Kettenklirren geifernd hineinstoßen schwankend vornüber bohrend hineinsenken feucht hinabrinnen, das Aufbäumen Darüberfallen mit den Vorderläufen Scharren und Trommeln, das Niederdrücken mit dem ganzen schweren feuchten Zucken des Körpers stoßend und leckend sich in den Hals grabend hinabrinnend, Willkommen Willkommen, es geht durch den Stall und durch die sich anschließende Scheune, durch den Innenhof durch die Diele und durch die Küche und eine Treppe hinauf durch den Gang in die Stube, wir gehen hintereinander, ich sehe vor mir die in der Dämmerung dieses Weges schwingenden Schürzenbänder der Frau, ihre schweren sich von der einen auf die andere Seite legenden Gesäßhälften, vor ihr geht der Mann, hinter ihr gehe ich, hinter mir, ohne daß ich ihn sehe, geht der Knecht, ich höre nur sein Keuchen und hinter ihm, ich höre nur ihr Kreischen, geht die Magd. Bei unserem Gehen quillt überall aus den Ritzen und Fugen, aus den kleinen in den Ecken aufgeschütteten Abfallhäufchen, aus den Wandrissen, unter den Möbeln in Scharen das Ungeziefer hervor, die langbeinigen Kanker, die Küchenschaben mit kauenden Mundwerkzeugen aus den Ausgüssen und Abflüssen, die alles betastenden Ohrenkriecher, die gefräßigen Kakerlaken, Ohrenkriecher mit gekrümmten Zangen unter Steintöpfen, aus ihren Schlupfwinkeln die bedächtigen Wanzen gemessenen Schritts blutdürstig lichtscheu die flachen Bettwanzen die Spaltschlüpfer, die Moderkäfer Büschelkäfer Weichkäfer mit samtiger Behaarung, Kolbenkäfer Schmiede Klopfkäfer aus dem morschen Balkenwerk, aus dem schrundigen Fußboden, Holzbohrer Brotbohrer Speckkäfer Müller oder Mehlkäfer walzenförmig gestreckte Wesen, Meister im Hindurchzwängen, Totenkäfer aus ihren Verstecken, altem Brot, Lumpen, Spüleimern. Auf diesem Weg sehe ich am Fachwerk der Wände den weißen Flaum der Hausschwämme, die lappen- oder fächerartigen Gewebe und schimmernden Wölbungen, auf diesem Weg, irgendwo in einem der Gänge oder auf einer der Stiegen, sehe ich, wie der Knecht seine Hand unter den Rock der Magd gräbt, beide sind stehengeblieben, die Magd hat die Augen weit aufgerissen, die Lippen fest zusammengepreßt, ihren Oberleib zurückgelegt, und während der Knecht etwas sagt und die Magd etwas antwortet, rufen Mann und Frau Schön nach einem Kind, das in der Stube sitze oder liege und warte und wahrscheinlich Hunger habe, ein schönes Kind, wie mir Schön versichert, jemandem aus dem Gesicht geschnitten, und noch etwas auf diesem Weg prägt sich mir ein, und wenn ich diesen ganzen Weg vorüberziehen lasse, im Hintergrund das Schnaufen des Knechtes, der der Magd, die noch immer stumm und starr mit zurückgeneigtem Oberkörper steht, den Rock hochklappt, so daß ihre prallen von den Strumpfbändern eingeschnürten Schenkel aufleuchten, so komme ich zu etwas spiralig Ausgezogenem, klebrig wimmelnd von der

Decke Herabhängendem, etwas, das ich einen Augenblick für ein Band halte, aber es ist kein Band, sondern ein Fliegenfänger, den ich mit der linken Hand ergriffen habe, gesprenkelt von toten oder noch im Todeskampf brummenden mit den Flügeln schwirrenden Fliegen, ich befreie, während Schön Kommen Sie nur ruft, die linke Hand vom Fliegenfänger, indem ich ihn mit der rechten Hand ergreife und die linke fadenziehend ablöse, die rechte Hand befreie ich, während Frau Schön Ich hoffe Sie haben guten Appetit mitgebracht ruft, indem ich mit der linken Hand den Fliegenfänger fasse und die rechte von der Klebmasse löse, die linke Hand, die nun am Fliegenfänger klebt, befreie ich, während der Knecht Laß mich machen schnauft, auf die Weise, daß ich mit der rechten Hand den Fliegenfänger umschließe, ich fühle dabei die kleinen noch vibrierenden Körper, und die linke vom Klebstoff abziehe, die rechte Hand, die nun festgebacken ist, befreie ich derart, daß ich, während die Magd Warte bis nach dem Essen zischt, mit der linken Hand den Fliegenfänger ergreife und die rechte abreiße, die nun festklebende linke Hand löse ich, während Schön Sie können essen soviel Sie mögen ruft, indem ich mit der freien klebrigen rechten Hand den Fliegenfänger ich weiß nicht vielleicht festhalte und mit ich glaube Fäden die linke ja abziehe, die rechte Hand, die nun fest und wie mir scheint unlösbar mit dem Fliegenfänger verbunden ist, befreie ich wieder, während Frau Schön Nun genieren Sie sich nicht, es ist genug da ruft, indem ich den Fliegenfänger ja ich glaube mit der linken Hand jawohl packe und die rechte, die rechte Hand, in deren Innenseite ich weiß nicht einige Fliegen klebenbleiben, abreiße, eine Handlung, bei der allerdings die linke Hand, ohne daß ich es verhindern kann, am Fliegenfänger hängenbleibt, diese linke Hand befreie ich von dem in sich verfangenen und verklebten Fliegenfänger, während der Knecht Nicht nach dem Essen, jetzt, jetzt schnauft, indem ich mit aller Kraft und mit einem plötzlich aufsteigenden Zorn mit der rechten Hand den Fliegenfänger wie er ist von der Decke rupfe, die linke Hand ablöse und den Fliegenfänger, während die Magd Nein, nein, später, nein zischt, der nun in der rechten Hand hängt, mit meinem

Schuh abstreife. Meine Hände sind jetzt frei, doch der Fliegenfänger hängt nun an meinem rechten Schuh, und während ich in der Reihenfolge Schön, Frau Schön, den Knecht, die Magd die Worte Nun wo bleiben Sie denn, Treten Sie ein ohne zu klopfen, Komm jetzt, hier, Nein nicht oh oh, rufen schnaufen und zischen höre, trample und trete und stampfe und schabe und kratze und schürfe und schlenkere ich mit den Schuhen hin und her auf und ab, reibe und scharre und schüttle, bis der Fliegenfänger weder an meinen Händen noch an meinen Füßen klebt, sondern auf dem Boden zusammengestampft liegenbleibt und ich in die Stube trete, wo mich Mann und Frau Schön mit offenen Armen, Willkommen Willkommen, empfangen.

Ich beobachte neben dieser einen sich bückenden und Würmer aus dem Erdboden ziehenden Person noch andere Personen. Ich erkenne eine Person, die sich mit einer Schaufel in den Boden hineinwühlt, die gräbt und gräbt und schließlich vom Boden verschluckt wird. Ich erkenne eine Person, die mit einem Beil kleine rundgeschnittene Holzkloben auf einem Hackklotz zerspaltet, die hackt und hackt und schließlich von einem Berg von Holz vergraben wird. Ich erkenne eine Person, die mit einem Spazierstock auf eine andere Person einschlägt, die schlägt und schlägt bis diese andere Person am Boden liegt und von der ersten Person in eine der Hütten gezogen wird und beide verschwinden. Ich erkenne eine Person, die auf einem in die Abendsonne gerückten Stuhl sitzt und an einem breiten schalartigen Gegenstand strickt, die strickt und strickt und schließlich unter einem langen Band von Gestricktem verhüllt und verschwunden ist. Ich erkenne eine Person, die sich über den Rand eines Brunnens beugt und einen Eimer vollschöpft, die schöpft und schöpft und schließlich über den Brunnenrand in das aufspritzende Brunnenwasser stürzt und verschwindet. Und ich erkenne eine Person, die am Rande dieses Bildes, oberhalb aller dieser Personen steht, die sieht und die Brille abnimmt und sie putzt und putzt und sie wieder aufsetzt und nun nichts sieht, weil alle Personen verschwunden sind.

Nun stehen wir in der Stube und mein Blick fällt, während das Willkommen Willkommen noch immer an mein Ohr schlägt, auf ein Gitterbett mit Kupferknäufen, auf ein stummes Wälzen und Scheuern. Dort liegt, die Decke zurückgestrampelt, ein nacktes Kind, wendet den Kopf von der einen Seite auf die andere Seite, sieht erst mich, dann Mann und Frau Schön, dann den Knecht, der seinen Hosenschlitz zuknöpft, dann die Magd, die ihren Rock glattstreift und dann mich an, es hat seine Hände in Handschuhen ausgestreckt und ich sehe, daß jede Hand auf ihrer Seite mit einer Schnur am Gitter des Bettes festgebunden ist, so daß das Kind und die nach beiden Seiten ausgestreckten Arme die Form eines Kreuzes ergeben. Der Körper des Kindes ist von roten an den Spitzen gelben Pusteln und Beulen bedeckt, Gesicht und Hals sind auf die gleiche Weise bedeckt, Rumpf Bauch und Geschlecht Schenkel sind auf diese Weise bedeckt, von den Füßen sehe ich nichts und ich kann nicht sagen, ob auch die Füße auf diese Weise bedeckt sind, vermutlich sind aber auch sie und der Nacken der Rücken das Gesäß, was ich alles nicht sehen kann, da mir das Kind seine Vorderseite zugewendet hat, auf diese Weise bedeckt. Mann und Frau Schön deuten lächelnd erst auf mich und sagen, dies ist unser Gast, dann auf das Kind und sagen, dies ist unser Kind, dann auf den Tisch in der Mitte der Stube, einen gedeckten Tisch, und sagen, es ist aufgetragen nun wird gegessen. Im Halbkreis setzen wir uns, Mann und Frau Schön, ich, der Knecht, die Magd, an den Tisch, in dessen Mitte eine schüsselförmige Vertiefung weichen Käse enthält, nehmen Brot, das wir von dem Laib brechen, tauchen es in den Käse und ziehen das Brot, nachdem es vom Käse bedeckt ist wieder heraus und führen es an den Mund. Mann und Frau Schön unterbrechen diese Beschäftigung einige Male, um mit dem in Käse getauchten Brot aufzustehen, zum Gitterbett des Kindes, das vor uns im Zimmer steht, zu laufen, um dem Kind das Brot in den Mund zu schieben, aber das Kind neigt den Kopf zur Seite und das Brot fällt aus dem Mund und das Kind erbricht, als Mann und Frau Schön nicht ablassen, ihm Brot in den Mund zu schieben, neben dem Brot eine schleimartige Flüssigkeit, die nach und nach das Bettzeug und den Körper des Kindes überkrustet. Nach Brot und Käse kommt Suppe auf den Tisch, Mann und Frau Schön bringen lächelnd, während neben mir unter dem Tisch die Hand des Knechts wieder unter den Rock der Magd fährt, die Suppe und nach der Suppe, während die Magd die Schenkel mit der Hand des Knechts dazwischen zusammenpreßt, Gemüse und Braten, Brühe und Klöße, danach, während der Knecht zu schnaufen, die Magd zu keuchen beginnt, Kraut und Wurst, danach, während der Knecht mit hastigen Bewegungen die Bluse der Magd öffnet, Fisch, danach, während die Magd den Mund fest zusammenpreßt und doch ein Aufstöhnen ihren Mund verläßt, Napfkuchen. Alle diese verschiedenartigen Speisen versuchen Mann und Frau Schön lächelnd dem Kind, das wie ein Kreuz stumm im Bett liegt, in den Mund zu stecken, Suppe mit dem Löffel, Gemüse mit dem Löffel, Braten mit der Gabel, Brühe mit dem Löffel, Klöße mit der Gabel, Kraut mit der Gabel, Wurst mit der Hand, Fisch mit der Gabel, Kuchen mit der Hand, das Kind jedoch, sein Gesicht von der einen zur anderen Seite wendend, den Mund geschlossen und erst von Schön, der sich lächelnd an das Kopfende des Bettes gestellt hat, mit den Händen den Kopf des Kindes ergriffen hat, mit dem Daumen den Mund des Kindes öffnet, mit dem Löffelstiel die Zähne auseinanderbricht, zur Ruhe gebracht, während Frau Schön lächelnd in die Mundöffnung Suppe Gemüse Brühe Klöße Kraut Wurst Fisch Kuchen steckt schüttet schiebt, erbricht nach jedem genossenen Bissen einen anderen. Mann und Frau Schön unterbrechen ihre Handlung nur, um mir zuzulächeln, mir zuzunicken, guten Appetit zu wünschen und mich aufzufordern zuzulangen, langen Sie zu, und auch Knecht und Magd, die an meiner Seite sitzen, nach Schweiß und Kuhdung riechen, sagen, indem sie mit den Händen Fett und Brühe vom Mund wischen, langen Sie zu, langen Sie zu. In diesem Augenblick, in dieser Stube, ich bin beim Fisch, ich habe ihn an der Gabel, in diesem Augenblick schreit in seinem Bett das Kind einmal und in die Stille dieser Stube, in der nun nicht mehr gegessen wird, hinein noch einmal. Mann und Frau Schön schlagen jammernd die Hände über dem Kopf zusammen, Knecht und Magd springen auf und ringen jammernd die Hände, auch ich springe von meinem Platz auf und höre, nachdem ich durch den Gang die Treppe hinunter durch die Küche und durch die Diele und den Innenhof die Scheune durch den Stall und durch den Vorhof gesprungen bin, noch auf der Straße Mann und Frau Schön den Knecht und die Magd jammern.

Während ich mich wieder dem Zimmer, dem Tisch, den Personen am Tisch zuwende, sehe ich, daß sich im Laufe meiner Beobachtungen Krogge erhoben hat, er steht nun hinter dem Tisch, von feinen Lichtspritzern getroffen, gelassen ein Buch hebend, umblätternd. Ja das ist Krogge, und wie ich ihn sehe, dieses Abbild aller Bilder, die ich von ihm kenne, seine abgewischten in Ernsthaftigkeit gelegten Gesichtszüge, rufe ich, ich kann es nicht verhindern, es rutscht weich wie aus geschmierten Kanälen aus mir heraus: Krogge. Ja, mein Guter, ruft er zurück, können Sie mich hören. Natürlich kann ich ihn hören, was meint er damit. Können Sie mich verstehen, ruft er. Ja, es geht, rufe ich. Wenn Sie mich nicht verstehen, immerhin könnte das sein, dann machen Sie ein Zeichen, ich wiederhole dann alles. Was glaubt er nur, denke ich, aber ich rufe, gut. Was, ruft Krogge. Ich rufe, gut. Krogge, was. Gut, rufe ich, gut. Was, ruft Krogge. Ich rufe, gut. Ja, ja, ruft Krogge, was ist gut.

Ja das ist die Reihenfolge, diese Rufe, vorbei, dieses Geschehen, das vergangen ist, und am Ende dieses Jammern, das nun, unter den dunklen Schlägen der Turmglocke vergeht. Vielleicht bin ich schon oft hier vorbeigegangen, ich erinnere mich nicht mehr, es gibt also Löcher in meinem Gedächtnis. Vieles kommt mir bekannt vor, vielleicht war ich mit meiner Frau hier, mit einer geschwenkten Einkaufstasche, oder mit einem Handwagen, den ich gebückt keuchend diese Straße entlangzog, mit Kartoffeln beladen, oder mit Wobser, das ist möglich, mit Wobser, und noch andere Personen waren dabei, vielleicht Schlötzer Gibser Wurzer Schutzer, vielleicht waren wir auf dem Weg nach S, das in einer Schlucht lag, mit Geschwülsten Schwellungen mit Spitzen und Kanten, wir stiegen, um besser sehen zu können, aufeinander, auf Wobsers Schultern stieg Schlötzer, auf Schlötzers Schultern Gibser, auf Gibsers Schultern stieg Wurzer undsoweiter und auf die Schultern des letzten stieg ich, so standen wir vielleicht schwankend im Geläut der Glocken an diesem Abend, was siehst Du, fragte Wobser, nichts, ich sehe noch nichts, sieh genau hin, sagte Wobser. Nicht lange und ich sah einen Bauern auf seinem Karren am Horizont von der einen Seite auf die andere fahren. Komm herunter, rief Wobser, es drückt. Oder vielleicht war ich nur mit Wobser zusammen und stand auf Wobsers Schultern, oder ich stand nicht einmal auf Wobsers Schultern, sondern hatte mich nur auf meinen Zehenspitzen erhoben und sah das, was ich beschrieben habe, komm weiter, sagte Wobser. Vielleicht. Es gibt also Löcher in meinem Gedächtnis. Zum Beispiel, ich weiß nicht. Was war hinter mir. Landschaften, ich habe sie beschrieben, man stand bis zum Gürtel im Wasser, ja, morsch, es war morsch, davon war die Rede, die Worte meiner Frau, nein, ich erinnere mich nicht, eine Reihe von Bildern, im ersten Bild, ja, im ersten Bild, ich weiß nicht, im ersten Bild, etwas wie ein Mensch, nur ohne Beine und Arme, ohne regelrecht menschlichen Kopf, nein, im ersten Bild alles gleichförmig glatt weich von der Sonne beschienen, im zweiten Bild ein Körper, eine Art Hund, ich weiß nicht, vielleicht, im dritten Bild, meine Frau drängt sich in das dritte Bild, mit einer Schüssel und einem aufmicheinsprechenden Mund, ich dränge sie wieder hinaus, im dritten Bild, ja, im dritten Bild etwas wie Bewegungen, etwas wie Aufheben oder Wegwerfen, von einer Person ausgeführt, beim Nachdenken drängt sich eine weitere Person in dieses Bild, im vierten Bild, ein, vielleicht, ein, ich weiß nicht, nichts, im vierten Bild nichts.

Während Krogge die Arme schwingt, seine Hände beschwörend hebt und schüttelt, an die Stirn führt, über der Brust faltet, sich mit ihnen schwer auf den Tisch stützt, sie von neuem hebt faltet spreizt, mit ihnen auf den Tisch klopft, mit ihnen emporstößt, sie zusammenschlägt und klatschend auf die Tischplatte fallen läßt, während alle Personen an diesem Tisch den Eßvorgang auf die Weise unterbrechen, daß sie die Gabel für einen Augenblick auf dem Weg vom Teller zum Mund mit dem aufgespießten Bissen in der Luft stehenlassen und den Kopf, noch kauend, Krogge zuwenden, während ich, den Mund noch fettig vom Essen, die Gabel stochernd am Teller, zwischen den Falten der Vorhänge das Gesicht meiner Frau herausgucken und wieder verschwinden sehe, höre ich die Darstellungen und Schilderungen eines Abends, eines Forschers an diesem Abend, eines älteren Mannes mit Gamaschen, wie der später berühmt gewordene Bericht mitteilt, dem an diesem Abend eine Beobachtung gelang; er, Hock-Bern, war am Abend erschöpft aus dem Wald in offenes Gelände getreten, er schritt durch das hohe trockene Steppengras, das seine Gamaschen streifte, seine Umhängetasche schlug gegen den Oberschenkel, er war den ganzen Tag, wie es im Bericht heißt, in der stechenden Sonne gegangen, hatte seine Feldflasche ausgetrunken und schmatzend die letzten Tropfen herausgesogen, als der Abend kam, die Sonne sank langsam hinter den Horizont zurück und noch in diesem Zurücksinken seien, Hock-Berns Bericht nach, in einer bestimmten Entfernung eine Reihe von Tierkörpern aus dem Gebüsch getreten. Hock-Bern, den man sich nach Krogges Beschreibung und einer erhalten gebliebenen Aufnahme mit Vollbart, Filzhut, Gamaschen, Kniehosen, Schnürstiefeln, Fernrohr, Umhängetasche, Rucksack, Revolver vorzustellen hat, verließ einige Male die Geschichte, um anderen im Äußern ihm ähnlichen Personen Platz zu machen, tauchte aber wieder auf, immer an den gleichen Dingen zu erkennen, immer erschöpft, am Ende seiner Kräfte, durstig, hungrig, in einem Fall seinen Revolver gebrauchend, die Schüsse waren, wie es im Bericht heißt, weithin zu hören, danach war Stille.

In diesem Augenblick, nach allen vorgestellten Bildern, erscheint in einem nicht mehr gedachten, sondern wahrhaftigen Bild Wobser, er steht, wie aus meinen Gedanken gekrochen, am Ende der Straße und scheint, soweit ich es von hier aus, zwischen roten Backsteinwänden, Planken und Laderampen mit Säcken und Fässern, sehen kann, durch große Geschwindigkeit außer Atem geraten zu sein, er preßt die Hände auf die Seite, er verzerrt das Gesicht und kommt näher, seine schleppende Gangart fällt mir auf, er hat mir, wie es scheint, etwas mitzuteilen, was ist es, will ich rufen, aber ich rufe nicht und erwarte auch keine Antwort, nichts gerufen, nichts geantwortet, denke ich, und doch, seine Stimme wird stärker, trotz der sonstigen Fortschritte, ruft er, geht es doch mit unserem eigentlichen Fortschritt, mit der freien Beweglichkeit der Füße, noch sehr langsam, wir bemühen uns, die geistige Fessel der Gesamtheit, hören Sie, zu lösen und bekümmern uns doch wenig um den kleinen Hemmschuh, der im Grunde den einzelnen bei jedem Schritt und Tritt hindert, nämlich den Schuh, ich meine den Schuh. Denn daß der Schuh uns mitten in unserem Fortschreiten aufhält, indem er uns beengt und quält, daß er dem Fuß, dem wirklichen Fortschrittsglied, offene und augenscheinliche Krankheiten zufügt, ich brauche Sie Ihnen nicht aufzuzählen, wissen Sie auch. Seine Rede über die Einzelnatur des Fußes, über die ins Fleisch getriebenen Nägel, über die schädliche Einwirkung des Bodens, unterbricht er plötzlich und behauptet zu hinken, ich hinke ja, schreit er. Ich mache ihn darauf aufmerksam, daß es die unterschiedliche Höhe des Bordsteins und der Straße sei, die ihn zu dieser Vermutung verleite, denn er geht mit dem einen Fuß auf dem Bordstein und schleppt den anderen im Rinnstein nach. Ja es ist Wobser, ich erkenne seinen Bart, den er halbgestutzt trägt, bei seinem Anblick fallen mir auch seine Geschichten ein, er erzählte sie, als wir, wann, ich weiß nicht, als wir, ich erinnere mich an einen Wald, ja, an eine Schneise, ja, als wir an einem Abend, im Abendrot, diese Fetzen aus der Erinnerung, diese gebückten Frauen, ja, Frauen, irgend etwas geschah, was, ein Pferd, es war etwas, wir kamen, was, ja es war eine Geschichte, er nannte sie ich glaube »Das Katzenklavier«, eine sehr beliebte Roheit, sagte er, die Tasten des Klaviers, Sie verstehen mich, sagte er, ja, ich verstand ihn, waren mit Stacheln versehen oder an den Schwänzen der Katzen angebunden, hören Sie, angebunden, ja, so daß die Katzen beim Spielen gestochen oder an den

Schwänzen gerissen wurden und schrien, ja, das Katzenklavier, der Bauer riß plötzlich seine Peitsche in die Höhe und hieb wie besessen auf die Krähen ein, die auf dem Körper des Pferdes hockten, die bläuliche weiche Bauchdecke aufrissen und das Gedärm herauszupften, wir sahen die Krähen in die Luft steigen, noch mit Pferdefetzen im Schnabel, das Leben sei ein Kampf, sagte Wobser, man müsse ausessen, was man sich eingebrockt habe, das Hemd sei ihm näher als der Rock, ach, sagte er, ja, sagte ich, ja ja, er wolle Prokurist werden oder er wolle lieber doch nicht Prokurist werden, weil das mit zu vielen Beschwerden und Verantwortungen verbunden sei, ja, sagte ich, ja, ja, aber er wolle trotzdem Prokurist werden, weil er Beschwerden und Verantwortungen nicht scheue, im Gegenteil, ja, ja, ja, Sie werden sehen, es ist eine besondere Position, eine Gelegenheit, aus der man viel machen kann, ja, aber das führe zu weit und gehöre zu einer anderen diese Geschichte nicht berührende Geschichte, ja, sagte ich, ob ich eine Zigarre wolle, nein, Sie rauchen nicht, es muß wirklich Wobser sein, es gab einen bestimmten Punkt in dieser Landschaft, auf den wir zugingen, sein Gehen war, wie soll ich es beschreiben, vielleicht bedächtig, oder besser gemessen, ja, und auch das Gehen dieser Person ist ein bedächtiges Gehen oder gemessenes Gehen, wenn auch vielleicht durch eine vorangegangene Anstrengung erschwert, er ruft und winkt, es ist die Rede von einem Hund, was für ein Hund, ein toter Hund, ruft er, ein Wortschwall, ein Mundaufreißen Armfuchteln, Hund Grube Bauer Schaufel Haufen Tor, verstehe ich, die anderen Worte zerplatzen in der Luft und rauschen davon. Ja ich erinnere mich, wir kamen an dem blutüberkrusteten Körper des Pferdes vorbei, sehen Sie, sagte er, alles ist vergänglich, ja, sagte ich, der Körper lag in einer verschlammten Grube, mit einer Hälfte schon in die saugende Erde eingedrungen, in einer trüben lehmigen Brühe schwammen Kotstückchen und eine Anzahl vom Bauern mit der Peitsche erschlagene Krähen, die Pferdeaugen glotzten weiß und groß unter den aufgeklappten Lidern hervor, oder nein, es waren nasse augenlose Höhlen unter den Lidern, wimmelnd von Fliegen, der Bauch war aufgeschlitzt und zwischen den Lappen der Bauchdecke quoll und kroch etwas gelblich oder bläulich heraus und schwamm in einer Art Schleife oder Schlaufe auf der Regenbrühe, die verkrusteten Blutflecken leuchteten auf dem dunklen Felluntergrund, in der Kälte hatten die Frauen sich um das Kartoffelfeuer gedrängt und rieben und bliesen ihre Hände. Dieses Bild des Feuers, wie es in meiner Erinnerung zurückgeblieben ist, setzt sich nun in der Wirklichkeit fort, mit einem Knistern und Prasseln, mit einem wie in Panik hin und her laufenden Haufen von Menschen, immer noch unter dem Dröhnen der schon beschriebenen Glocken, dem harten Anschlagen der Klöppel und unter anderen Geräuschen, die nun einsetzen, einem klingelnden Heranrollen von Feuerwehrwagen, einem knirschenden Hinaufdrehen von Leitern, Aufzischen von Schläuchen, Einklatschen von Feuerwehrbeilen, Zersplittern von Fensterscheiben. Es ist etwas Unbestimmbares, schlecht zu Beschreibendes in diesem Bild, es ist eine große schleckende Zunge, oder es sind mehrere Zungen zugleich, leckend schmatzend in rasender Geschwindigkeit zuckend und etwas wie ein großes schwarzes Ding umkreisend, ein Ding wie ein altes morsches jawohl Gebäude, rauchend jawohl verkohlend, aus sich durchkreuzenden aneinandergesetzten Balken, in die Steine eingefügt worden sind, gebildet, ein glühendes jawohl sprühendes Ding, an dem eine Anzahl von Zungen aus einem einzigen großen schwarzen zahnlosen lippenlosen Maul, einem herumschnappenden mummelnden schluckenden Maul, lekken und sich in die dunklen Löcher hineinbohren, während mit einem Keuchen einem Zittern einem Aufkreischen das Dach aufbricht und ein starker schwarzer Erguß von Rußflocken herausquillt. Funkelnd gleiten die Feuerwehrhelme über die Leitern, die langen gewürmten spuckenden Schläuche ringeln sich hinauf und hinunter, das Rot des Brandes vermischt sich mit dem Abendrot am Himmel, es spiegelt sich in den gegenüberliegenden Fensterscheiben und setzt sein Lecken und Schlecken dort spiegelverkehrt fort. Mitten im Brand wird nun von einem nackten Arm ein Fenster zurückgefaltet und mit Rauchschwaden, die aus dem Fenster herausdrängen, werden von diesem Arm, dessen Körper im Qualm verborgen bleibt, Büsten Matratzen Kaffeekannen Flaschen und Federbetten geworfen, die Matratzen Federbetten glimmen am Boden weiter, die Büsten Kaffeekannen Flaschen zerschellen am Boden und der Inhalt der Flaschen läuft wie Blut über den Bürgersteig, und die Nacktheit des Armes erscheint wieder und wirft weiter und die Bewegungen werden matter und noch ein letztes Mal erscheint leer, ausgespreizt, die Hand, bevor sie endgültig im Innern versinkt. Und nun sehe ich und die Menschen neben mir Kopf an Kopf und Atem an Atem sehen es auch, denn sie deuten und winken und kreischen, wie sich im obersten Fenster des Hauses, aus einer Art Luke oder Ausguck, einem beinahe blinden Fenster, ein Kopf herausschiebt, lächelnd wie mir scheint, aber der Schein kann trügen, ich glaube er beugt sich an diesem Abend, an dem ich hier vorüberkomme und für einen Moment stehengeblieben bin, aus dem Fenster, wie er es viele Male an den Abenden vorher getan hat, denn es ist eine Handlung, die nach Art und Vollkommenheit der Handlung die Wiederholung vorangegangener Handlungen sein muß, es ist ein in der Abendröte wie blinder und wie tauber Kopf, ein Kopf wie ohne die Wahrnehmung des Geruchs, ein lächelnder Kopf an diesem Abend, ein Kopf, der sich nickend wackelnd während sich der Körper noch im Innern des Hauses befindet in Bewegung setzt, von langem weißen Haar umgeben, ein Kopf vielleicht mit einem starken Verlangen, hörbare Laute auszustoßen, aber ein stummer Kopf, ein Kopf, der die Anwesenheit eines Körpers hinter diesem zum Fenster herausgehaltenen Kopf notwendig, nicht sichtbar, aber doch jedenfalls denkbar macht. In einem gemeinsamen Aufschreien und Hinaufdeuten sehe ich Wobser, ebenfalls schreiend und deutend, sich zu mir hindurchzwängen, er drückt und schiebt und stößt und auch ich drücke schiebe und stoße mich aus dieser Menge hinaus. Verbrennungen ersten Grades, sagt er, also Rötungen Schwellungen Schmerzhaftigkeit, nicht zu große Schmerzhaftigkeit, sind eine vorübergehende Angelegenheit, die Haut beginnt abzuschilfern, eine leichte Farbveränderung bleibt zurück, das zweite Stadium, sagt er, ist gekennzeichnet durch eitrige Blasen, die schließlich zusammenfallen, er macht dabei eine Gebärde, die diesen Ausdruck »zusammenfallen« charakterisieren soll, er bläst eine Backe auf, die Blase, und läßt dann die Luft durch die Lippen entweichen, zusammenfallen, und zu Krusten eintrocknen, nach Abstoßung der Blasendecke tritt Fieber auf, die Blasen sind handtellergroß und größer, darunter befindet sich eine gallertartige Masse, im dritten Stadium verdorrt die Haut, sie hat nun weiße gelbliche oder schwärzliche Farbe und fühlt sich starr, starr, sagt er, starr an, dieses Absterben kann sich, je nach Tiefe, auch auf Muskeln Sehnen und Knochen ausdehnen, unter Eiterung stoßen sich die Schorfe ab, alles ist, müssen Sie verstehen, eine große nässende Wunde, es bilden sich körnige Fleischwarzen und Narbengewebe, vom Rande her geht die Vernarbung vor sich, die Allgemeinerscheinungen, Sie wissen was ich meine, sind schwer, Unruhe, Krämpfe, Delirien, Betäubungen, auch vielleicht der Tod, wenn auch durch Auflegen von Speckschnitten oder Kartoffelbrei eine Art Erleichterung na gut Erleichterung eintreten kann, aber im allgemeinen, wissen Sie, da schweigen alle Flöten, ja so kann man es nennen, da schweigen alle Flöten. Er geht neben mir, mit einer in Brand gesetzten Zigarre, saugend, den Rauch verhaltend, blasend, diese Zigarre, sagte er, diese Zigarre schmeckt wie ein Totenfinger, kennen Sie die Geschichte vom abgeschnittenen Finger, hören Sie zu, es handelt sich um den Sohn einer Frau, der Frau eines Kochs, es ist eine Weile her, dieser Sohn, mein Gott, ein stämmiger gesunder Mensch, stellen Sie sich vor, er stand am Tisch und hob die Hand hoch mit nur einem einzigen Finger, dem Daumen, auch ich hatte, sagte er, eine Hand mit fünf Fingern, hören Sie zu, fragt Wobser, ja, sage ich, mit den Jahren sind sie dahingegangen, sie liegen in der Welt mit blutigen Stümpfen und schwarzen Nägeln, das war gut gesagt, er beugte sich zurück, das ist noch die Erzählung Wobsers, das gehört noch zu Wobsers Erzählung, das Leben hat sie mir abgebissen, einen Finger die Säge, einen Finger die Sense, einen Finger der Hund, einen Finger der Mund, er beugte sich wieder vor, auch das gehört noch zu Wobsers Erzählung, sehen Sie, sagt Wobser, der Sohn hatte auch keine Zähne mehr, auch diese Geschichte sollen Sie hören, ein weites Feld, und während mir Wobser erzählt, wie sich der Sohn die Zähne an der Pfeife, an hartem Brot, an Speckschwarten, beim Öffnen von Flaschen, beim Aufknacken von Nüssen, beim Abnagen von Knochen abgebrochen und ausgebissen hat, erreichen wir den »Roten Hirsch«, stoßen die Tür auf, überschreiten die Schwelle und lassen uns unter den Begrüßungsworten des Wirts und der Wirtin aufstöhnend auf die Stühle fallen. Ah, sagt Wobser, nun hören Sie mir zu, »Die Tötung des Kochs«, und er zündet sich eine seiner Zigarren an.

Die langen vom Geschrei der Krähen oft zerbrochenen Sätze Krogges handeln von Personen und Vorgängen, wie sie mir an den Wänden dieses Zimmers in naturfarbigen Darstellungen aufgefallen sind. Eines dieser Bilder, das erste und mir nächste, in ein tiefes Abendrot getaucht, stellt eine Steppenlandschaft dar, mit dürren Gräsern und Strünken im Vordergrund, auf der rechten Seite sind einige gestreifte pferdeähnliche Tiere zu sehen, sie drängen sich an eine umbuschte wassergefüllte Vertiefung, einen Tümpel, und haben ihre Köpfe, offenbar um zu trinken, hineingesenkt, man erkennt ihre schwarzweiße Zeichnung, die vom Körper bis zu den Hufen hinunterführende Streifung, ihre dicken aufrechtstehenden Mähnen auf dem ganzen Rückgratstreifen von den Ohren bis zum Schwanzbüschel. Auf der linken Seite des Bildes hat eine Person mit einem Tropenhelm ein Fernrohr ans Auge gesetzt und auf die Tiere gerichtet, dahinter sieht man andere Personen mit nackten dunklen Oberkörpern, Lendenschurzen und umschnürten Paketen auf den Köpfen, aus einem Wald aus Palmen und hohen Farnwedeln hervortreten. Zwischen beiden Gruppen, also in der Mitte und zugleich im Vordergrund des Bildes, ist nur Dürre und Vertrocknetheit, dargestellt in Form von kleinen struppigen Grasbüscheln. Das zweite neben diesem ersten hängenden Bild ist schon durch die ähnliche Darstellung des Abendrots dem ersten vergleichbar, vergleichbar sind auch die auf beiden Bildern dargestellten Tiere, ihre Körperformen, ihre Streifung, es handelt sich also, wenn nicht überhaupt um dieselben, um ähnliche Tiere, hier aber nicht um trinkende, sondern im ganzen Rudel flüchtende gestreckt dahinfliegende sich in mächtigen Sätzen Rücken an Rücken vorwärtswerfende Tiere, die Läufe über den Boden über Sträucher und Grasbüschel hinwegsetzend, davonjagend, die Muskeln und Sehnen besonders naturgetreu ausgeprägt. Auf dem Rücken des letzten um ein Stück zurückgebliebenen Tieres, das sich hoch aufbäumt, hockt, das Gebiß in den Nacken des Tieres gegraben und mit einem ungeheuren Zähnedruck die obersten Halswirbel zermalmend, wobei Blut aus den Bißstellen spritzt, die Krallen mit außerordentlicher Kraft in das Rückenfleisch geschlagen, ein Löwe, sein Gesicht drückt Blutdurst, das des Opfers hingegen Todesangst aus, die innere Lage der Beine bis zu den Schulter- und Hüftknochen gibt sich durch die Körperstreifung äußerlich so zu erkennen, als sehe man durch eine durchsichtige Hülle eine Schicht tiefer in das lebende Tier hinein. Am Rande, am äußersten Rande dieses Bildes, weniger deutlich allerdings als auf dem ersten Bild zu erkennen, steht eine Person mit Tropenhelm und Fernrohr, nach allem was ich sehe die gleiche Person, wie auf dem ersten Bild, und beobachtet diesen Vorgang, diese Bewegung, dieses Dahinfliegen, diesen Tötungsvorgang, aus einer sicheren Entfernung. Ein drittes neben diesen beiden hängendes Bild versetzt den Betrachter in eine ganz ähnliche Gegend, wie die in den beiden zuerst beschriebenen Bildern, auch hier finde ich das Abendrot, noch ausgedehnter, noch brandiger, auf dem verdorrten Steppenboden, im Vordergrund des Bildes, liegt das Skelett eines Tieres, ein fleischloser langgestreckter Schädel mit dunklen Augenhöhlen und vereinzelt im Kiefer steckenden gut ausgebildeten Zähnen. Es handelt sich um ein pferdeartiges Tier, ähnlich den Tieren, den trinkenden oder den flüchtenden Tieren der beiden zuerst beschriebenen Bilder, und vielleicht ist das Skelett in der Mitte dieses Bildes diesen Tieren nicht nur ähnlich, in dem, was vom Körperbau noch erkennbar ist, sondern es ist tatsächlich der Überrest eines dieser Tiere und es war vielleicht ebenso gestreift, neigte sich ebenso über den Tümpel, nahm ebenso Witterung, flüchtete ebenso und liegt jetzt in der Mitte dieses Bildes, und im Gehäuse der Rippen sitzen große schwarze Vögel, Raben, oder wie mir scheint und wie es dieser Darstellung und dieser Umgebung besser entspräche, Geier, die die letzten Fleischstücke von den Knochen abpicken. Alles das, was ich beschrieben habe, wird beobachtet von einem tropenhelmtragenden, nun aber ganz klein in der Ferne stehenden Herrn zur Linken und ist, wie schon bemerkt, in ein brandiges ungeheuer ausgedehntes Abendrot getunkt und enthält außer diesen beiden Körpern, die ich beschrieben habe, außer trockenem Buschgras, nichts, eine bis in den Horizont hineingleitende Leere, vom Maler, offenbar einem Kenner der Gegend und der Vorkommnisse in dieser Gegend, wiedergegeben.

Eine einzig dastehende Kaltblütigkeit, sagt Wobser und saugt an seiner Zigarre, Sie müssen wissen, die Frau des Kochs, eine schwere, um nicht zu sagen fette Frau, eine große, vielleicht schöne Frau. Seine Erzählung handelt von der Tötung eines weißgekleideten Menschen, des Kochs, von der von der Frau ausgeführten Zerstückelung seines Körpers, eine lange Geschichte, sagt Wobser und schildert das Umfallen eines Körpers, sein Schreien und sein Verstummen. Die dunklen blutbefleckten Gänge seiner Geschichte führen in eine Zeit, in der es mehr Nacht war als Tag, eine Art Hungerzeit, alle Personen dieser Zeit schrumpften zusammen, magerten ab, schleppten sich mühsam ins Bett und aus dem Bett heraus und wieder ins Bett und verbrachten ihre ganze Zeit eigentlich nur im Bett, alles war welk und fruchtlos und verdorrt, mürbe und kahl, man lebte, hören Sie, sagt Wobser, von Ungeziefer Unrat Abfällen, von dem was man fand und aufhob und ohne Abputzen verzehrte, man stülpte die Taschen um und fand Filzfusseln und Schmutz in der untersten Spitze der Hosensäcke, wie sie genannt wurden, Hosensäcke, und verzehrte auch das, es war eine Zeit, sagt Wobser, in der der Koch keinen Platz hatte, nur mit aufgestülpten in Erinnerungen schmatzenden Lippen am Küchentisch saß, die Quirle Kartoffelquetscher Krauthobel Gewürzbüchsen Zwiebelbretter befühlte und beroch, doch sie hatten den Geruch nach Eßbarem verloren, enttäuscht verzog sich das Gesicht des Kochs, Enttäuschung sprach auch aus seinen Worten, die eines Tages beendet wurden, mitten im Satz abgeschnitten abgehackt wurden, das Abbrechen der Stimme, Stille, hören Sie, Stille, sagt Wobser, er deutet auf seine Zigarre. Ein Sorgenbrecher, sagt er, ein Verschönerer, Tröster, Vertreiber, Erleichterer, und während er spricht, öffnet sich die Tür und in einem langen hutabnehmenden Zug treten Schlötzer Gibser Wurzer Schutzer Scherzer Röbscher Rauscher Roscher in den Schankraum und setzen sich rockaufknöpfend westezupfend hoserückend an die Tische, und nach ihnen kommen mit den gleichen Gebärden gürtellockernd gaumenschmatzend Brökel Krökel Röbel Fröbel Ströbel Schöbel Döpel. In einer Zeit, sagt Wobser, in der nur Faseriges Traniges Ranziges Holziges Strunkiges Modriges Korkiges Klitschiges Klebriges Klümpriges gegessen wurde, sei der Koch wie ein weiß aufgeschütteter Vorwurf dagewesen und habe von Gebackenem Gebratenem Geschmortem Geschmelztem Gesulznem Geselchtem Gekochtem Gerupftem Gehacktem Gefrorenem Gestürztem Gedünstetem Geräuchertem Gepökeltem Gerösteten Gewürztem Gespicktem Geriebenem Geschlagenem Gepreßtem Gerührtem gesprochen und es mit seinen großen bloßen blassen Händen beschrieben und in der Vorstellung zubereitet abgeschmeckt angerichtet und aufgetragen und dann, wenn diese Vorstellung abgetragen worden sei, sei nur die haarige ledrige poröse Speise dieser Zeit zurückgeblieben, das sei, sagt Wobser, der Grund für die Tötung gewesen, Sie erinnern sich alle. Das nicht, sagt nun allerdings Gibser, der Grund für die Tötung, um eine Tötung habe es sich zwar gehandelt, sei vielmehr eine Zeit gewesen, in der alles von Fett und Schmalz troff, in der schon frühmorgens die Menschen schmatzend und kauend an den Tischen saßen, um die ungeheuren Berge von Würsten Schinken Koteletten und Torten Aufläufen Strudeln Ragouts und Pürees Gemüsen Nudeln Trüffeln und Grützen Hühnern Fischen Käsen und Klößen Kalbsfüßen Kuchen Filets Frikassees Zungen Salaten Pasteten Lebern Rouladen Kompotten aufzuessen. Nein, nein, stöhnt Wobser, eine Entstellung. Je mehr sie indessen aßen, umso größer seien die Berge geworden und der Koch mit entblößten Armen hinaufgerollten Kochkittelärmeln stand in der Küche und habe geknetet gestopft gewürzt und gestürzt gerührt und gequirlt geblasen gekostet, und das sei, wie sich jeder erinnere, der Grund für die Tötung gewesen. Das nicht, sagt nun, sich in das Gespräch über die Tötung des Kochs einmischend, Schlötzer, seiner Meinung nach sei es ein anderer, ein dritter Grund gewesen, der zur Tötung geführt habe. Ich höre von einer Zeit, Sie erinnern sich, sagt Schlötzer, in der es zwar zu essen gegeben habe, soviel sei richtig, aber nur der Koch habe zu essen gehabt und sei im gleichen Maße dicker geworden, wie die anderen dünner geworden seien. Das ist eine ungeheure Verfälschung, stöhnt Wobser und preßt die Hände vor die Ohren, um nichts hören zu müssen. Der Koch habe nämlich, und das sei auch der Grund für die Tötung gewesen, sagt Schlötzer, alles Eßbare im Keller verborgen gehalten und es nachts verzehrt, man sah ihn mit einer Kerze zum Eßversteck schleichen und das und nur das sei der Grund für die Tötung gewesen, die ebenfalls nachts stattgefunden habe und bei der man den Koch, eine Schüssel mit Sülze in der Hand, aus der er mit einer Semmel die letzten Reste herauswischte, mit einem Beil auf den Kopf, oder anders, mit einem Messer in den Rücken, oder vielmehr mit einem Schürhaken, ja, so sei es gewesen. Während nun Wobser, der sich die Ohren zugehalten hat, aber nicht so fest, daß er nicht doch die Behauptungen Gibsers und Schlötzers gehört hätte, sich aufrichtend ruft, alles sei Täuschung und es habe gar keine Tötung gegeben, der Koch vielmehr sei noch am Leben und, wer weiß, wenn nicht unter uns, so doch nicht weit von uns, kommt Brömel herein. Da sei Brömel, sagt Wobser, und deutet auf den Hereingekommenen, der mit jedem Schritt größer und größer wird und in seinen Einzelheiten zu erkennen ist, er habe wie man sehe einen ordentlichen Marsch hinter sich, er habe Durst, er habe, ja was noch, er habe etwas in der Hand, etwas Zuckendes Zappelndes, vielleicht etwas Feuchtes. Hören Sie, Wobser, sagt Brömel. Mein Bein juckt in diesem Augenblick, ich kratze den Grind ab und höre kaum etwas, aber ich höre doch genug. Hören Sie, sagt Brömel, Ihr Vater der Dachdecker ist abgestürzt, verstehen Sie. Der Grind löst sich wie eine zweite Haut von der Wunde, knisternd, ich habe mein Hosenbein hochgezogen, an meinem weißen haarlosen Bein erscheint etwas gelb und rot und rinnt das Bein hinunter, nachdem ich die blauschimmernden Wundränder zusammengepreßt habe. Ich habe ihn stürzen sehen, hören Sie, stürzen, er fiel mit einem ungeheuren Schlenkern und Klatschen, es war mitten im Sommer, er hatte die Augen offen und starrte mich an, Sie können es glauben. Den Grind halte ich in der Hand, er ist steif und rauh wie Rinde und ich sehe bis auf den Boden der Wunde. In diesem Augenblick wird die Tür aufgestoßen und herein schreiten, sich die Hände vorbereitend reibend, mit vom Beruf verdunkelten Mienen, die Leichenträger. Langsam lasse ich das Hosenbein wieder hinabgleiten, über ein Pochen Kribbeln Jucken hinab. Ja ich sitze im »Hirsch« und nehme mein Glas in die Hand, Gibser aus Röblitz ist dabei und Schlötzer, der aus Weischwitz kommt, der zunimmt und zunimmt, nichts paßt ihm mehr, er bricht fast aus der Hose. Ich habe damit rechnen müssen, sagt Wobser. Ja.

Krogge wendet sich zu dem neben ihm sitzenden Direktor, der erhebt sich sogleich und läuft mit einer Bemerkung über die Kälte, und es ist tatsächlich kalt geworden im Zimmer, zum Fenster und schließt es. Hören Sie mich nun besser, ruft er. Da ich nicht sogleich antworte und auch nicht wüßte, was ich ihm antworten sollte, wendet er sich seiner Frau zu, diese erhebt sich und schließt mit einer Bemerkung über Küchengeräusche, und tatsächlich, es dringen gelegentlich derartige Geräusche zur Tür herein, die Tür. Nun, ruft Krogge, hören Sie mich nun besser. Ich will es mir überlegen, was ich ihm antworte, die Verständigung ist nicht leicht, vielfach müssen ganze Vorgänge mit den Händen beschrieben werden, was soll ich sagen, ja, sage ich, oder will es sagen oder will es noch nicht einmal sagen, aber schon wendet er sich an den Bruder, dieser erhebt sich und schiebt die Schüsseln von der Mitte des Tisches hin zu den Rändern, so daß eine Art Gasse, ja ich würde sagen Gasse, zwischen mir und Krogge, Krogge und mir entsteht. Nun, ruft er, nun, hören Sie mich nun. Ich beuge mich über den Tisch, halte die Hand ans Ohr, so daß die an und für sich große Ohrmuschel noch größer wird und nun höre ich.

Ja, ich höre, das ist die Fortsetzung des Vergangenen, eine abgerissene und hinter mir liegende Geschichte, von der dieser letzte Eindruck zurückgeblieben ist, ja, und nun, in diesem Augenblick, ja, in diesem dumpfen von Kanonenofenhitze trockenen Raum, in den die Nachricht von Wobsers Vaters Tod getragen wurde, beginnt Wobser zu schreien, auch ich schreie und ebenso Gibser und Schlötzer schreien und Wurzer schreit und wir alle schreien in diesem weiten bis in die Dämmerung hineinreichenden Raum. Es ist, wenn man aus dem Fenster sieht, und sieht, daß es Abend sein muß, denn der Mond erscheint vor dem Fenster, schon spät, vielleicht Abend, vielleicht was, ja. An diesem Abend schreien wir alle in die ankommende Dunkelheit hinein, auch der Wirt und die Wirtin schreien, obwohl es im Falle der Wirtin eher ein Schluchzen ist, auch Brömel, der zu Anfang nicht schrie, schreit. Die Flaschen, die mit den kürbisfarbenen und kirschfarbenen Flüssigkeiten gefüllt auf den Borden hinter dem Schanktisch stehen, die Gläser und Krüge, die mit von Bierschlamm und schwarzen geronnenen Klumpen bedeckten Gefäßböden auf dem Schanktisch stehen, hinter dem der Wirt steht, sind in dieser Zeit des Schreiens vergessen verlassen. Die Wirtin senkt ihr schluchzendes Gesicht in die Schürze, der Wirt senkt seine Nase in ein aus der Tasche gegrabenes Tuch, und dieses Schreien, auch ich schreie, dessen Mittelpunkt Wobser ist, auch Wobser schreit, füllt, während der Mond am Fenster vorbeizieht, mit Krümmungen Brüchen und Sprüngen diesen Raum. Ja, ich höre, ich bin im »Hirsch« und habe mein Gesäß an den Schanktisch gelegt, mir gegenüber steht, dampfend hüpfend vom Feuer bis zum Platzen aufgetrieben, der Kanonenofen, der Schürhaken des Wirts stochert in den glotzenden Ofenklappen, neben mir, neben dem Bierhahn, über die von Bierpfützen und Schnapsspritzern benäßte Platte gebeugt, steht Wobser, der Sohn Wobsers und hat sein Gesicht in die schüsselförmig geformten Hände gelegt. Ja, ich höre, und wenn ich das Schreien beschreiben wollte, wie es sich durchwächst umschlingt überschichtet, so etwa auf die Weise, daß ich beschriebe, wie A mit einem Schrei beginnt, während B schon schreit und C aufgehört hat zu schreien, D zum Schreien ansetzt und E, soweit es bei diesem Geschrei möglich ist, überlegt, ob er weiterschreien soll oder nicht weiterschreien soll, schließlich weiterschreit, während F, noch unschlüssig, weil ihn vielleicht die gleiche Überlegung beschäftigt, den Mund probeweise aufklappt, noch nicht schreit, aber doch jeden Moment schreien kann, während G, bisher ununterbrochen schreiend, erschöpft absetzt und H, bisher stumm, zu einem Schrei, der vielleicht länger lauter und stärker wird, als der Schrei G's, vielleicht länger lauter und stärker als alle Schreie in diesem Raum, ansetzt. Inmitten dieser aufgebrochenen Münder, hochgerissenen Arme, hervorspritzenden Tränen, in diesem Gesehenen Gehörten Gerochenen, richtet sich Wobser plötzlich auf, beendet das Schreien und aus seinem Mund treten nun Sätze, deren Inhalt mir bekannt ist, obgleich er in keinem Zusammenhang steht mit diesen Vorgängen und der Vergangenheit angehört, einer fernen, durch zurückweisende Armbewegungen andeutbaren Zeit mit Regen Sturm und knolligen Wolkenbildungen, Abendrot und einem Brotmesser. Diese Worte handeln von seinem Vater, der, als er noch lebte und dieses Leben beschreibt Wobser als eine leicht und milde geschwungene Linie, im Abendrot erschienen sei, mit einem Geruch von Schnaps und Regendunst und es sei die Rede gewesen von vergifteten Kartoffeln und vergiftetem Brot, bei der er, eine Art Peitsche schwingend, auf die Mutter Wobsers eingedrungen sei, die, am Küchenbord stehend, ein schwarzrindiges rundes Brot in den Armen gehalten habe, wobei sie, indem sie es gegen den Leib zwischen die Brüste, die zu beiden Seiten des Brotes aus dem Leib herausgetreten seien, gedrückt habe, Anstalten gemacht habe, mit einem Brotmesser ein Stück abzuschneiden. Wobser macht dabei zunächst die Bewegung des Brotabschneidens, er schreit nicht mehr, aber auch alle anderen schreien nicht mehr, auch ich schreie nicht mehr, wir stehen stumm in dieser ankommenden Dunkelheit, in der Wobser schluchzend die

Bewegung des Brotabschneidens macht, dann diese Bewegung, noch bevor das Brot abgeschnitten ist, wenn auch nur dem Anschein nach, aufgibt. Die Arme fallen hinunter, der Körper fällt zusammen, Wobser ist still. Dazu sei es gekommen, höre ich, ein Händedrücken ein Schulterklopfen setzt ein, ein Ausschneuzen ein Tränentrocknen ein Herantragen von Flaschen. Er habe keinen Grund zur Verzweiflung, höre ich, und während der Wirt eine Flasche entkorkt, und während Wobser nun wieder die erhobene Peitsche, das erhobene Brotmesser beschreibt, und während wir ihm zuhören, schenkt die Wirtin, unter den geschilderten klatschenden Schlägen, dem zu Boden fallenden Messer, dem zu Boden fallenden und davonrollenden Brot, unsere Gläser voll. Wir alle, die Wobsers Vaters Leben in Wobsers Geschichten verfolgen, die Wobser »Die Peitsche« und »Der Ausguß« nennt und »Weitere Vorgänge am Ausguß«, trinken die Gläser aus, um damit Wobser, der noch eine Runde bestellt, zu kondolieren. Das alles sei vergangen, höre ich, während der Wirt mit einer neuen Flasche umhergeht und von einem Berg von Flaschen spricht, einem Sturz, von blutklebenden Scherben und den Einschnitten in der Hand eines vom Wirt geschilderten Mannes, der seine Hand in die Höhe hält und um ein Tuch bittet, auch das sei Wobsers Vater, höre ich, nun blutend und von der Wirtin mit einem Tuch verbunden, wobei er, der Wirt erzählt es mürrisch, während er unsere Gläser füllt und während die Wirtin ihren erröteten Kopf senkt, mit der anderen unverletzten Hand der Wirtin auf das Gesäß schlägt. In diese hölzerne Welt von Tischen, Bänken, Borden und Hockern, in der wir stehen und hören, in diese gläserne Welt der Gefäße wie ich sie beschrieben habe, wächst raschelnd eine Grasnarbe herein, auf der Wobsers Vater in einer Erzählung Schlötzers steht, im Abendrot, ein Beil in der einen Hand haltend und in der anderen, flatternd, flügelschlagend, ein Huhn, das man ihn auf den Hackklotz legen sieht, das Beil schlägt auf in der Erzählung Schlötzers, der Huhnkopf fällt zu Boden, aus dem Huhnhals quillt stoßweise Blut und rinnt am Hackklotz hinab, Wobser läßt den Körper des Huhns fallen, dieser schwirrt plötzlich kopflos in die Luft aber fällt nach einigen Flügelschlägen wieder zurück auf die Erde, Schlötzer selbst tritt in dieser Handlung auf, er muß in dem Augenblick zwischen dem Aufheben der Hand mit dem Beil und dem Hinabfallen der Hand mit dem Beil dazugetreten sein und sieht nun, wie Wobser im schlaff nach unten hängenden Arm den noch zukkenden Körper des Huhns hält, das in Schlötzers Erzählung austropft. Das Tropfen des Bierhahns sei ein ähnliches Geräusch, höre ich, und immer neue Schauplätze und Räume wachsen herein in diesen Raum, mit Wobsers Vater im Vordergrund und vermischen sich, und während der Wirt mit der Flasche kommt und durch Wobsers Aufforderung ermuntert unsere Gläser wieder füllt, vermischen sich auch Wobsers Vaters Handlungen, sein Kratzen und Ausquetschen, sein Bücken und Aufknöpfen, sein Schwingen und Hineinstecken, die an verschiedenen Orten stattfinden, in Schuppen und Küchen, in Kellern und Dachstühlen, was was was, höre ich, in Besenkammern und Lichtschächten und Zimmerecken, was was was, höre ich, es stimmt, höre ich, geben Sie acht, höre ich, ja höre ich, und ich höre aus allen Stimmen Wobsers Stimme heraus, der mit seiner Geschichte »Der Ausguß« die Schauplätze wieder ordnet, und während der Wirt unterstützt von der Wirtin unsere Gläser wieder vollschenkt, sieht man Wobsers Vater vor dem Ausguß, einem nach unten sich verjüngenden metallenen Ausguß, aus dem in weichen Darmwindungen die Ausgußröhre sich hinunterschlingt; er ist nicht allein, bei ihm ist eine Köchin oder die Frau eines Kochs, die sich, während der Wirt unsere Gläser vollschenkt, über den Ausguß beugt, während sich Wobsers Vater von hinten an sie drängt, und Wobser schildert mit lebhaften Handbewegungen den in den Ausguß hineintropfenden Wasserhahn, das im Ausguß übereinandergeschichtete von Speiseresten verkrustete Geschirr, den Ausguß selbst mit der abgeblätterten Emaillierung, mit den vorgewölbten Rostfladen, die gekrümmte Haltung der Frau des Kochs und die ebenfalls gekrümmte Haltung Wobsers Vaters, das plötzliche Auftauchen von Wobsers Mutter, und seine Geschichte kommt nun, durch das Auftreten der dritten Person, zu ihrem Höhepunkt.

Ja, nun höre ich. Vorkommen und vergehen, ja vorkommen und vergehen, morgens mittags und abends über diese kleine Strecke ja kommen und gehen, die großen und die kleinen Stücke über diese kleine Strecke ja, in langen geketteten Reihen hintereinander über diese ja kleine Strecke und zurück noch einmal zurück und umgekehrt nun vorwärts ja vorwärts, ununterbrochen am Tage und nachts, auch in der Nacht zwischen den kleinen Hügeln in offenes Gelände hineinziehend und dann umgekehrt wieder dasselbe von Anfang bis Ende ja Ende hinausziehend aus dem offenen Gelände in die Büsche Stauden Sträucher und weiter, Gräser Halme und weiter hinaus und hinein ja, einem Tier folgt das andere in die Büsche drückend streichend, die übrigen Stücke in Ketten oder Reihen oder Rudeln mit einem Mal aus der offenen Gegend hinein in die Büsche, sich aneinanderdrängend in der heißen Jahreszeit, in diesem Landstrich, und zwischen den scharf ausgeprägten Hauptstreifen sieht man die undeutlichen Schatten- oder Zwischenstreifen, wie Hock-Bern festgestellt hat und berichtet hat, ja es hat eine gewisse Wahrscheinlichkeit, es hat eine gewisse Folgerichtigkeit, wie Schilling sagt, es gibt Gründe, es ist annehmbar, es leuchtet ein unter diesen Umständen, wie Hock-Bern sie beschrieben hat, wie bei den günstigen klimatischen Verhältnissen, nachts in größerer Zahl, um dreißig oder gar vierzig Stück zugleich plötzlich in einer Lichtung auftauchen, in diesem Landstrich auftauchen, schnuppernd und witternd, vor Eintritt in die Regenzeit, wie Bart in bezug auf die Jahreszeit mit Recht behauptet, mit einem Ruck sich umwenden und nun von Osten nach Norden ziehen und wieder zurück von Norden nach Osten ziehen, die Köpfe die Rümpfe die Schwanzbüschel, weiter zur Tränke ziehen, streichend und drängend, Kopf neben Kopf, die Körper aneinandergedrückt, schleckend an den Wasserstellen Regengruben Tümpeln, mit dem Klatschen des herunterfallenden jawohl Kots und mit den Ausschwitzungen und Ausdünstungen, die schon aus der Ferne wahrgenommen werden, bei der Paarung, wie Diezel beobachtet hat, zusammen mit den ausgestoßenen Paarungslauten, die man am besten, wie Diezel schreibt, als Schnaufen oder Prusten bezeichnet, und mit dem eigentümlichen Verhalten in der damit zusammenfallenden Dürrezeit, bei dem Herbeischaffen der Nahrung, das der Paarung vorausgeht, dem schweren Übereinanderfallen der Körper und dem Benehmen der Männchen, die ihre Vorderläufe heben und nach Beendung des Paarungsaktes weiterziehen in die Ebene hinunter, oder wie Sie das nennen wollen, Steppe hinunter, wie der Name sagt, in diese flache Landschaft hinein, ausgebreitete Landschaft hinein, oder wie Sie das nennen wollen, dicht hintereinander, so daß diese Tiere sich beinahe berühren oder sogar tatsächlich berühren, mit ihrer Losung große Käfer anlocken und ermattet von der Paarung sich weiterschleppen, vom Osten Westen bis zum Süden, um sich bei der Ankunft der Nacht am Horizont niederzulassen, wobei die Streifung des Körpers, das sagt Bart und trifft sich dabei mit dem Gesagten von Schilling, nicht auffällig sondern sogar unauffällig ist und keine neuen Beobachtungen zuläßt, wie Hock-Bern festgestellt hat, sondern erst anderen Tags, beim Aufgehen der Sonne, beim Aufrichten und damit zusammenfallenden Entleeren des Körpers, Bemerkungen zuläßt über den ganzen Leib, die kurze steife Mähne, die aufrecht stehenden Ohren, den, nach Schilling, dicht behaarten Schwanzbüschel, den dicken gewölbten Bauch, die schwachen Röhrenknochen der Beine, bei denen hinter dem Hufbein als knöcherne Grundlage des Hornstrahls das Strahlenbein liegt, Sesam- oder Sehnenbein liegt, wie Hock-Bern sagt, in seinen Schilderungen, etwa den Schilderungen der Eßgewohnheiten, der Auswahl der Weideplätze, deren Suche in langen Wanderungen der Tiere, die sich bei der Aufnahme der Nahrung zu einem Halbmond quer auseinanderziehen, in Abständen von vier Fuß bis fünf Fuß, grob gerechnet, sich zu dieser von weitem zusammenhängenden Form des Halbmonds gruppieren, sich bücken, mit dem Maul das Gras abrupfen und von weitem in Rudeln erscheinen, dabei rupfend und kauend, Körper hinter Körper hinter Körper, mit den hin- und herbaumelnden Schwänzen, mit der nach unserer heutigen Grundauffassung der Umwelt eher angepaßten als unangepaßten Streifung, wie Jäckel bestätigt hat, der die Tiere allein an dem schnaufenden Ton der Nasentrompeten erkannt haben will und nicht an ihrer Färbung oder Streifung, an ihrer Stimme aus schrillen kurz hervorgestoßenen Lauten, mit nichts zu vergleichen, wie Diezel meint, mit kleineren Ohren als man meint, im Gegensatz zu dem jungverstorbenen Bart und dessen Erforschungen einiger Zwischenstreifen auf den Hinterkeulen, die von nahem zu beobachten sind, doch im Verlaufe des Tages, unter der auffällig starken Beleuchtung der Sonne, abnehmen, während sich die Tiere, deren Köpfe auf dem Boden aufstoßen, immer noch rupfend, nach der Sättigung aufrichten und weiterziehen zur Tränke über die freie Fläche, nickend und trottend, in die Büsche und aus den Büschen heraus über die darauffolgende Ebene, nun in schnellerer Gangart, galoppierend, eine Wolke von Staub aufwirbelnd, nach den Beschreibungen von Matschie nach Matschies Beschreibungen mit den kurzen Mähnen des alten Reisenden, übereinstimmend mit den Beschreibungen von Schwalbe, in dessen Aufzeichnungen das Benehmen der Tiere geschildert wird, unter Berücksichtigung der Witterung und der Losung, die nach Schilling und der Niederschrift Schillings mit der beginnenden Regenzeit stärker wird, die, allerdings nach den Beobachtungen Jäckels, im März kommt im März, doch unter Zuhilfenahme der Niederschrift Diezels auch im März vergeht, der in seinen Berichten vor allem vom Trommeln spricht, das schon am Morgen von ihm beobachtet wurde und jetzt, zu Beginn des Abends, an dem sich die Tiere nähern, stärker wird, mit weiten Sätzen und trommelnden Hufschlägen, von denen Diezel spricht, die vom Rauschen des einsetzenden Regens übertönt werden und in andere Geräusche übergehen, die durch das tiefe Eindringen in die aufgeweichte Erde zwischen dem Vordergrund und dem Hintergrund, von dem Bart spricht, entstehen und die nach der Beendigung der Regenzeit, bei der nun einsetzenden Dürre, wieder in ein Trommeln übergehen, mit dem sich nach Schwalbes Meinung die Tiere der Tränke nähern, hintereinander, eines folgt dem anderen, und es gibt eine Reihe, Witterung nehmend und eine andere, diese eine erste Reihe an diesem trockenen warmen Abend der einsetzenden Dürrezeit kreuzend, ebenfalls Witterung nehmend, wobei vielleicht der zwischen dem knisternden Steppengras im Hintergrund neben der Tränke lauernde Diezel, der in einer gewissen Entfernung davon sein Fernrohr ans Auge hebende Schilling, der zwischen den raschelnden Büschen heraushängende Bart Barts, in dessen Nähe Jäckel und dessen aufgedunsene aufgetriebene Kahlheit, dessen Schädel und auch Matschies und Schwalbes funkelnde Schädel, die von den letzten Sonnenstrahlen getroffen werden, dahinter mit seinem Notizbuch und seinem Revolver der ältere Hock-Bern, gewittert werden, so daß in diesem Moment, an diesem Abend, das Stutzen, das Aufbäumen, die aus der Nasentrompete gestoßenen Töne und das sich entfernende Trommeln der Hufe vor den im Halbkreis aufgestellten Diezel Schilling Bart Jäckel Matschie Schwalbe Hock-Bern in einem einzigen Bild und einem einzigen Ton zusammenfallen.

Ja, ich höre, diese Brocken aus Wobsers Vaters Leben, ein Stück seines Bartes erscheint verräterisch zuckend unter gewissen Umständen, sagt Wobser, in einer Art Verlegenheit zuckend oder in einer Art Zorn über die Störung zuckend in Wobsers Schilderung, während der Wirt unsere Gläser vollgießt. Oder Wobsers Vater tritt etwas zur Tür hereinschleppend auf, etwas Weiches Großes Kreischendes, etwas mit einem lachenden bepuderten Kopf, etwas in Tüllwäsche, die Vorhänge bauschen sich von einem schwarzen Windstoß, der nächtlich ins Zimmer fährt, und in etwas wie einem Lichtschein funkeln die Strumpfhalterschnallen und schimmert etwas wie Haut. Eine zufällige Begegnung, sagt Wobser, vielleicht in der Drehtür eines Kaffeehauses oder in der Ecke eines Eisenbahnabteils, und fortgeführt im Zimmer, wie gesagt, sagt Wobser, auf der Grundlage des Bettes, während vielleicht Wobsers Mutter mit einem Tablett auf dem das Abendessen steht im Türrahmen erscheint und fortgescheucht wird. Oder etwas wie ein wogendes brodelndes Wobser sagt glucksendes, nein. Oder vielleicht ein regungsloses oder beinahe regungsloses Sitzen unter einer Lampe und ein Hinausschauen in eine wimmelnde Finsternis, in der gerade jetzt vielleicht eine große krachende Katastrophe stattfindet, das Zusammenbrechen einer Brücke und das ins Wasser Klatschen einer Anzahl Fußgänger, oder das plötzliche Zusammenfallen eines Turms, der eine Anzahl Fußgänger unter sich begräbt, eine kreischende Nacht, in der Wobsers Vater aufsteht, das Fenster schließt und, Wobser wiederholt, das Fenster schließt, und dabei der Ausdruck seines Gesichts, sein Schnurrbart, seine Gewohnheit durch den Mund zu atmen. Oder in einem ungeheuer leeren Haus, mit Gängen und Treppenbögen sperrangelweit aufstehenden Türen und Zimmerfluchten mit herabhängenden Tapeten und Lüstern, durch das Wobsers Vater eilt, mit großen Sprüngen, den Handwerkskasten unter dem Arm, während die Wände knistern, die Dachsparren knacken und der Dachstuhl hinter ihm zusammenstürzt, und dabei seine besondere Art und Weise sich zu bewegen zu laufen zu stehen, hören Sie, sagt Wobser, zu gehen zu stehen. Ja, ich höre, ich höre, auf dem Tisch liegt plötzlich aufgeklappt ein Album mit Photographien, vielleicht aus Wobsers Tasche, warum nicht, oder vielleicht, warum nicht, unter dem Schanktisch hervorgezogen. Und vor unseren Augen, mitten im Aufeinanderzufahren, Aneinanderstoßen, Kippen und Leeren der Gläser, steht Wobsers Vater mit einem Bein auf einem Felsblock, den Hut mit der Hand schwenkend erhoben, mit der anderen Hand seinen Stock in die Erde bohrend; geht Wobsers Vater als Turner mit einer Schärpe um den Rumpf und einen Fahnenstiel in der Hand in einer Reihe mit anderen Turnern, fahnentragend; frühstückt Wobsers Vater im Südwester, im Hintergrund ist eine Andeutung von hoher See vorhanden, im aufgesperrten Maul eines Walfischs und man sieht, daß es ihm schmeckt; schaut Wobsers Vater mit Fahrerkappe und Fahrerbrille aus einem kleinen kantigen Automobil; hält Wobsers Vater eine junge rundliche weißgekleidete Frau, eine Braut, im Arm, er selbst im schwarzen Gehrock, ein Bräutigam; hält Wobsers Vater einen kleinen weißausgeschlagenen Korb im Arm, in dem ein runzliges unbehaartes Kind liegt und Wobser sagt, auf dieses Kind deutend, ich; legt Wobsers Vater einem kleinen Knaben im Matrosenkostüm und Wobser sagt, auf diesen Knaben deutend, abermals, ich, die Hand auf die Schulter; erscheint Wobsers Vater als Spaziergänger mit einer tiefen

Hutkerbe, lächelnd, wieder auf einen Spazierstock gestützt; sieht man Wobsers Vater kniend als Dachdecker mit einem wappenartigen Schild in der Hand mit anderen knienden hockenden stehenden Dachdeckern; tritt Wobsers Vater auf als Biertrinker, Kartenspieler, Zigarrenraucher, mit einem umgestülpten Kübel hutartig auf dem Kopf, als Hörer neben einem Grammophontrichter, immer mehr an Umfang zunehmend; zeigt sich Wobsers Vater, während der Wirt unsere Gläser vollschenkt, in der Begleitung kräftiger lächelnder Frauen, hält sie umschlungen, die Hand auf die fetten nackten Oberarme gepreßt oder in die Gesäßberge gedrückt; man sieht ihn auf einem Pferd, hockend in eigentümlich gekrümmter Haltung mit zusammengekniffenem Mund; in einer Gruppe uniformierter bärtiger Menschen mit Wikkelgamaschen, Pickelhauben, Handgranaten, hinter einem Maschinengewehr in der Mitte kauernd, lächelnd, eine Pfeife zwischen den Zähnen; in einer anderen ebenfalls uniformierten Gruppe im Vordergrund liegend, den Kopf seitlich von Hand und Ellenbogen gestützt und einen blanken Säbel in der anderen Hand; in einer dritten uniformierten Gruppe mit auf das Gewehr gepflanztem Bajonett, streng kniend auf einem Knie vor einem Backsteingebäude mit der Aufschrift Könitz Bahnhof; man sieht ihn einzeln uniformiert grüßend, einzeln in Zivilbekleidung, die Hose haltend, in einer Zivilgruppe, rittlings auf einem Bierfaß und einen Bierkrug hochhebend und eine andere Person, eine jüngere, aber in Haltung Ausdruck Gesichtsschnitt Wobsers Vater ähnliche Person, Wobser sagt, auf diese Person deutend, ich, umarmend. Der Schnaps des Wirts, den dieser auf die Zeichen Wobsers hin einschenkt, rinnt beizend und brennend über meinen Gaumen in die Kehle hinab, ein Teil der Flüssigkeit kommt, von einem Aufstoßen zurückgeholt, wieder in den Mund und fließt über die Mundwinkel zum Kinn hinunter. Ein Husten hüpft aus meiner Kehle und wirft meinen Körper nach vorn und erstickt die Worte, die ich vielleicht gesagt hätte. Von hinten spüre ich, und ich weiß, daß Wobser hinter mir steht, mehrere Schläge auf meinem Rücken. Das geht vorüber, höre ich, ich richte mich, noch immer hüstelnd und keuchend, auf, es ist wie in der in meiner Erinnerung aufgebahrten Zeit, aus der dieses Bild herausscheint, eine vom Abendrot gefärbte, vom Abendwind durchblasene Landschaft, ein Wald plötzlich zu einer Schneise aufplatzend, von scharfen knallenden Geräuschen durchschlagen, während ich mich aufrichte und mich dem Ausgang zuwende. Wobser lief hinter mir, ich erinnere mich, seine Worte bezogen sich auf ein Ereignis, das er ich glaube »Die Werre, ein Tier das sich selbst verzehrt« nannte. Sie müssen sich merken, sagte er und deutete auf den Erdboden, die Werre, auch Rind- Raub- oder Schrotwurm genannt, Maulwurfsgrille, Werre oder Werbel oder Ackerwerbel Erdkrebs Erdwolf oder Moldwolf, ein Tier mit dickem filzig behaartem Leib, den sie auf der Erde schleift, mit den breiten schaufelförmigen Grabfüßen, dem langen panzerähnlichen Brustschild und dem kleinen Kopf mit winzigen Augen und einer Menge von Anhängseln, Freßspitzen Tastern Fühlern Kinnbacken, Kinnladen, dem Maulwurf ähnlich in der Erde lebend, wo sie vielfach verschlungene hin- und hergewundene Gänge nahe der Oberfläche gräbt, die, sehen Sie dort, sagte Wobser, ein wenig aufgeworfen erscheinen, besonders nach Regen. Ich erinnere mich an eine Frauengruppe die zusammengedrängt um ein Kartoffelkrautfeuer stand, ich sog den Rauch in mich hinein, etwas Scharfes Würziges, das mich in Hustenstößen hin und her schüttelte. Sehen Sie, sagte Wobser, er bückte sich und drang mit dem Finger in einen solchen Gang ein, fuhr ihn mit dem Finger nach, bis er sich in die Tiefe senkte, dort bohrte und rüttelte er, das ist, sagte Wobser, der Eingang zur unterirdischen Wohnung der Werre. Ich hörte etwas Knirschendes, etwas wie die schwerfälligen Umdrehungen von Rädern. Ich sah Wobsers schwarzen Körperklumpen über dem Boden hocken, Schweiß rann ihm das Gesicht hinab, will man die Werre fangen, so braucht man nur den Eingang mit dem Finger festzudrücken, und dann mit einem tütenförmig gerollten Blatt, Wobser nahm ein Blatt und rollte es tütenförmig, besser wäre ein Papiertrichter, Wasser in den Gang zu gießen, worauf, wie Sie sehen werden, etwas klebrig Fettes Halbersticktes unter Zuckungen wurmweich aus dem Loch kriechen wird. Ich sah nichts, ich sah einen Karren bis zu den Achsen im Erdreich versunken und die schnaufenden Anstrengungen eines Pferdes, diesen Karren vorwärtszubewegen. Gleich werden Sie, sagte Wobser, die ungemein große Gefräßigkeit dieses Tieres bemerken; wenn Sie sich vorstellen können, wie eines der Tiere das Schlupfloch verläßt, so können Sie sich auch einen Vorgang vorstellen, bei dem noch ein zweites Exemplar auftritt, indem es auf die beschriebene Weise ein anderes Loch verläßt; Sie werden dann sehen, wie beide Tiere aufeinanderzukriechen, sich abtasten und schließlich langsam ruckweise schluckend sich ineinanderfressen, so daß am Ende nur die Schwanzspitzen zurückbleiben. Oder Sie werden bei der Anwesenheit einer einzigen Werre, die Sie vielleicht in der Mitte des Körpers mit der Spatenschneide auseinandergestoßen haben, und von der Sie nun annehmen, daß sie tot ist, eine wie ich zugebe verständliche Annahme, sehen müssen, wie der Vorderleib schon nach einer kleinen Weile damit beschäftigt ist unter Ausscheidung schleimiger Bestandteile heißhungrig den weichen Hinterleib zu verzehren; ich setze Ihr Mißtrauen voraus, aber Sie werden es sehen. Ich sah nichts, ich sah Wobser sich enttäuscht aufrichten und ich sehe nun, wobei ich mich der Tür nähere, wie sich um Wobser herum die Gläser erheben, während Wobser mit in die Luft geworfenen Armen nach einer neuen Flasche ruft.

Bis zu dieser Stelle bin ich also gekommen, hier ist vielleicht das Ende meines Berichts oder, wenn ich genau sein will, nicht das Ende, aber der Augenblick vor dem Ende, oder vielleicht im Gegenteil, nicht das Ende, nicht einmal der Augenblick vor dem Ende, sondern erst der Anfang, oder auch nicht der Anfang, sondern vielleicht etwas anderes, drittes, zwischen Anfang und Ende. Bis hierhin bin ich gekommen. Dort, mir gegenüber, ist eine Hand, sie hält etwas wie ein Buch in die Höhe. Darüber ist ein geöffneter Mund, aus dem etwas wie eine Stimme kommt, etwas wie langgezogene Sätze, oder vielleicht auch das nicht, vielleicht ist es wenn nicht überhaupt eine Täuschung, ein Klingen und Sausen in den Ohren als Begleiterscheinung einer fortschreitenden Schwerhörigkeit, alles das, ich weiß nicht, aber es ist doch etwas, es ist doch eine Stimme, wenn sie auch durch Augenzudrücken und Ohrenzuhalten verschwindet, es ist Krogges Stimme, er nennt mich Schrader. Ich heiße nicht Schrader, rufe ich, indem ich mit den Händen ein Sprachrohr bilde. Er jedoch nennt mich Schrader, da ist nichts zu machen, zumal die Frau von Krogge zischt und um Ruhe bittet, auch ihre Schwester zischt und deren Bruder, auch der Onkel zischt und es fehlte noch, daß auch Wobser zischt. Vielleicht bin ich wirklich, wie Dings, Krogge, behauptet, Schrader. Dann hätte er recht.

Beim Gehen durch diesen in die Länge gezogenen Raum, mit der vom Dampf des Kanonenofens beschwärzten einen und der vom Schanktisch verstellten zweiten und der von den beiden geschlossenen Fenstern, vor denen es Abend ist, durchbrochenen dritten und von der durch die Tür, auf die ich zugehe, geteilten vierten Wand, folgen mir ihre Blicke, alle unterbrechen für einen Augenblick das Einschenken und Austrinken, ich höre die Geschichten von Wobsers Vater, seiner letzten Tage, in denen, von Wobser beschrieben, in einer ungeheueren Geschwindigkeit die Nacht auf den Tag folgte und umgekehrt wieder der Tag auf die Nacht folgte, Wobser ist, als ich mich umwende, gerade bei der Beschreibung einer anstrengenden beinahe unausführbaren Handlung angelangt, die Wobsers Vater gemeinsam mit einer zweiten Person ausführt, einer nach allem was ich höre fetten jungen Person mit riesengroßen Brüsten, schweißüberströmtem Gesicht und hochgehobenem Rock. Für einen Moment halten alle die Gläser, kurz bevor sie den Mund erreicht haben, in Ruhe und starren auf Wobser und kippen den Inhalt erst in den Mund hinein, als die Geschichte mit der Beschreibung des wieder herabgezogenen Rocks endet. Ich komme am Schanktisch vorbei, am tropfenden Bierhahn, an der Wirtin, die mit ihren mächtigen fleischigen entblößten Armen eine Anzahl Flaschen an den Leib drückt, am Wirt, der mit geheimnisvoll drehenden Handbewegungen die Gläser in einer eingelassenen Wanne spült, an Wobser, der mit nachdenklichem Ausdruck eine Geschichte, die er »Die letzten Tage des Vaters«

nennt, erzählt. Dabei winkt er den beiden Leichenträgern zu, die bisher wortlos und als frören sie sich die Hände reibend in der Nähe des Kanonenofens standen. Sie kommen gebückt in ihren schwarzen Kitteln hinter dem Ofen hervor, Wobser fordert sie auf mitzutrinken, und noch zwischen den Schlucken fahren sie in ihrem Händereiben fort. Ich habe die Tür erreicht, die Klinke, deren Knauf die Form eines Tierkopfes haben muß, habe ich in der Hand, aber noch bevor ich sie niederdrücke, wird die Tür von außen aufgestoßen und zwei Männer, die Totengräber, wie ich aus ihrer Kleidung schließe, wie ich aus den Schaufeln schließe, die sie in den Händen halten, springen herein. Kommen Sie, ruft Wobser, und nach einem anhaltenden Schlürfen noch einmal, kommen Sie. Die Totengräber schreiten mit langen Schritten und mit von Friedhofserde bröcklig überkrusteten Schuhen und mit einem Geruch von Totenasche Tränen Totenblumen an mir vorüber in den Schankraum hinein, während ich die Tür hinter mir schließe und die Klinke, von der ich nun sehe, daß sie wahrhaftig einen Knauf in Form eines Tierkopfes, eines Hundekopfes, hat, hochschnappen lasse. Meine Hand streift beim Hinabsteigen über die Oberfläche des Geländers, über die Risse und Kerben, über die Messingkugeln dieses sich in ausgeschwungenen Bogen hinabdrehenden Geländers. Bei diesem Abstieg, die Stufen hinunter, diese gerundeten knarrenden Stufen, kommt mir eine ähnliche Handlung von früher in den Sinn, ich erinnere mich gut an eine Treppe, an ein Treppenhaus, ein Geländer, eine Wand, von der sich bei der Berührung der Putz löste, aber es scheint, als könne ich die Beziehung zwischen diesem und dem anderen Ort nicht mehr herstellen, eine Stimme verklang in einem Hintergrund, oder wie war es, hinter einer Tür, oder wie, eine Frauenstimme, etwas wie Wohin gehst Du, war es, ja, wohin, oder warum. Später trat eine Frau auf mich zu, sie trat aus einer Tür, sie hielt etwas in der Hand wie einen Topf, mit dem sie in einer zweiten, der ersten gegenüberliegenden Tür verschwand, ich hörte ein Knallen, wie von einem gegen die Wand geklappten Deckel, ein Auskippen, ein zweites Knallen, vielleicht des gleichen Deckels, nun offenbar in anderer Richtung, darauf erschien die Frau wieder, sie trug eine Haube, einen Mantel, der aufsprang und unter dem ihre Brust, ihr Bauch, ihre Schenkel sichtbar wurden, Filzschuhe und ein Gefäß wie ein Topf. Der Treppenabsatz, auf dem ich in diesem Moment stehengeblieben war, war schmal, so daß sie mich im Vorübergehen, wie ich voraussah, streifen mußte und in Wirklichkeit auch streifte, ich spürte, es war nur für eine Sekunde, ihren unter dem Mantel weichen und dicken Körper und ich hörte auch, wie sie etwas sagte, was war es, eine Begrüßung, eine Entschuldigung, eine Aufforderung, es klang wie Fortsehen oder Fortgehen, was meinte sie damit, dachte ich und blickte ihr nach, sie verschwand, wobei sie sich noch einmal nach mir umwandte, wieder in der ersten Tür. Ich konnte diese Begegnung lange nicht vergessen, zumal sie sich wiederholte, mit einer anderen, dieser ersten Frau aber ähnlichen Frau, vielleicht ihrer Mutter oder ihrer Schwester oder ihrer Tochter. Auch diese kam, während ich nachdenklich auf dem Treppenabsatz stand, in einem Mantel, offenbar dem gleichen Mantel, wie ihn die erste Person getragen hatte, und wahrscheinlich hatte diese nach dem Schließen der Tür ihn sogleich ausgezogen und der zweiten Person, die schon gewartet hatte, übergezogen, aus der Tür, sie schritt, wobei sie mich streifte, wobei ich unter dem Mantel ihren weichen dicken Körper spürte und etwas hörte, was wie Fortsehen oder Fortgehen klang, zur gegenüberliegenden Tür, hinter der sie verschwand. Ich hörte ein Schnappen, das von einem Riegel herrühren mochte, ein Plätschern, ein Rauschen. Diese Geräusche blieben lange in meinem Ohr und auch jetzt, wo ich diese Treppe hinuntersteige, kann ich sie mir vorstellen.

Zurückgeblieben ist ein Geräusch ähnlich wie das Zuklappen eines Buches, aber vielleicht ist auch das nur eine Vorstellung aus der Vergangenheit, die in diese wieder einsetzenden Handlungen des Essens gerutscht ist. Einen Drang zum Essen, also einen gewissen Appetit empfinde ich nicht, es macht sich im Gegenteil ein Gefühl der Sättigung bemerkbar, ein darmschweres drückendes bei gewissen Bewegungen, etwa bei Drehungen des Rumpfes, sogar schmerzhaftes Gefühl. Ich erinnere mich in diesem Moment an einen Ratschlag Wobsers, der, als er neben mir ging, erklärte, welche Bedeutung die Einbildung für den Zustand einer beliebigen Person haben könne. Die Einbildung, sagte er mit erhobener Zigarre oder wenn Sie wollen die Vorstellung, ist eine, er schüttelte die Zigarre, ich würde sagen Macht, ja, oder Kraft, jedenfalls, er sog einige Male heftig an der Zigarre, ist sie eine Eingangspforte unseres Kopfes, die, er klopfte die Asche ab, geradewegs in unseren Körper mündet, verstehen Sie, über den Kopf in den Körper, er biß in das Mundstück der Zigarre, denken Sie nur an meine Geschichte, die ich »Das Kopfabschlagen« nannte, der Verurteilte, Sie erinnern sich, ein Mensch wie man sich einen Verurteilten vorstellt, er sog von neuem an der Zigarre, glaubte in dem Augenblick, als der Henker ihm mit einem nassen Lappen über den Nacken schlug, es sei der Todesstreich und starb. Das ist die Vorstellung, sagte Wobser, er sog und klopfte und biß, eine Macht, Sie können es glauben. Ich glaube es. Ich beginne also damit, mir einen durchschnittlichen Appetit vorzustellen, ich denke vielleicht an eine Tischgesellschaft, an der ich mit gutem Appetit teilgenommen habe, ich erinnere mich an das Wohlbehagen während des Essens, an den Geschmack der Speisen, ich erinnere mich an das angenehme Gefühl der Verdauung, ich rufe alle schönen Empfindungen zurück, die das Essen je in der Vergangenheit in mir hervorgerufen hat. Ich beginne, die Bewegungen nachzuahmen, die beim Essen ausgeführt werden, etwa wenn man den Löffel in die Hand nimmt, oder mit den Fingern Bewegungen nach dem Munde macht, oder sich mit der flachen Hand den Magen reibt. Und nun unterstütze ich diese Vorkehrungen durch das Hersagen von Worten; um ein Gefühl der Magenleere hervorzurufen, sage ich mit kurzen Pausen zwischen den Sätzen erst lautlos, nur mit Sprechbewegungen der Lippen, dann mit einer Steigerung der Lautstärke, mit einer fortschreitend deutlicheren Aussprache, einmal gedanklich Ich habe Appetit viermal leise Ich habe Appetit Ich habe Appetit Ich habe Appetit Ich habe Appetit dreimal halblaut Ich habe Appetit Ich habe Appetit Ich habe Appetit zweimal laut Ich habe Appetit Ich habe Appetit. Was haben Sie? ruft Krogge, was haben Sie? Nichts, antworte ich, nichts, nichts. Nichts? ruft er. Nein, nichts. Ah so, ruft er, so, aber Sie hören mich doch?

Nein ich täusche mich nicht, beim Öffnen der Tür, ein lautloses gefedertes Öffnen, sehe ich zwei vorbeischwirrende Gestalten, die erste dünn und parfümiert, mit pfeifendem Atem, in der einen behandschuhten Hand den zweiten Handschuh und zugleich den Zylinder, eine schwarze Erscheinung, die zweite stark klirrend, mit einem rotköpfigen Keuchen und langsam verwehendem Schweißgeruch. Ja ich bin auf der Straße, vorbei an Schuppen und Lagerhallen, an vergitterten Fenstern und fleckigen Wänden, um Knicke und Biegungen, mit Gerüchen aus Küchen und Gerüchen nach Leim und Holz und verbrannten Haaren, mit dem Kratzen von Sägen und dem Pochen von Hämmern, und nun laufe ich wieder durch Landschaften, über Buckel und Senkungen Rinnen Mulden und Anstiege, mit meinen Schritten und Schwüngen hinauf und hinunter, das Schwarz aufsteigender Krähen, in dieser Entfernung im Ausschnitt des Himmels, an dem das Abendrot weiter schwärt und frißt, ein Klumpen, der plötzlich in einzelne Brocken zerfällt. Ja ich komme in Landschaften und verlasse sie wieder, durch Orte, deren Namen mir einfallen und wieder entfallen, ich sehe das Schwarz von Krähen an den Horizont prallen, ich sage nichts, nichts, sehe das verweste Rosa von Fleisch verloren auf der Straße, das alte Braun treibender Hunde, Grün von Gras, Schwarz von kriechenden Fliegen auf dem Rosa von Fleisch, Schwarz von nassem Holz, Schwarz von Witwenhüten, Grün von Röhricht, ich sehe das Braun wie Brot des feuchten aufquellenden Bodens, sehe Zeitungen Weiß und Weiß verstreut vom Frühstück am Ufer, mit Hüten aus gelbem Stroh und Körben voller Gurken und Eier, von Ruderern und Radfahrern die gestreiften Leibchen am Ufer, die Kruken der alten Weiber mit Sirup, die Sandbänke mit Kondomen und Muscheln wie Schöpflöffel. Meine tönernen Erinnerungen kommen, an Abende in roten Hosen, an die toten Fische schimmernd am Ufer stinkend, an Rost auf Kübeln, an meine Frau, die auftaucht, gestreift und gestärkt, mit Kohldunst auf ihren Kleidern und Haaren, sie nähert sich stampfend auf harten Absätzen, sie sagt etwas wie Es ist soweit, sie kommt mit ihren Unannehmlichkeiten Vorwürfen, es ist soweit, höre ich sie sagen, von irgendwo taucht sie auf, weint und stöhnt und rauft sich die Haare und wälzt sich am Boden in Zuckungen und Schüttelungen, ich bin stumm, die Tränen laufen über ihr Gesicht. Und ich erinnere mich an einen großen dunklen von Bierdunst belegten Raum. Scheiße, schrie Wobser, auch ich schrie Scheiße, wir alle schrien wie auf Kommando Scheiße, auch der Wirt und die Wirtin schrien Scheiße. Wir standen auf, um Wobser, der noch eine Runde bestellte, zu kondolieren. Dann nahm ich meinen Hut und ging. Eines Tages, ich nahm meine Siebensachen und ging, über Treppen und verfallene Höfe, ich strich durch Einöden, über fette jauchefeuchte Äcker, blies in die Hände und pfiff und schwenkte den Hut, ich sah die Sonne über mir hinziehen, sah die Bäume gebeugt über dem Boden, von Windstößen zerfleddert, die Röcke hoben sich flatternd, die Sonne brannte, die Schenkel leuchteten an diesem Tag. Ich hörte Wobsers Stimme, ich weiß nicht, sagte er, wie soll ich es Ihnen erklären, die Sonne sank in diesem Augenblick hinter den Horizont zurück, alles lag in einer knisternden Schwärze. Haben Sie dafür eine Erklärung, hörte ich ihn sagen, er lief neben mir, nein ich hatte keine Erklärung. Aber schon gab er die Erklärung, es mußte ihm vor allem daran liegen, mich, dem er nicht das beruhigende und ermutigende Verständnis der Sache, des Prinzips, des ewigen Naturgesetzes, nach welchem die Sonne sinkt und wieder steigt, zutraute, zu ermutigen, mich zu beruhigen durch die Darstellung der Unschädlichkeit dieses Untersinkens, bei der Sicherheit des Wiederaufsteigens, mich mit Vertrauen auf das Wiederaufsteigen zu erfüllen. Vielleicht erbleichte mein Gesicht beim Sinken, was ich auf die Veränderung der Beleuchtung zurückführte und nicht auf Zweifel, wie sie Wobser wohl in mir vermutete. Ich versicherte ihn meines vollkommenen Wohlbefindens und er bot mir eine Zigarre an. Ich wiederhole daher nochmals, sagte er als ich ablehnte, also nochmals. Er erzählte von einem Sumpf, der in der Nähe liege. Nachts, sagte er, höre man die erschreckten Schreie der Hineinsinkenden. Hören Sie doch. Tatsächlich hörte ich einen Schrei, in die Länge gezogen und plötzlich abbrechend. Und nun sehe ich die Blätter von den Bäumen an den Boden fallen, sehe die Bäume kahl und schwarz, die borstigen Büsche, sehe die Blätter rauschend emporfliegen, ich hebe die Steine auf und sehe darunter zuckend die Gesichter den Mund öffnende Leute mit Glasaugen und Umhängebärten, ich sehe weiße porzellanene Abortschüsseln in langen Reihen, ich komme durch verkohlte rauchende Wälder und verlasse sie wieder, sehe mit heruntergelassenen Hosen in weitem Halbkreis Männer hocken, ich spreche mit ihnen, sage etwas, bekomme die Antwort, sehe die Rückseiten eingesunkener vermooster Friedhöfe, sehe Baumkröpfe aufgebläht und geschwollene Füße am Rande der Straße, ich rufe Nein, nein, und es ändert sich nichts, ich halte mir die Ohren zu, was ist, rufe ich, ich komme an Flüsse und beuge mich über Brücken und sehe mein Gesicht im Wasser gespiegelt und rufe und alles bleibt so, wie ich es sehe, ich lasse den Bart wachsen und hole Luft auf den Zehenspitzen, ich sehe das, was in diese Landschaften, die ich beschrieben habe, gehört und sage, ja, alles gehört dazu und sehe den Boden braun wie Brot aufgewölbt krustig in diesen Landschaften, durch die ich komme, die nun zurückliegen und sich verdunkeln und komme in neue Landschaften, an herunterhängenden Bärten vorbei, an aufgeschichtetem Holz, verwaschenen ausgeblichenen Hügeln, eingedrückten Mulden, an ineinander verbissenen Tieren, ich schwinge mich auf und nieder in diesen aufgeschlitzten verwitterten oder stachligen struppigen Landschaften, Berglandschaften Flußlandschaften Ebenen Tälern Ackerlandschaften, mit den kleinen verstreuten wie hingeschütteten Ortschaften, den Muschelformen, Gesichtsformen, Körperteilformen, ich komme durch feuchte hallende Höhlen mit blanken funkelnden Seen, in denen alles was ich beschreibe umgedreht noch einmal erscheint, die Zapfengebirge, die verknoteten überbuckelten knolligen verästelten knorpeligen steifen hinauf- und hinabragenden Steinpflanzen, rostfarben ockerfarben schimmernd kirschrot schwarz dünnblättrig oder splittrig wulstig blau und lauchgrün durchscheinend butterfarben lederbraun in langen Fäden, die haarigen nadel- und fingerförmigen hinauf- und herabwachsenden Strünke, mit weich fallenden Tropfen, ich wandere durch die engen Windungen der Grottengänge, das Wasser quitscht unter meinen Füßen, hinter mir dröhnen die Rufe eines Menschen, der mich auffordert zu warten, stehenzubleiben, mich zu erinnern, an was sollte ich mich erinnern, ich steige hinaus in eine würzig duftende Abendluft, nach Kartoffelkraut und Holz, ich komme durch Dickichte, neben mir schießen Pilze breithütig aus dem Boden, stehen Säcke hoch aufgerichtet, werden Brustspitzen in die Münder von Säuglingen geschoben, werden Türen aufgestoßen und stürzen Menschen heraus, werden Riemen geschwungen und klatschen auf Rücken herab, neben mir blasen Gesichter in Glasröhren, stehen Körbe mit gläsernen Augäpfeln, neben mir liegen erschossene Tierkörper in Blutlachen, neben mir wird gesichelt gebündelt gepreßt, neben mir kracht es, bricht es, reißt es, hinter mir, wo alles begann, höre ich Schreie und Reden und Geschichten und in die Luft hüpfende Namen. Hinter mir ist es stumm, alles begann ich weiß nicht wie, alles ging weiter, ach dachte ich und so weiter, von Beginn an und so fort, diese Gerüche Geräusche und so fort, diese Buchstaben Silben Worte Ortsschilder Weischwitz und so fort Tauschwitz Munschwitz und so fort Reschwitz Remschütz Könitz Köditz oder in anderer Reihenfolge, diese Wahrnehmungen, Bewegungen, Bilder, diese Erinnerungen, meine Familie, diese Worte Sätze Abschnitte, diese ganzen Vorgänge, der Reihe nach, Gerüche Geräusche Bilder und so fort, ja so ist es. Neben mir stehen auf Stöcke oder Krücken gestützt, verblichen, mit verwachsenen Bartgestrüppen, alte stockfleckige Leute, oder sie schimmeln und schwären in ihre Ledersessel hinein, mit alten abgenutzten Gegenständen in den Händen, sie sitzen vielleicht in der Haltung des vergangenen Tages, mit vertrockneten in die Luft gehobenen Armen, umgeben von Bandagen Augenklappen Kopfschmerzmützen Wärmsteinen, von Tropfen und Pillen, schluckend und tröpfelnd, oder sie verhutzeln lautlos dünngliedrig in ihrem ungeheuer weißen dicken Bettzeug, ihre gebißlosen Münder sind geöffnet und ich höre ihr Murmeln und ihre zwischen den Lippen hervorgestoßenen Zischlaute und ihre Reden über die Suppe und darüber, was es geben wird und über das, was es gegeben hat, schüttelnd und schlotternd gehen sie ein paar Schritte unter Atemnot, oder sie richten sich auf mit Körpern voller Knoten und Knollen und Runzeln, fortwährend eine breiige Speise im Munde zermalmend, oder sie reiben drücken und beklopfen ihre Schmerzen und ich höre das zugehaltene Schreien aus diesen erdigen Aufschüttungen von braunen verfallenen Kleidern. Und ich sehe auf einer Steinbank eine Alte den Kopf heben und sehe, wie sich auf ihrem gelben geschrumpften Gesicht ein Lächeln ausbreitet, ihre dünnen Lippen bewegen sich und bilden meinen Namen oder etwas in der Art meines Namens. Ja es ist mein Name und es ist der Name meiner Familie zur Zeit meiner Familie, meiner Frau Name, meines Vaters und meiner Mutter Name. Ja es könnte meine Mutter sein und es könnte der Mann neben meiner Mutter mein Vater sein und ich nehme auch an sie ist es, er ist es, sie hat ihre gestreifte Schürze um, er trägt die Hausjacke, Mutter, Vater, rufe ich. Ja ich komme durch diese Landschaften, neben mir platzt es, klatscht es, klirrt es, neben mir keucht es, rauscht es, tropft es, ich sehe diesen abgeschabten Weg, diese abgegriffenen vergilbten Bilder, die nur die Wiederholungen vergangener Bilder sind, die ich in meiner Erinnerung habe. Ich erinnere mich an eine Zeit, in der ich aufgestanden war, in der ich mich vom Tisch erhoben hatte, etwas hatte sich ereignet, in dessen Folge ich vom Stuhl aus, ich weiß nicht, vom Bett aus, durch die geöffnete Tür ging, durch die zweite geöffnete Tür und so immer weiter durch geöffnete Türen bis zur Treppe, die ich ohne große Probleme hinunterkam, meine Handflächen schlossen sich um die Kupferkugeln des Treppengeländers. Der Charakter dieser Treppe war der einer Treppe im alten Sinn, breit und geräumig, die Stufen von hohem Tritt, abschüssig und geeignet, alles zu verlassen, die Frau, die ganze Familie, sieh mal an, Familie, die Wohnung, ja ich erinnere mich, später hatte ich mein Taschentuch gezogen und einer Person, die auf der anderen Seite stand, zugewunken, ich war aufgebrochen, die Stimme meiner Frau hatte sich mit der Zeit verloren, sie blieb zurück mit ihren Krankheiten wie Schwindel Atemnot Blässe, mit ihren Gerichten, die sie in weit vom Leib gehaltenen Schüsseln ohne mich anzusehen auftrug, die wir wortlos verzehrten, oder die ich zur Seite schob, während sie mit vom Küchendunst gerötetem Gesicht, die Hände an der Schürze abwischend, aufsprang und wortlos zusah, mit einer im Körper aufsteigenden Erregung, wie ich mit dem Löffel im Teller stocherte, in dem zerlegte zerhauene zerquetschte und für meine Begriffe ungenießbare Speisen schwammen, sie verschwand, stieß wie ein Stecken noch einige Male ins Zimmer, um den Tisch abzuräumen, und ich hörte ihre Hantierungen in der Küche und ihre dünn herausgepreßten Worte.

Was meinen Sie, rufe ich. Hören. Ich meine hören Sie mich.

In diesem Moment, hier, zwischen meinen Gedanken, kommt Wind auf und schwingt sich von Osten nach Westen. Nun sehe ich das Schwarz von Regenschirmen sich gegeneinanderschieben, aufgehen, aufsteigen, langsam sich in der Bewegung des Gehens schwingen, ich sehe, wie sie sich umstülpen und über den Horizont hinauf zum Himmel schießen, wie sie schwarz erst groß dann kleiner und schließlich nur als Punkte in die Höhe schwirren, ich höre das Krachen, mit dem die Fenster aufspringen, das Rauschen, mit dem die Vorhänge herauswehen, und nun höre ich das Einsetzen des Regens, das Klatschen beim Ankommen der ersten schweren Tropfen, das sich zu einem Trommeln verstärkt, ich sehe die herabhängenden Regenfäden, ihr Aufstoßen an den Boden mit nach allen Seiten hinzuckenden Spritzern, die wachsenden Pfützen, die dicken Strahle, die aus den Dachrinnen schießen und trübe sich in die Abflüsse hineindrehen, die quirlenden Strudel und der träge an den Bordsteinen entlangquellende Schlamm, der zerweichte Papierfetzen wegschwemmt und kleine Holzstückchen und etwas winzig verzerrt Tierkörperhaftes. Ich höre die Stimmen der vorbeipatschenden Fußgänger, vom Regen zerrissene Worte, die vom Regen handeln, von einem starken Regen, einem plötzlichen Regen, einem vielleicht sogar willkommenen Regen, es sind kurze diesen oder einen anderen Regen betreffende Sätze. Jetzt vielleicht, ja, jetzt, zwischen zwei Atemzügen, packt mich der Wind, der stoßweise aus der Richtung kommt in die ich gehe und wirft mich um. Hier liege ich auf dem Rücken, der Geruch der Kleider steigt naß säuerlich auf, ich spüre das unter mir hindurchsickernde Wasser, und ich muß an ein Bett denken, in dem ich mich von der einen auf die andere Seite wälzte und in die Tiefe eines Schlafes hineinzutauchen versuchte, an die Beschaffenheit dieses Bettes, in dem ich lag und schwitzte, in heiße Tücher gewickelt, mit Umschlägen Pflastern Wattebäuschen, umgeben von Salben Pastillen Tinkturen, von langstieligen Bettpfannen, zusammengerollten Magenschläuchen, Spucknäpfen, Schnabeltassen. Es war in einer Zeit mit Einspritzungen und Körperknetungen und Blutungen, eine Zeit voller Wickel und Binden lange her vorbei der Rest in meinem Kopf den ich zusammenschabe zur Zeit meiner Familie, träumerisch die Stimme des Arztes, die vom Knochenfraß sprach, von den Folgeerscheinungen des Alkoholgenusses, von Freiübungen und Frottierungen der Beine und schlechten Gewohnheiten und von unumgänglichen Operationen, vom Aufschneiden und Auskratzen, von einem beispiellosen Leichtsinn dessen Folge ich nun zu tragen hätte, von etwas Spitzem, das man in mich hineinschieben müßte, und meine Frau nickte zu allen seinen Worten, ja, meine Frau, sie erschien mit einem Mal, sie trug ihre Schürze, groß und schwer mit einem Zopf der rund auf ihrem Hinterkopf saß, sie kam eulenhaft aus dem dunklen Hintergrund mit einem Tablett, Kaffee gab es, sie verrührte bedächtig die Zuckerstücke und nahm kleine schnelle Schlucke und sah über mich hinweg auf die Wand, an der unser Brautbild hing, das sie als eine weiße lächelnde Person, mich als einen in einer schwarzen Vermummung aufgerichteten Menschen zeigte; Besuch, sagte sie plötzlich und erhob sich, ja ich erinnere mich, wer soll denn kommen, sagte ich und streckte meinen Kopf aus dem Bett, sie, vielleicht in der Erwartung einer Ablenkung, antwortete nichts und trat an ihrer Frisur zupfend zur Tür, dort kamen sie schon, in langen Reihen auf Zehenspitzen, im dunklen Schacht des Gangs erschienen die Brüder meiner Familie und darauf die Schwestern. Zu spät, sagte meine Frau, es ist zu spät, sie standen um mein Bett, betasteten mein Gesicht die Geschwülste auf meinem Gesicht, die rosa herauskamen zur Zeit meiner Familie, sie standen und warteten auf etwas, das nicht kommen wollte, sie nickten, wenn ich spuckte und nickten, wenn man mich auf allen vieren klistierte, an diesem Abend, an dem man mich abrieb und mir ein neues steifes kaltes Hemd überzog, an dem man mich beklopfte und behorchte, ich hörte das Schlagen der Uhr, das Zischen des kochenden Wassers mit dem es über den Kaffee kam, das Klirren der Kaffeetassen, das Klappern der Kaffeekannen, das Rauschen des Kaffees heraus aus der Kanne hinein in die Tassen, das Rascheln der Bettdecke, die ich über die Ohren zog. Ihre Stimme. Sie gab eine Übersicht meiner Krankheiten, die nicht der Rede wert seien, die vorgetäuscht seien, um ihre Arbeit zu vergrößern. Die Äußerungen meiner Frau gehören der Vergangenheit an, ebenso das Nicken Kopfschütteln Flüstern der Besucher über meinen Zustand und die Ankunft des Doktors, die sich durch das Klappern der Instrumente in seiner Arzttasche ankündigte. Jetzt höre ich das Geräusch des Regens auf dieser Straße, das Keuchen, mit dem Frauen ihre Röcke gegen den Leib drücken. Im Zurückdenken erinnere ich mich an keinen diesem Regen ähnlichen Regen, ich liege auf dem Rücken, als er herunterkommt, in einem schraffierten und an den Rändern aufgeweichten Bild, was für ein Guß, denke ich, während die Sonne im Hintergrund verschwindet. Das Wasser rinnt, als ich weitergehe, über mein Gesicht, es sickert durch meine Kleider und läuft am Körper hinab und tropft aus meinen Hosenbeinen. Ich sehe, wie hinter einer Glastür zwei Leute, ein Polizist ist dabei, sich zurufen, wie der Mond schwarz aufgeht, ihre Hände sich an den Mund legen zur Vergrößerung des Mundes und zur Verstärkung der Stimme. Es geht um Wesentliches, glaube ich, ich gehe vorbei. So sieht es aus, ein Polizist, der die Gebärde des Rufens macht, und ein schwarzgekleideter anderer, der diese Gebärde in einer gewissen Entfernung aufnimmt und die Gebärde des Antwortens dagegensetzt, und beide laufen mit diesen Gebärden durch einen großen von drahtumspannten Paketen und Ballen gefüllten Raum und verschwinden in einer Tür. Ich gehe weiter und sehe einen Bauern seinen Hund begraben. Der Bauer nimmt die Schaufel, den vom Handschweiß dunkelgefärbten Griff und hebt eine Grube aus, die Erdbrocken häufen sich in dieser Kälte neben der Grube, das Fallen und Aufschlagen des Körpers, die Lampe schwankend flackernd, der Bauer, der die Schaufel weglegt, die Kappe abnimmt, sich mit einem Tuch über die Stirn wischt, seine Tasche aufklappt, Speck und Rauchfleisch hervorholt. Ich stampfe durch den lehmigen Boden, die Tasche des Bauern, in der noch mehr Speck und Rauchfleisch sein muß, so dick ist sie, steht nun neben der Grube, ich vermute in ihr, obwohl der Bauer schon Speck in der Hand hat, noch mehr Speckschwarten, vielleicht fünf, auch der Bauer vermutet in ihr noch mehr Speckschwarten, denn er greift in die Tasche, er tastet ihren Boden ab, doch die Hand kommt leer zurück. Ich höre das Schmatzen des Bauern, das Schmatzen des Regens, das Schmatzen, mit dem der Lehm meine Schuhe freigibt, der Himmel ist schwarz von Krähen, ein Schwarz, das sich in einem anderen Schwarz im unteren Teil dieses Bildes fortsetzt. Es ist das Schwarz von Zylinderhüten in den Händen von Männern, die mit gesenkten Köpfen und ernsten Mienen von links kommen und das Schwarz von Gehröcken die von links kommen, das Schwarz von Witwenhüten und Witwenschleiern, die von links kommen die Straße überqueren und im Portal des Friedhofs verschwinden. Sie gehen in einer Reihe, einer hinter dem anderen, am Anfang gehen die Träger mit dem Sarg auf den Schultern, hinter dem Sarg geht über ihre gefalteten Hände gebeugt die Witwe, dahinter geht steif und zielbewußt Wobser, der Regen klatscht auf seine Kahlköpfigkeit, hinter ihm, mit kurzen hüpfenden Schritten, fortwährend sich schneuzend und wischend, geht Gibser, nach ihm kommt Schlötzer, ich kenne ihn seit Jahren, als ich ihn zum ersten Mal sah, es war auf einem Fest, er führte die Polonäse an, dachte ich und sagte es wohl auch, dieser Mensch ist dick, heute ist er noch dicker, hinter Schlötzer, nicht so dick wie dieser, aber auch dick, freilich von einer anderen, weicheren Dicke, geht Wurzer mit wiegenden oder vielleicht rollenden wie beinlosen Schritten, es macht den Eindruck, als ginge er mit dem weichen Leib, hinter ihm, mit einem murmelnden oder kauenden Mund, sich die Achselhöhlen oder den Nacken oder die Kopfhaut kratzend, geht Schutzer, hinter ihm, mit einem wehenden Schleier, schluchzend das Gesicht in die Handgrube gelegt, geht die Wirtin, hinter ihr, mit mißmutigem Gesichtsausdruck und anstelle des Zylinders eine schwarze Mütze in der Hand, geht der Wirt, hinter dem Wirt, darauf bedacht seine Schuhe nicht zu beschmutzen und darum mit vorsichtigen spitzen Schritten, die Hände seiltänzerhaft erhoben, geht Brökel, nein, hier irre ich mich, es ist Brömel, aber hinter Brömel, ein Taschentuch über den Kopf gedeckt, geht Brökel. Feierlich wandelt der Trauerzug an mir vorbei, warten Sie auf mich, sagt Wobser, bevor er im Portal verschwindet. Für eine Weile verliere ich sie aus den Augen, ich höre nur das Scharren Schlurfen ihrer Schritte, das Klagen Schluchzen hinter der Friedhofsmauer und das Krachen Bumsen, mit dem die Träger den Sarg absetzen. Ich gehe auf diese Geräusche zu, sehe die Grabsteine die Grabkreuze die Grabhügel die Grabsprüche, sehe das Grab aufgeworfen, neben dem Grab den Sarg aufgeklappt, im Sarg Wobsers Vater, geschmückt mit bleichem Gesicht den Leichnam, um den Sarg mit abgenommenen Hüten herum den Trauerzug die Träger die Totengräber. Ich rieche das frische Grab und höre im Weitergehen das Ächzen und Schnaufen der Träger, die mit Seilen den Sarg in die Grube senken, das Knirschen der Seile, das Knarren des Holzes, das Schneuzen und Schnupfen der Trauergäste, das Aufstoßen des Sarges auf dem Boden der Grube, das Klatschen der Erde auf dem Sarg, das Keuchen der Totengräber, das Krächzen der Krähen, die über der Grube ihre Kreise beschreiben. Es sind Geräusche und Gerüche, die mich an einen anderen Vorfall erinnern, die etwas einleiteten, ich weiß nicht, oder etwas abschlossen, in einer Ackerlandschaft. Rechts in diesem Bild stand ein Bauer, er stand neben dem schon zur Hälfte mit dem Boden verschmolzenen Körper eines Pferdes mit tiefen schimmernden Wunden, getrockneten Blutflecken, links davon, zu einer Gruppe zusammengedrängt, breitbeinig kreischend um ein Kartoffelfeuer gedrängt, sah ich die Frauen, die, als wir aus dem Wald traten, sonderbare Gebärden mit den Händen vollführten, sie steckten einen gesteiften Finger in die faustartig geformte andere Hand und rieben und bogen sich dabei vor und zurück und leckten sich dabei die Lippen und Wobser lüftete den Hut und sagte etwas von einem Angebot in der freien Natur, in einem grünen Herzen, auf einem würzigen Boden. Ja Wobser, dieser Mensch, immer mit einem freundlichen Wort oder einem Ratschlag oder einer Geschichte, die in jedem Fall die Fortsetzung einer alten Geschichte oder die Abwandlung einer alten Geschichte war. Beim Auftauchen seines Gesichts, das, obwohl wenig Zeit zwischen den Begegnungen lag, mir verändert schien, einmal bärtig war, einmal wieder ohne Bart, einmal rund rot ausgeschlafen, einmal mager blaß eingeschrumpft, erinnerte ich mich an unser erstes Zusammentreffen, damals war Wobser groß und korpulent und, wie mir schien, blind, er rief etwas über die Straße, wo eine andere Person, die ich in diesem Augenblick bemerkte, stand, es entwickelte sich ein Gespräch, dessen Zeuge ich war und das ich mir lange bis in alle Einzelheiten gemerkt, heute aber vergessen habe, bis auf einen Rest, der Rest waren die Worte Verschwundene Wärme, vielleicht mit dem vorausgegangenen Hinweis, daß es warm war, nun aber kalt sei. Das zweite Zusammentreffen, einen Tag später, das dritte Zusammentreffen, einen weiteren Tag später, das zweite in einem großen Raum, einem Saal, ich auf der einen Seite mit übereinandergeschlagenen Beinen auf einem Stuhl, Wobser auf der anderen gegenüberliegenden Seite, im Begriff sich eine Zigarre anzuzünden, nun nicht mehr blind, sondern, wie es schien, eher taub, das dritte in einem Treppenhaus, in dem wir, einander mit gehobenen Hüten grüßend, uns begegneten. Von dieser Begegnung, von der ich Wobser als kleinen schwarzgekleideten Mann in Erinnerung habe, bis zur nächsten Begegnung verging eine Zeit, in der es regnete, ich stand am Fenster und beobachtete die erst senkrecht dann schräg herabfallenden von einem Rauschen begleiteten Regentropfen, ihr klatschendes Aufschlagen auf der Straße, die auffällig schnellen Bewegungen der Fußgänger, die mit aufgespannten Schirmen um die Ecke bogen, aus den Haustüren kamen oder, indem sie ihre Schirme ausschüttelten, in den Haustüren verschwanden, mehrere Male glaubte ich Wobser zu erkennen, einmal in der Person eines mageren abgehetzten Menschen, der ein kleines Paket unter dem Arm trug, einmal in der Person eines hinkenden zwerghaften auf einen Stock gestützten Menschen. Diese Zeit verging langsam, immer begleitet vom Rauschen des Regens, Ansetzen des Sturms, meine Frau befand sich in der Küche, stumm, vorwurfsvoll klappernd und schabend, ich sah sie nicht. Und hier war Wobser wieder, er sagte etwas von einem gesunden Landleben, etwas von Grundsätzen und Kräften der Natur, eine Art Knallen lag in der Luft, ich sah den Versuch des Bauern, die Krähen vom Körper des Pferdes, das mit einem Anheben des Kopfes noch einen Lebensrest andeutete, herunterzupeitschen, aufhakkende Geräusche schlossen sich an und ich sah die Frauen wieder gebückt mit ihren Hacken in den Ackerfurchen vorwärtsstampfen. Die Spitzen der Krähenschreie bohren sich in meine Ohren, auf die schwarzen gebeugten Rücken der Trauergemeinde klatscht der Regen auf, und aus einem sich ins Unerklärliche steigernden Regenplatschen, aus einem Regenfallen, das dieses Bild durchschießt und durchweicht, unter dessen Gewalt die Trauergemeinde zu einem einzigen großen vielarmigen wasserübergossenen Körper zusammengedrückt wird, flattern die Worte einer Totenrede. Ich sehe dieses Bild triefender Totenblumen, grauer moosumwucherter Urnen, dieses Bild mit Stoffetzen umwickelter Blechkränze, kauernder in die Hände hineingebeugter steinerner Frauen. Ich denke plötzlich an eine weiße Terrasse im Sonnenlicht, an wehende durchsichtige Schleier, wehendes Frauenhaar, an weiche schwingende Schrittfolgen, ich wiederhole, eine weiße Terrasse mit einer Anzahl nackter Marmorfiguren, an das dünn platzende Geräusch eines Geschosses, abgefeuert aus dem Revolver eines eleganten vielleicht älteren Mannes, der sich, die rauchende Mündung gesenkt, über den am Boden liegenden vom Schleier nur notdürftig bekleideten

Körper beugt und das Einschußloch betastet. Doch hier, in diesem ungeheuren Herabstürzen des Wassers, ist es schwarz, ein Sarg hebt sich steif aufgeklappt aus der Grube und das Wasser überspült ein gelbes schwarzbärtiges Leichengesicht und läßt den Sarg hin- und herschaukeln und in dieses Strömen, in dieses riesenhafte Keuchen und Schnaufen hinein, in dem die Trauergäste nach allen Seiten geduckt auseinanderspritzen, ruft Wobser die Worte seiner Totenrede, und sein auf- und zuklappender Mund, seine auf- und niederfahrenden Hände verschwimmen in diesem Bild, in dem nichts zu hören ist als das Aufklatschen des Regens.

Ja, sage ich, ja, ich höre.

Nein, ich höre nichts. Beim Weitergehen vermischen sich die Bilder, die Sonne stößt wieder durch die Wolken und beleuchtet ein paar Schritte durch den Friedhof, eine kleine von Grabmälern eingefaßte Straße, an schmiedeeisernen Gittern vorbei, an Girlanden und Säulen und hartbrüstigen Engeln mit eingeklappten Flügeln und Palmwedeln in den Händen, an Trauerweiden, efeuberankten Steinen, an erstarrten gerungenen Händen und an Grabgrüften. Hinter diesen dunklen Scheiben stehen leicht in den Hintergrund hin ansteigende Särge, in den schwarzen oder weißen rüschenbesetzten Polstern liegen wächserne lorbeergeschmückte Gesichter umgeben von Kandelabern mit verloschenen Kerzen und kristallenen Vasen mit bleichen Blumenbüscheln. Ja ich gehe, der Wald schlägt wieder über mir zusammen. In der Ferne sehe ich einen Mann erscheinen, winkend hebt er den Hut und ich sehe die blanke Platte seines Kopfes in der Abendsonne schimmern. Es könnte eine Beziehung bestehen zwischen diesem Menschen und mir, ein Verwandter ist es nicht, das kommt nicht in Frage, obwohl er seinem Äußeren nach ein Verwandter sein könnte, also ist es ein Bekannter, sein Benehmen entspricht dieser Vermutung. In ein allgemeines Schweigen hinein fällt eine einzelne Stimme. Warten Sie, oder etwas in dieser Art, warten Sie. Was für ein Abendrot, denke ich und eine Erklärung des Abendrots, wie sie mir Wobser einmal gab, fällt mir ein, »Das Entstehen eines Naturschauspiels« war glaube ich der Titel seiner Erklärung, in der er von Wasserbläschen, Staubteilchen, einem Gummischlauch, einem Glaskolben, einer Durchbohrung, einem sogenannten Quetschhahn sprach, eine Art Versuch, wie er sich ausdrückte, ich weiß nicht, es ist eine andere Zeit, im Kleinen gesehen, sagte er. Dieser Mensch mit der, wenn er den Hut hebt, blanken Platte seines Kopfes, befindet sich für einen Augenblick außerhalb dieses Bildes, aber seine Worte sind da, sie erinnern mich, jetzt, wo ich an ihn denke, an Wobsers Worte, sie erinnern mich an eine Berührung, keine allgemeine Liebkosung, eher etwas wie Klapsen oder Draufschlagen, sie hat einen festen Hintern, sagte er, was, sagte ich. Weiter, es ist eine andere Zeit, vor mir liegen die ersten Blößen dieses Waldes, nein, ich erinnere mich nicht, ich höre nichts.

Noch einmal, ja, ich höre.

Nun, an diesem Abend, im Schein der untergehenden Sonne, weiter, unter dem schwarz zu Boden hängenden Himmel, weiter, über den rot vor mir auftauchenden Dächern, weiter, trete ich aus dem Wald in ein offenes Gelände hinaus, mit Kuhkörpern, schwankend und trottend in langen Reihen. Es ist dieses Viehtreiben, das von allen Seiten zugleich einsetzt, ein Stöckeschwingen, ein Dungfallen, ein Hinaufbrüllen aus geöffneten Schnauzen, dieses augenblickliche Bild mit dem ich nach Röblitz komme. Dort, vor mir, mit geschwärzten aufgesprungenen Mauern, mit dampfenden Schornsteinen, mit dunklen eingebrochenen Fenstern, liegen die ersten Häuser, in denen die Hinterteile der Kühe verschwinden und aus denen, im Augenblick darauf, zum Ausgang gerüstet, gebürstet, die Bewohner treten und mit langen Schritten, schwarzen harten Hüten, den Weg in eine gemeinsame Richtung antreten, deren Ziel im Inneren des Ortes liegen muß. Nun, an diesem Abend, ich bin aus dem Wald getreten und alles, was mit diesem Wald und auch der Zeit vor dem Wald in Verbindung gebracht werden kann, liegt hinter mir, trete ich in die erste schmale Öffnung des Ortes hinein. Zu meinen beiden Seiten befinden sich die gekalkten, gerissenen, von nassen Flecken gemusterten Hauswände, auf denen, in der Abendsonne, zu schwarzen Klumpen zusammengedrängt, die großen behaarten Fliegenkörper sitzen. Weit vor mir, auf der sich in den Ort hineinzwängenden Straße, sehe ich die Bewohner, die mit äußerster Geschwindigkeit ihre Arbeitskleidung abgestreift haben und in die Sonntagskleidung geschlüpft sein müssen, die Schnallen, Knöpfe und Gürtel geschlossen, geschnürt, geknüpft, die Schlipse gebunden, die Hüte auf die Köpfe gestülpt haben müssen. In diesem Moment des Dahingehens, unter den Eindrücken dieses Abends, an den kleinen zurückgezogenen Fenstern vorbei, mit ihren breiten, vermoosten, von weißem Taubenmist bespritzten Simsen, erinnere ich mich an eine von Wobsers Geschichten, die er »Hinter dem Fenster« nannte, sie handelte von einem großen knolligen Gebilde, einer Art Gesicht, das er hinter einer Fensterscheibe gesehen haben will, mit einem saugend gegen das Fensterglas gepreßten Mund.

Wenn ich, soweit es sich machen läßt, auf meinem Hintern sitze, wenn ich, von Mal zu Mal, die Handflächen auf die Augen lege und ganz Ohr bin, dann höre ich das Schmatzen meines Nebenmannes, das Schlürfen von Bier oder Suppe, das Kratzen des Löffels auf dem Teller meines Nebenmannes, das Knirschen der Rüben zwischen den Zähnen meines Nebenmannes, das Räuspern vor und nach einem Gang von der anderen Seite als der meines Nebenmannes, das Würgen meines Nebenmannes, mit dem er einen Fremdkörper aus der Speiseröhre drückt, das Prusten meines Nebenmannes über einen Scherz seines Nebenmannes, das Kreischen von einem anderen Teil des Tisches, wo die Frauen sitzen, das Entkorken einer Flasche, das Gluckgluck einer Flasche, das Rülpsen meines Nebenmannes, das Klappern der Schüsseln auf dem Tisch, das Pickeln der Gabeln auf dem Teller, das Wischen der Hände meines Nebenmannes an seiner Hose, das Kratzen des Zahnstochers im Zahn meines Nebenmannes, das pfeifende Geräusch einer Blähung meines Nebenmannes, das vom Taschentuch erstickte Kichern der Frauen. Ich kenne diese Geräusche, in der Mehrzahl sind es solche, die entstehen, wenn gegessen wird. Alle am Tisch, ich nicht ausgenommen, öffnen den Mund, schieben, mit Ausnahme von Krogge, der zwar auch den Mund öffnet, allerdings nichts hineinschiebt, sondern, wie mir scheint, eine Ansprache hält, das Essen hinein, schließen den Mund, kauen mit ausgebuchteten Backentaschen, schlucken, öffnen den Mund wieder, schließen ihn über dem Essen, kauen, schlucken und so fort, in dieser Reihenfolge.

Dieser Mund, sagte Wobser, er erzählte diese Geschichte, als wir, ich erinnere mich, aus dem Wald auf die Schneise traten und in einer gewissen Entfernung die Umrisse sich bückender, ihre Hacken schwingender Frauen mit prallen aufragenden Gesäßen sahen, habe sich plötzlich vom Fenster gelöst, das Gesicht sei in eine außerordentliche Bewegung geraten und sei, durch den nun aufklaffenden Mund in eine obere und eine untere Hälfte gespalten, mit einem unbeschreiblichen Schrei im Hintergrund des Zimmers verschwunden, worauf mit einem knochensplitternden Geräusch, einem Einhakken, Einklatschen, Aufschlagen, Aufplatzen, einem dumpfen Trennen eines Teils von einem Ganzen, seine Darstellung abbrach. Wir hatten uns den Frauen genähert, die breitbeinig aufgerichtet, mit Gebärden und Zurufen uns Anträge machten, bei seinen Schilderungen schwang Wobser, zigarrerauchend, die Arme, neue, schwer verständliche Worte kamen über seine die Zigarre haltenden Lippen, die ein Spritzen von Blut, ein Umstürzen von Geschirr, ein Zerreißen von Stoff beschrieben, und ich erinnere mich nun an diese Geschichte, die er »Hinter dem Fenster« nannte, an die geräuschvollen Vorgänge dieser Geschichte, an dieses, wie Wobser sagte, knollenförmige Gebilde, das Gesicht und im Vorbeigehen suche ich hinter den eingesunkenen Fenstern, hinter den vom Taubenmist bespritzten Scheiben, nach einem ähnlichen Gesicht, aber ich finde es nicht und hinter allen Fenstern bietet sich nur das Bild der nach der Mahlzeit verlassenen Tische, mit den Brocken, Krümeln, Pfützen und Spritzern, den fettigen, überkrusteten, mit den Resten der Mahlzeit, mit

Schmalz Knorpel und Brühe überkrusteten Tellern, den vom Rückstand des Kaffeesatzes verklebten Tassen, und Fenster um Fenster, in das ich, im Vorübergehen, hineingucke, bietet dieses Bild oder ein wenig verändertes und so gut wie dieses Bild, hinter allen sehe ich nichts anderes als das, oder doch, hinter einem, dem letzten an dieser sich in den Mittelpunkt des Ortes hineinbohrenden Straße, ist plötzlich, dicht hinter der Scheibe, an diesem Abend, mit herabhängenden Backentaschen, knollig und borstig, während die Sonne hinter den Häusern verschwindet, ein Gesicht, ein großer aufstehender Mund.

Was ich höre, in diesem Zimmer, an diesem Tisch, ist das Dröhnen der Bestecke auf den Tellern und in den Schüsseln, das Rumpeln der Klöße, das Krachen der Bissen zwischen den Zähnen, das Platzen der Bohnen, das Bersten der Rüben, das Rauschen des Bieres die Kehle hinunter, das Donnern der Kartoffeln, das Klatschen der Nachspeise. Was ich sehe, sind die Höhlungen der Löffel, die hinuntertauchen in die Suppe und gefüllt hochkommen, ihre in kurzen und immer kürzeren Abständen aufeinanderfolgenden Schwünge zum Mund, in den hinein sie sich leeren, sind die gezinkten Schubflächen der Gabeln, die die Teller mit ihren Rübenhügeln umpflügen und umackern, sich volladen und die Beförderung zum Mund übernehmen, die in kurzen und immer kürzeren Schüben erfolgt, sind die Zinken der gleichen Gabeln, die bis zum Schaft in die Klöße dringen und die Klöße zum Mund transportieren, in den sie hinabstürzen, sind die Rundungen der Teller, von denen eine Schicht nach der anderen abgetragen wird, so daß, von den Schaufelwürfen der Gabeln freigelegt, das natürliche Weiß ihrer Oberflächen hervorzuscheinen beginnt.

Mit diesem Bild, in diesem Augenblick, ich weiß nicht, diesem Mund, ich weiß nicht, mit einem nickenden Guten Abend und einem zurücknickenden Guten Abend, biege ich um die Ecke. Wobser schüttelte in einer wie mir schien nachträglichen Erregung den Kopf und beschrieb noch einmal und noch einmal die Geräusche aus dem Hintergrund des Zimmers, die Frauen erstarrten, wenn ich mich nicht irre, für einen Moment in ihren Gebärden, sie standen mit vorgestrecktem Unterleib, aufklaffenden Schenkeln und an den Leib gepreßten Händen. Es herrscht eine plötzlich sehr ausgeprägte Stille, in die, während ich um die Ecke biege, mit einem einzigen großen gemeinsamen und hohen Ton, einem Tusch, Musik eindringt, im gleichen Augenblick sehe ich auf einem mit Girlanden und mit in dieser Windstille schlaff herabhängenden Fahnen geschmückten Podest im Halbkreis die Musiker stehen, die, nach diesem ersten Ansatz, ihre im Schein der letzten Sonnenstrahlen blitzenden Instrumente wieder absetzen, doch sogleich wieder, auf ein Zeichen des Geigenspielers hin, das dieser mit dem Geigenbogen gibt, ansetzen, zu einem zweiten und zu einem dritten Tusch. In das Pfeifen Schmettern Klopfen Dröhnen Knurren Klatschen Kratzen Schaben der Instrumente mischt sich mit einem Mal das anbrechende, aufschallende, bis zu einer Spitze sich erhebende und plötzlich verstummende Geräusch eines Gelächters, und im Umdrehen bemerke ich, auf Holzbänken, vor Holztischen Schulter an Schulter, Männer und Frauen in langen schaukelnden Reihen, während ich zurückdenke an die Zeit mit Wobser, als wir im Gespräch aus dem Wald traten, mit Krügen und Tellern, die Hände mit Messern und Gabeln aufgerichtet, unter dem unaufhörlichen Dahindröhnen der Musik und des Lachens, überrascht vom Aufscheinen der Schneise, dem Aufrichten der Frauen und von den Zeichen ihrer Bereitwilligkeit, als wir heraustraten, mit aufgeknöpften Hosen und dem Geruch der kochenden aufspritzenden Würste, die Köpfe mit offenem Mund in die Höhe gerichtet, die Hände vor den aufgewölbten Leib gepreßt, erstarrt in dieser Stellung, in der Gebärde ihrer Bereitwilligkeit von Wobsers weit hinschallenden Redensarten, Worten, Geschichten, von denen er eine »Hinter dem Fenster« vortrug, von der großen Zunge der Abendsonne beleckt, ineinandergeschoben unter dem Geläute der Glocken, dem Zusammenprall der Bierkrüge, mit Hemdzipfeln, Rockzipfeln schwankend und stampfend aufstöhnend die Hosen öffnend, zusammenfallend mit den letzten Resten des Sommers, die Arme beschwörend schwenkend und schüttelnd, während ich den Abend und die Nacht hereinbrechen und Wobser gestikulieren sah, mit schweißnassen Achseln, fettglänzenden Backen, den Abend, die Nacht mit diesen weit dahinschallenden Redensarten, man sieht doch, man muß nicht müssen, man merkt die Absicht, man weiß nicht, man lebt nur einmal. Ich dachte an die Gebärden der Frauen, an was denkst Du, fragte Wobser, seine Geschichte, die er »Hinter dem Fenster« nannte, war beendet, an nichts, sagte ich, sie hatten ihre Arbeit, ihr Hacken, unterbrochen und sich aufgerichtet, ihre fetten weichen Körperteile schimmerten unter den durchnäßten Kleidern, aber es war eine Lüge, ich dachte an seine Geschichte, an alle Geschichten dieses Erzählers Wobser, der auftauchte und verschwand und auftauchte, immer mit neuen Geschichten, wenn auch, wie mir schien, den gleichen Geschichten, es war eine Lüge, denn ich dachte an vieles, wieviel Uhr es sein mochte, als wir aus dem Wald traten, und ich dachte an die Gelegenheit mit einer von diesen durch Gebärden ihre Bereitwilligkeit andeutenden Frauen fortzukriechen, mich über sie zu legen, in ihre Ritze zu drängen, und ich denke wieder an Wobser, denn ein Mann von Wobsers Größe und seiner Art zu gehen tritt auf mich zu, beim Hantieren dieser Gesellschaft mit tropfenden Würsten und tropfenden Krügen, bei den Handlungen des Einschenkens, Einbeißens packt er meinen Arm, ach, sagt er, wohin wird das führen, denn plötzlich erheben sich Männer und Frauen, die ganze Gesellschaft, drängen zum Tanzboden, packen sich bei den Händen, den Hüften, schwenken und drehen und hüpfen, und ich höre das Knacken und Krachen der Dielen, das Keuchen und Schnaufen der Männer, das Kichern und Kreischen der Frauen, das ohne Unterbrechung fortgeführte Musizieren; er packte meinen Arm und sagte, in die warme feuchte Abenddämmerung hinein, während ich daran dachte, fortzukriechen, einzudringen, die Angebote auszuführen, mein Guter, die Nacht wird kommen, wo sollen wir bleiben, ich deutete nach vorn auf diesen Abend, der in roten Hosen kam, auf diese Schneise, diese Frauen, diese magisch beleuchteten Stellen, o Wobser, dieser Mensch mit seiner Mitteilsamkeit, immer mit Ausreden, Geschichten, Ratschlägen zur Stelle, wenn es sein mußte. Mein Guter, war seine Antwort, dort können wir nicht bleiben, dort nicht. O Wobser, ich erinnere mich an ihn in diesem Augenblick, in dem, sich aus dieser Gesellschaft lösend, dieser Mensch, von Wobsers Größe und Gestalt, seiner Beredsamkeit, auf mich zutritt, meinen Arm packt und redet, und auch seine Art zu reden ist der Wobsers ähnlich, was nun, sagt Wobser an diesem Abend aus der Erinnerung, und ich, ich habe keine Ahnung, und er, wo bleiben wir, und ich, ich weiß es nicht, und er, ich weiß es nicht, und ich, ich weiß es nicht, und er, was, und ich, was, und er, Wobser, die Zigarre aus dem Mund herausnehmend, vielleicht dort.

Noch etwas bei all diesem fällt jetzt ins Auge, das, aus schwarzem, mit Schnitzereien versehenem Holz, ein Stück dieser Wand einnimmt und an dessen Seiten in messingenen Armleuchtern steckende Kerzen in Brand gesetzt sind, es ist, wie sich nun herausstellt, ein Pianoforte. Krogge sitzt in ausdrucksvoller Haltung in einem runden, schwarz gerahmten Bild darüber, in Kochausrüstung, sein Blick ist auf uns gerichtet, in der Hand hält er ein Buch, vielleicht ein Kochbuch. Noch in diesem Augenblick erreichen mich die ersten Töne. Vor dem Pianoforte sitzt, mit den Händen über die Tasten fahrend, der Direktor, seine Finger schwingen sich über die Tasten, er schwingt seinen Kopf, schüttelt den Kopf mit der schütteren Haarwurst, der bald tief über die Tasten gebeugt, bald weit in den Nacken zurückgeworfen ist, er bleibt lange mit den Händen auf einem angeschlagenen Ton liegen, um dann wieder in großer Geschwindigkeit sein Notenblatt umzudrehen.

An diesem Abend bin ich um die Ecke gebogen, mit einem Gespräch, oder was, mit einem Gruß, oder was, mit einem Gedanken an zurückliegende Erlebnisse. Im Augenblick zwischen dem Hinabtauchen der Sonne und dem Auftauchen des Mondes sehe ich die Körper der Musiker auf dem Podium sich bewegen, ich unterscheide die Umrisse der Körper und Instrumente, das Ineinanderschieben und sich Lösen, das Hineinstoßen und Herausziehen, Bewegungen die ein Gemeinsames haben mit den Bewegungen an den Tischen, dem Hochheben und Ansetzen der Bierkrüge, dem Hineinfahren der Würste in den Mund, dem Aufstehen und Hinsetzen, zwischen denen immer eine vom Geräusch der Musik übertönte und vom aufschallenden Gelächter begleitete Ansprache mit Deuten, Winken, Klatschen stattfindet. Für einen Augenblick taucht die Stimme eines Mannes auf, der seinen schweren schwarzgekleideten Körper vom einen auf das andere Bein schwanken läßt und dessen Worte vom Kohl, von den Rüben und Runkeln handeln, die in diesem Jahr mißraten seien und noch mehr sei mißraten und er deutet mit der linken Hand in einem großen Bogen an, wieviel mißraten sei, hebt dann die rechte Hand und bezeichnet, während aus seinen Mundwinkeln langsam Bier zum Kinn rinnt und von dort auf den Leib hinabtropft, etwas anderes, das auch, wie alles andere in diesem Jahr, mißraten sei. Ja auch dies sei mißraten, sagt er, man müsse sich nur erinnern, wie früher etwa das Kunststück des Degenverschlingens im Zuschauer das Gefühl des Erstickens, den unwiderstehlichen Reiz der Übelkeit erweckt habe. Damals sei der Degen mit der Klingenspitze in den Mund eingeführt und mit einigen leichten Schlägen auf den Handgriff durch den Schlundkopf, dem trichterförmigen Eingang des Speisekanals, in die Speiseröhre getrieben worden, habe weiter die obere Magenöffnung passiert und sei durch den Magenkanal bis zum Magengrund gedrungen, eine Weglänge von mehr als sechzig Zentimetern. Abgeschlossen worden aber sei eine solche Darbietung mit dem völligen Verschlingen eines vom Publikum erbetenen Spazierstocks. Heute könne davon keine Rede mehr sein, also auch das sei mißraten. Aber nicht nur das sei mißraten, sondern auch alles andere in diesem Jahr sei mißraten, die Gewichte seien früher schwerer gewesen, die Pinsel seien weicher gewesen, die Bärte seien länger gewesen, die Flammen seien stärker gewesen, alles sei mißraten, sehen Sie nur, er hebt den Arm. Ich folge der bezeichneten Richtung und sehe, vor einer Bretterwand, auf einer langen trittartigen Erhöhung, vom plötzlich aufscheinenden Licht einer Anzahl in Schwüngen und Bögen angeordneter Glühbirnen beleuchtet, einen Gewichtheber, einen Barbier, einen Degenschlinger, eine Bartdame, einen Feuerschlucker.

Neben dem Pianoforte steht eine Frau, es ist die Schwester, zur einen Hälfte von dem Geige spielenden Ruckgaber verdeckt, hält sie ein Blatt in den Händen und hat den Mund geöffnet. Ich höre jetzt auch, wie sich aus dem Mund ein Ton, ein zweiter Ton und ein Triller löst, der erste Ton ist ein tiefer für eine Frauenstimme tiefer Ton, der zweite Ton ist ein Ton in der Mittellage, der Triller aber ist in einer sehr hohen Lage angesetzt, so daß sie, es ist kein Wunder, und es ist auch zu bedenken, daß es sie anstrengen muß, ihren Körper zurückbeugt, das Gesicht zur Decke wendet und die Hände mit dem Notenpapier auf ihre Brüste preßt, ihr Körper wird dabei von einem Beben ergriffen. Auch Ruckgaber, den ich, seit ich in diesem Zimmer bin, mit Aufmerksamkeit beobachtet habe und den ich für fingerfertig halte, wie er seinen Kopf schwingt, sein langes gelocktes Haar schüttelt und immer wieder den Geigenbogen über die Geige streichen läßt, er hält mir den Rücken zugekehrt und ich sehe eigentlich nur den Geigenbogen und auch von diesem jeweils nur ein Stück schabend, ruckweise sich hin und her bewegen, nicht aber die Geige, steht neben dem Pianoforte, während zur gleichen Zeit die Körper der Krähen mit weichen lappigen Schlägen gegen die Fensterscheiben klatschen.

Diese Personen, fünf, eben noch in würdevoller Steifheit die Arme über der Brust verschränkt, beginnen mit einem Mal sich zu bewegen, zu bücken, zu rücken. Der Gewichtheber mit einer starken breiten Figur nimmt das Gewicht, das aus einer Stange besteht, an deren beiden Enden die Gewichte wie zwei schwarze Klöße sitzen. Der Barbier mit einer weniger starken, dabei aber nicht dünnen Figur, nimmt das Bartbecken, den Pinsel und wendet sich an den Kunden, der weiter im Hintergrund sitzt. Der Degenschlinger mit einer dunklen und dünnen Figur, so dünn, daß sie von hier aus wie ein Stecken wirkt, nimmt einen langen dünnen Säbel. Die Dame mit einer fleischigen, fetten, in einer Art Schüssel oder Muschel hockenden Figur nimmt ihren Bart und streicht und zeigt ihn. Der Feuerschlucker mit einer ins Rötliche gehenden Figur nimmt einen Gegenstand, der Form und Ausmaße eines Holzscheits hat und zündet ihn an. Mit Ächzen und Stöhnen wird nun das Gewicht gehoben, der Pinsel schmatzt im Bartbecken, der Säbel sinkt in die geöffnete Kehle hinab, der Bart knistert zwischen den streichenden Fingern, die Flamme wird vom Mund aufgeschluckt, der Schweiß bricht aus und rinnt über das rote, sich von der Gewalt und Anstrengung des Stemmens zusammenziehende Gesicht, klatschend fällt der Schaum in das Gesicht des Kunden und auf dessen Brust, aus der Brust tritt ein von der Spitze des nun bis zum Griff im Mund verschwundenen Säbels gebildeter Buckel heraus, die Spitze des Bartes reicht bis hinunter zu den Schenkeln, in deren dunklen, durch die hockende Stellung gebildeten Raum sie hineinreicht, die Spitze der Flamme schlägt aus der Mundhöhle, zuckend und schleckend wie eine große leuchtende Zunge, die Zunge hängt aus dem Mund, der sich unter der Anstrengung vergrößernde Körper wankt, bricht und sinkt in die Knie, über die straff gespannte Haut fährt kratzend, schabend die Klinge, dabei ist der Kopf in den Nacken gelegt, der Griff der Klinge steht dicht vor dem Mund, der Mund ist geöffnet und ein Summen, Brummen dringt aus dem Mund, wobei immer noch die linke Hand streichend, glättend über den Bart von der Wurzel bis zur Spitze fährt, und immer noch stößt die Spitze der Flamme aus dem Mund in die Höhe, mittlerweile stürzt von oben krachend das Gewicht zu Boden, wird aber von neuem ergriffen, Schaum erscheint vor dem Mund, die Klinge schabt den Schaum zusammen, der Schaum wird von der Klinge geschleudert, tropfend erscheint die Klinge nun wieder aus der Kehle, die rechte Hand umklammert den Griff, danach löst sich die linke Hand vom Bart, dieser schwingt hin und her, wird dann aber plötzlich, durch Zurückwerfen des Kopfes in den Nacken, nach oben in die Luft geworfen, die Hände sind dabei über der Brust verschränkt, beim Ausatmen schlägt nun die Flamme noch höher hinauf vom Mund in die schwärzliche Luft, das Einatmen geschieht darauf geräuschvoll, schnaufend und ächzend, dabei tritt Schaum aus dem Mund, noch mehr Schaum wird mit dem Pinsel aufgetragen, die Klinge blitzt einen Moment im Schein der Flamme, es entsteht der Eindruck des Aufrechtstehens, doch sie verschwindet bald, aber nun erhebt sich das Gewicht noch einmal, der Schweiß tropft auf den Boden, die Klinge knirscht über den Hals und die Kehle, die Klinge dringt in die Kehle ein, das Barthaar knistert zwischen den Fingern, das Feuer schlägt empor, es befindet sich nun über dem Kopf, schabend, knirschend, wird wieder herausgezogen und hängt nun schlaff vom Kinn hinab bis in den Raum zwischen den Schenkeln, erhebt sich noch einmal, das Gesicht bietet nun den Ausdruck äußerster Anstrengung, schabend, knirschend, einen Moment erscheinend und dann wieder hineinfahrend, aus dem Mund dringt und wird durch den sich hin und her wiegenden Körper unterstützt, brummend, klagend, eine verschlungene Linie beschreibend, eine bestimmte Folge von Tönen, ein Feuerstoß tritt aus dem Mund, beim Stemmen entsteht ein Kratzen, Schlucken und Gurgeln, mit dem die Klinge niedersinkt, schabend, knisternd, über dem Bart hin und her schwingend den Mund verläßt, keuchend, beim Anheben kratzend in den Mund sinkt, zwischen den Schenkeln hin und her schwingt, schleckend den Mund verläßt, vornüber schabend, knirschend, tropfend aus dem Mund kommt, über den Bart aus dem Mund tritt, schleckend, krachend zurück auf den Boden stürzt, die Oberfläche der Haut zeigt sich plötzlich, es scheint, als solle nun auch der Griff verschluckt werden, doch dann schließt sich der Mund, so daß die Töne verstummen, doch dann schließt sich der Mund, so daß die Flamme verlischt, der Mund öffnet sich nun, rauschend löst sich ein Atemzug, krebsrot und glatt, doch bevor dies geschehen kann, wird der Griff mit der danach folgenden Klinge gurgelnd aus dem Schlund gezogen und der Mund geschlossen, der Mund ist nun geschlossen, das ganze Gesicht macht nun den Eindruck äußerster Erschöpfung, dieser Vorgang ist beendet, der Mund ist nun geschlossen, in langsamen Schwüngen bewegt sich der Bart hin und her und kommt schließlich unter dem aufspritzenden Beifall der Umstehenden, die mit aufmerksamen Gesichtern dieses Schauspiel verfolgt haben, zur Ruhe.

Dieses Schütteln Beugen Rücken Streichen Schaben beschäftigt mich für eine Weile, ich höre die auf diese Weise entstehenden Töne der Geige, des Klaviers, der Stimme, und mehrfach fällt mir neben diesen drei Geräuschen ein viertes auf, es ist einem Klatschen am nächsten, und ich nehme auch am Tisch bei dem Onkel, dem Bruder und im Spiegel auch bei dem Matrosen Bewegungen wahr, durch die das Geräusch hervorgerufen worden sein könnte, nämlich das Gegeneinanderführen beider Handflächen mehrere Male hintereinander. Ich sehe wieder zum Fenster, eine Geige wird gespielt, denke ich, ein Klavier, es wird gesungen, gesprochen, geklatscht, Geschirr steht auf dem Tisch, draußen stürmt es, draußen scheint die Sonne, draußen wird es Abend, die Formen der Körper werden unsicher, ungewiß, die Hineinbewegung der Fußgänger in diesen Abend geschieht ruckweise wie in großer Vorsicht, mit großen Hüten, die Krähen kommen geflogen, alles scheint auf irgendeine Weise zusammenzuhängen, diese Kahlheit Zerfallenheit, diese Abgebrochenheit und Verkohltheit vor diesen großen schwarzen Fenstern, diese aufgebahrte Landschaft, abgeschnitten aufgeschichtet ausgekratzt zusammengescharrt. Ja ich sitze hier, meine Erinnerungen sind abgezogen, nach meinem Gefühl bin ich, ich weiß nicht, so weit bin ich gekommen, ja, oder nein, oder beides, ja und nein. Sagen Sie etwas. Was denn noch. Sagen Sie etwas, höre ich eine Stimme, vielleicht ist es Krogge. Ich soll etwas sagen, aber es fällt mir nichts ein. Was soll ich sagen, sage ich. Na etwas, etwas, sagt er.

In diesem Moment tritt, es ist fürs erste überraschend, doch ich fasse mich bald, aus dem Hintergrund, sich aus der Menge lösend, ein Mann nach vorn, ich fühle den Druck seiner Hand an meinem Arm, ich höre seine Stimme, seinen Worten nach ist alles mißraten, alles mißraten, sehen Sie, mein Guter, doch die Musik reißt ihm die Worte vom Mund. In Schaukästen hinter gerafften Samtportieren sehe ich im Dahingehen Hundemenschen mit zugewachsenen Gesichtern, zwischen den Haarzotten öffnen sich die dünnen blauen Lippen und ich höre knurrende Worte, die wie schack oder schlack klingen und dieser Mensch, der neben mir geht und vielleicht Wobser ist, wenn auch im ganzen kleiner, als ich ihn in Erinnerung habe, erklärt mir, daß damit die Bitte um Zigarren ausgesprochen sei. Ich sehe weißfleckige Albinos mit rotleuchtenden wimpernlosen brauenlosen Augen, höckrige Zwerge auf den Schößen fleischiger lächelnder Damen, ich sehe Hörner und Hahnenkämme aus glattrasierten Schädeln herausgewachsen, Frauenrümpfe auf polierten Tischen, ohne Arme und Beine mit zum Kuß zusammengerundeten Lippen, Hände mit schraubenförmig riesenhaften Nägeln kratzen und bohren, in den Mulden unter den Büschen an den Wegrändern sehe ich Paare übereinanderkriechen und ein Mensch zieht mit Hilfe seiner Zähne ein Pferd in die Höhe, ich sehe sie ihre Schnallen öffnen, kahnförmige Schaukeln heben sich in die Luft, bei ihren ruckartigen Bewegungen knacken Äste und fällt Geröll und raschelt Laub. Es ist ein Bild, das mich an ein anderes vergangenes Bild erinnert, das Buschwerk, die Umrisse der Körper, noch etwas im Zentrum des Bildes. Wobser, ja. Er lief neben mir, etwas wie Reiben prägte sich mir ein, eine Bewegung, über die die Krähen hinwegschwankten, kreischend sich hoben und senkten. Die Ränder dieses Bildes waren schwarz. Beim Nachdenken höre ich seine Worte. Wenn man sieht, sagte Wobser, dieses Anbieten, auf eine solche Weise, schon ein ganzes Stück lang, vielleicht zwanzig, ach was sage ich, dreißig Meter lang, mein Guter, man wünscht sich etwas anderes, vorausgesetzt man hat die Wahl, verstehen Sie, man kann nicht aus seiner Haut, Sie wissen was ich meine. Meinem Gesichtsausdruck mußte Wobser entnehmen, daß ich es nicht wußte. Er fuhr fort, abgesetzt gegen das Abendrot und gegen das obere Stück der Scheibe der sinkenden Sonne. Es gibt natürlich keine allgemeinen Regeln, sagte er, es ist vielmehr eine Sache des Gefühls, oder vielleicht des Geschmacks, was meinen Sie dazu. Ich weiß nicht mehr, was ich meinte, wir näherten uns einer von der über den Acker gebückten Frauengruppe entfernt stehenden Frau, das nasse rötliche Haar in den Achselhöhlen, als sie die Arme hob, das im Feuer prasselnde Kartoffelkraut, die unter dem Kleid spitz hervorstechenden Brüste, das Geschwirr der Krähen, ja, das Fluchen des Bauern, dem die Pfeife aus dem Mund gefallen war. Wobser lief nun vor mir und redete, mir zugewandt, die Sonne wie einen Heiligenschein um den Kopf, von Geschmacksfragen, Anregungen, Schlußfolgerungen, diese Worte, herausgenommen aus den Sätzen, die in einer bestimmten Beziehung standen zu der Umgebung und ihren Personen und Vorgängen, fielen in die plötzlich hereinbrechende Dunkelheit und blieben in ihr stecken. Er war stumm, etwas geschah, ich konnte es in der raschelnden Schwärze vor mir spüren, es war nicht mehr abzuwehren, das waren die Worte Wobsers, als er später darauf zurückkam, was war es, etwas in der aufkommenden Dunkelheit, ein Hinstürzen, ich würde es so nennen, ein Wälzen am Boden, ein Keuchen, Aufschreien, Schnaufen, alles unter dem von Wolkenlappen verdeckten Mondlicht, in einer Dunkelheit, aus der sich allmählich die Umrisse lösten. Es waren zwei sich am Boden bewegende Personen, übereinander, aber offenbar ein Kampf, eine Auseinandersetzung, nichts Freundschaftliches, wie in einer großen leeren Halle, dieses Bild von Schreien zerrissen, das Stück Himmel von Wolken verstopft. Ich beugte mich über die Bewegungen, über das Auf und Ab der Körper, sah das Weiß der Gesichtsflächen, die im plötzlich durchbrechenden Mondlicht aufleuchteten, Wobsers Gesichtsfläche, wie mir schien, und eine zweite mir unbekannte Gesichtsfläche, eine weibliche, wie mir schien, hörte ein Zerreißen von Stoff, etwas wie Aufstöhnen, sah ich glaube eine Blutspur und schließlich, in ganzer Figur, sich den Schmutz abschlagend, den Hut, der ein Stück fortgerollt war, aufhebend, mit dem Ärmel abputzend und aufstülpend, Wobser. Eine Erinnerung, wie Wobser in diesem Bild den Hut aufsetzt, die Krawatte zurechtrückt, während am Boden noch wie eine undeutliche Masse, ein gedunsenes in einem kurzen Augenblick aufgequollenes Gesicht, die zweite Gestalt ihre Röcke zurechtlegt. Wie ein Plumpsen in einen Brunnen, sagte Wobser mit einem erschlafften Ausdruck, er erzählte etwas von der Wärme eines Körpers oder der Wärme, die durch die heftigen Bewegungen entstanden sei, er sprach von zwei übereinanderliegenden Schichten, wenn ich ihn recht verstand, von einer geistigen und einer körperlichen, oder auch einfach von einer männlichen und einer weiblichen, die sich durchdringen müßten. Der würzige Geruch der Ackererde oder des Waldbodens oder überhaupt der Geruch dieses Abends, an dem wir weitergingen. Bei einem neuen Einfall des Mondlichts sah ich am Boden in einer Gebärde der Erschöpfung, noch immer stöhnend, den Kopf hin und her werfend und die Hände auf den Schoß gepreßt, den Körper einer Frau, und während ich mit weit aufschwingenden Schritten über ihn hinwegstieg, sagte Wobser, daß es nicht mehr als eine Huberei gewesen sei, was haben Sie denn gedacht, etwas habe er, sagte er, aus ihr herausgezogen, nachdem er es vorher oder vielmehr in anderer Form, alles sei natürlich, begreiflich, im großen und ganzen menschlich, es sei nicht so schlimm wie es aussehe, nicht wahr, man müsse die Ohren steifhalten, mein Gott, es sei nun einmal geschehen, Vergangenheit, vorbei, was, fragte ich, vorbei, man müsse es nicht so schwernehmen, und während ich zustimmte, ohne im Grunde zu wissen, was er meinte, er klopfte noch immer an seiner Kleidung und knöpfte und rückte, gingen wir weiter, über die Schneise, und im Rauschen der Baumwipfel, im Plätschern des Baches, im Zwitschern der Vögel behauptete Wobser, so sei es nun einmal und er, Wobser, habe es nicht ändern können. Der zusehends kleiner werdende Körper lag hinter uns, zuckend, wie mir schien, erhob sich aber und ging schwankend davon. Das schöne ferne Schallen eines Schusses, das Bellen eines Hundes sprang aus der Dunkelheit des Waldes heraus, alles in das Gelb der Mondstrahlen getaucht lag knisternd zu unseren beiden Seiten und vor uns, in einem sanft eingedrückten Tal erschien S mit seinen Spitzen und Rundungen, dem Geschlinge der Straßen, den Pickeln der Lichter, den Beulen der Turmkuppeln. Es sei eine Unannehmlichkeit, die Zigarre kalt im Mund zu halten, sagte Wobser, ich sah ihn neben mir stehen, die Zigarre mehrfach in den Mund hineinstoßend, hastig hintereinander, mit gerunzelter Stirn und einem mürrischen Gesichtsausdruck die Zigarre schließlich, obwohl noch nicht zu Ende geraucht, von sich schleudern. Sie habe es so gewollt, sagte er, sie sei nicht die einzige gewesen, sie sei selber schuld, man müsse sich gar nicht wundern, und mein antwortendes ja, ja, ja, durchschnitt seine Rede, damals, in meiner Erinnerung, eines Abends, nach einem Vorgang an diesem Abend, während die dunklen Rücken der Rinder vorbeitrieben, ja.

Ich sage nichts. Die Gegenwart umgibt mich singend geigeschabend klavierspielend und wieder essend, die Schüsseln dampfen von neuem und das Essen wächst zur Tür herein und dieser Raum schwillt und macht sich breit und lang und ich sehe in einem Bild wie durch die hintere aufgähnende Tür braunfleckig mit mahlenden Schnauzen die Rinder hereintreiben, und während meine Zunge den Kloßbrei im Mund hin- und herrührt, sehe ich aus den Händen Krogges, des Onkels, des Bruders und im Spiegel auch aus der Hand des Matrosen Schlachtwerkzeuge wachsen, Schlachtmesser mit langen Klingen, Schlagbeile und schwarzköpfige Hämmer, damit stürzen sie sich auf die hereinschaukelnden Tiere, betäuben sie mit den kräftigen Schlägen der langstieligen Hämmer oder der Breitseiten ihrer Beile, die Körper knicken röchelnd zusammen und sie drehen die Köpfe in ihren guten Anzügen herum, daß sie sich auf die Hörner stützen, die Messer versinken einen Spann breit unter dem Kehlkopf dem sogenannten Krips tief in der Vorderseite des Halses mit leichtem Knirschen und durchschneiden die Gurgeln und Adern aus denen das Blut in warmen Bogen heraussprudelt und dampfend quillt der Mageninhalt durch den Schlund und rinnt grünlich über den Boden und während die Mäuler noch ihre Kaubewegungen ausführen zucken die Messer hinein in die zuckenden pumpenden Körper und schlitzen die Haut vom Hals bis zum After auf und ziehen sie bis zu den Nasenlöchern von den Beinen bis an die Knie und bis an den Hinterhals ab und die feuchten Hände packen die Tiere an den hinteren Beinen und bohren Walzen durch die starken

Flechsen und winden die Körper kopfunter hinauf und öffnen die Bauchhöhlen und reißen Magen Darm Blase heraus und schleudern sie in Schüsseln und schärben mit Fleischerschellen den Wanst aus und kratzen und schaben und während im Hintergrund die neuankommenden Tiere die Tür mit ihren Schnauzen aufstoßen und hereinbrüllen während man sie in der Mitte des Bildes mit dem Hammer erschlägt hängen sie im Vordergrund schon an den Haken und tropfen aus. Während sich die Messer in die Körper senken, während die Hämmer auf den Schädeln dröhnen, während aufgeschlitzt und abgehäutet zerhauen abgebrüht geköpft und ausgeschlachtet wird, während die Rinder aufschreien und zusammenbrechen, bei diesen Beilschwüngen, diesem Knochenknacken und Blutsprudeln, schabt die Geige weiter, spielt das Klavier weiter, bei diesem Brüllen Dröhnen Klatschen Hacken Röcheln Knirschen Plumpsen Spritzen Zappeln Strampeln Wälzen Splittern, bei diesem Blutgeruch und Schweißgeruch Hammerfall und Messerstich und zitternden Zusammensturz Blutstrahl und Geigenstrich, vor dieser ins Dunkle führenden Reihe nebeneinanderhängender Rinderkörper und Rinderköpfe mit glotzend aufgeschlagenen Augen, mit blutigen Halsstummeln, aufgespießt, mit noch im Tode mahlendem Maul, haben sich die Frauen in ihren seidenen Schlupfblusen auf den Stühlen zurückgelegt, die Augen träumerisch, und ihre Oberkörper wiegen sich sanft im Rhythmus der Musik.

Ja. Es war eine Zeit wie diese, ein Abend wie dieser, ein Begleiter wie dieser neben mir gehende Mensch, der, meine ich, die vollständige Wiederholung der Person Wobsers ist, der sich wie ein alter Bekannter verhält und dessen Händeschüttelei Schulterklopferei Geschichtenerzählerei mich annehmen läßt, dies sei wirklich Wobser und nicht nur seine Wiederholung, vielleicht etwas durch die Zeit verändert, die zwischen diesem Weg nach S aus der Erinnerung und meinem Weg nach S, hier, mit Sägemehl beschüttet, an diesem Abend, liegt. Wir drängen uns durch diese wurstschnappende bierschaumblasende knöpfende zappelnde stopfende tropfende Gesellschaft. Ich sehe die verklebten Körper bei ihren Handlungen, das Aufschwingen und Abschwingen der Kähne, das Hinabschütten des Bieres, das Herumschleudern der Gondeln, ich sehe die unausgesetzten Wanderungen zu den Bretterverschlägen, hinter denen es plätschert und spuckt, das Eindringen der Zähne in die Würste, das Hochheben eines Stuhles auf dem ein Erwachsener Platz genommen hat mit den Zähnen, ich sehe Männer sich ihre Hosen hochziehen und Frauen breitbeinig über dem Boden hocken, ich sehe es schaukeln und sehe Tonröhren zerplatzen und höre es knallen und trompeten und sehe einen breitnackigen Menschen mit einem ungeheuren schwarzen Gewicht im Mund auf- und abgehen. Während wir uns hindurchgraben, redet Wobser oder die Wobser ähnliche Person auf mich ein, eine alte Geschichte, sagt er, eine andere Geschichte, eine Geschichte, an die Sie sich erinnern werden, eine kurze Geschichte, eine Geschichte, hören Sie, eine Geschichte zum Brüllen. Er erzählt von einem Kraftakt, wie sagt er, »Der ausgelachte Kraftmensch«, von einem Menschen, der mit Hilfe seiner Kinnlade eine starke Eisenstange gebogen habe, und bei einem derartigen Versuch knackend bröckelnd eine Anzahl seiner Zähne eingebüßt habe. Wir kommen an eine kurze Treppe, wir steigen sie hinauf, wir stehen vor einer Kabine aus der ein dickes Gesicht herausscheint, wir legen Geldstücke neben eine Kasse, wir empfangen aus einer Hand kleine Einlaßscheine und treten an eine Wand mit einer in diese Wand eingeschnittenen Reihe runder verglaster Gucklöcher. Das erste Guckloch, ein rotes Bild, das Bild eines brennenden Scheiterhaufens, auf dem, an einen Pfahl gekettet, eine nackte Frau steht, und während die Flammen an ihrem Körper emporschlecken, hat sie das betränte Gesicht mit einem vielleicht traurigen Ausdruck zum oberen Rand des Bildes hin, wo nichts zu sehen ist, gerichtet und der dick aufsteigende Rauch wird bald sie und dieses ganze Bild verhüllt haben. Das zweite Guckloch, ein blaues Bild, ein bis auf den Grund umgerührtes aufgewühltes gequirltes Meer, mit Schaumkronen und tieffliegenden Vögeln, in der Ferne mit abgebrochenen Mastbäumen ist ein Schiff senkrecht in die Höhe geworfen, im Vordergrund schwebt auf den Spitzen der

Wellen ein Floß, aus dicken mit Seilen umwickelten Stämmen angefertigt, darauf hocken in einer Art durch Gebärden ausgedrückter Verzweiflung fünf Personen, mit am Körper anklatschender zerfetzter Bekleidung, eine Person deutet auf das im Hintergrund aufgerichtete Schiff, eine zweite hält die Hände vor das Gesicht, eine dritte hält eine vierte umschlungen, eine fünfte hat die Hände betend oder beschwörend oder drohend erhoben. Das dritte Guckloch, ein ins Graue spielendes Bild, das Bild eines Schafotts, eines Hackklotzes in der Mitte, vor dem ein Mensch kniet, den Hals über den Klotz in eine dafür vorgesehene Grube geschnallt. Hinter ihm, im roten Kapuzenkittel, die linke Hand auf den geschorenen Kopf des Knienden gelegt, die rechte mit der langen dünngeschmiedeten entblößten Klinge in der Luft, steht der Scharfrichter. Am Schwert erkenne ich die Blutrinne, die zum Schmuck eingelegten kleinen Grübchen und drei in das Klingenende eingelassene Kugeln. Die Klinge ist so erhoben, daß ihre Spitze ein Stück höher steht als die Faust des Scharfrichters, damit beim Hieb, der jeden Augenblick erfolgen muß, die Bleikugeln am Klingenende die Wucht des Hiebes vermehren, indem sie die Klinge hinabreißen werden in den Nakken des Knienden. Das vierte Guckloch, ein ungeheuer ausgebreitetes in die Länge gezogenes Bild, ein Schlachtpanorama. Von der linken Seite des Bildes stürmt eine Anzahl in hintereinander gestaffelten Reihen angeordneter Soldaten nach rechts, von der rechten Seite des Bildes stürmt eine etwa gleichgroße Anzahl ebenso gestaffelter Soldaten nach links. Auf den ersten Blick besteht der Unterschied der aufeinander Zustürmenden in ihren Kopfbedeckungen, die nach rechts Stürmenden tragen Pickelhauben, die nach links Stürmenden tragen Schildmützen, doch sie stürzen trotz dieser geringfügigen äußeren Unterschiede im Sturmschritt einander entgegen, in größerer Entfernung schießend und ladend und schießend und kniend und schießend und hockend und ladend und stehend und schießend und hockend und ladend und wieder aufspringend, weiterstürmend, die ersten Reihen berühren sich schon mit den Bajonetten in der Mitte des Bildes, die Spitzen der Bajonette dringen in den Körper, in den Schlund, erscheinen an der Hinterseite des Körpers wieder, die Körper knikken in die Knie, sinken zusammen oder liegen zerstochen am Boden. Der äußerste linke Flügel der pickelhaubentragenden nach rechts Stürmenden hat sich in den äußersten rechten Flügel der schildmützentragenden nach links Stürmenden eingegraben hineingebohrt, bajonettierend, kolbenschwingend, hier kämpft man Leib an Leib, kolbenschmetternd, bohrend, drehend, mit den Händen an den Gurgeln. Die Mehrzahl der an dieser Stelle Kämpfenden hat die Kopfbedeckung verloren, und die Ähnlichkeit der Hinüberstürzenden und Herüberstürzenden, der Hinüberstechenden und Herüberstechenden ist nun noch größer, mit rot aufspritzenden Schädeln, klaffenden Köpfen, aus den Mund geblasenen Blutstrudeln, mit aufgeschlitzten Rümpfen, die erhobenen Gewehre von oben hineinbohrend in die liegenden Körper oder von unten heraufbohrend in die höherstehenden Körper. Feuerwaffen sind an dieser Stelle unbrauchbar geworden, nur ein aufrechtstehender pickelhaubentragender Offizier schießt aus geringer Entfernung seinen Revolver in das Gesicht eines Schildmützenträgers hinein, und das Hirn des Getroffenen überspritzt das Antlitz des Nachfolgenden. Eine Entscheidung wird hier nicht fallen, eine etwa gleiche Zahl von Toten beider Seiten bedeckt den Boden des Vordergrunds, wo ein dünner Wasserlauf sichtbar ist, in dem die Köpfe und Leiber der Erschossenen Erschlagenen Bajonettierten liegen, noch mit den Tornistern auf dem Rücken, starr verrenkt, noch mit den Gewehren in den Händen. An einer anderen Stelle, etwa zwischen Vordergrund und Mittelgrund des Bildes, haben die Gegeneinanderstürmenden sich zwar noch nicht getroffen, aber doch schon, durch kleine Schußwölkchen an den Gewehrmündungen dargestellt, Kugelberührung. Die Geschoßgarben der nach rechts Stürmenden treffen auf die nach links Stürmenden, die zurückprallen, die Hände, aus denen die Gewehre fallen, heben, sie gegen die Brust, gegen den Kopf, vor die Augen pressen, um die Treffer anzudeuten, zurückstürzen, zurückfallen, tornisterbepackt umfallen, geblendet, zerrissen, mit offenem Mund. Ein nach links stürmender Offizier deutet gebieterisch, den Säbel erhoben, nach links, um die Notwendigkeit eines neuen Angriffs auszudrükken, die nach rechts Stürmenden haben hier, ebenfalls mit einem säbelschwingenden Offizier in der Mitte, einen deutlichen Vorteil, sie werfen sich mit schreienden ins Gesicht gebrochenen Mündern nach vorn, bajonettierend fahnenschwingend bohrend bohrend darüberstürzend bohrend aufspießend zurücktreibend. In langen Zügen in musterhafter Ordnung nähern sich von den beiden äußersten Seiten des Bildes neue Fußtruppen mit noch frischen roten Gesichtern und geschulterten Gewehren, sie ziehen heraus aus dem Schutt dampfender Ortschaften, sie ziehen vorbei an zwei vom Maler mit besonderer Sorgfalt dargestellten Hügeln zur Rechten und zur Linken des Schlachtgetümmels, dort stehen, auf beiden Seiten in der gleichen Haltung, mit langen Fernrohren, ausgebreiteten Landkarten, auf die sie mit den Fingern deuten, oder auf die Säbel gestützt, die zwischen ihren gespreizten Beinen stehen, auf die Bewegungen des Kampfes deutend, mit Einglärsern in den eingekniffenen Augen, mit breiten Gürteln und Goldschnallen, kostbaren Säbelgehängen, weißen Handschuhen, kurzen Kinn- oder Knebelbärten, Sternen und Kreuzen um den Hals und an der Brust, mit langen Stulpenstiefeln, zigarrerauchend auf Klappstühlen, mit Gebärden als dirigierten sie eine kolossale Symphonie, die Generäle, mit den Fernrohren nach links schauend und mit den Fernrohren nach rechts schauend. Zur Niederwerfung der nach rechts Stürmenden haben die nach links Schauenden Reiterei eingesetzt, die buschigen Helme blitzen in der Abendsonne, die Säbel sind gezogen, im Hintergrund des Bildes, für den Betrachter gut sichtbar, attackiert sie den äußersten linken Flügel der nach rechts Stürmenden, die Lanzen sind gesenkt, Schaum fliegt aus den Pferdenüstern, aufgestampfter Staub liegt wie ein feiner leichter Schleier über diesem Bildteil, ein Kavallerietrompeter bläst, die Sporen drücken sich in die Weichen, schimmernd trompetend galoppierend in weiten Bogensätzen sprengt die Reiterei vor, auf die mit vorgestreckten Bajonetten hockenden verdünnten Reihen der Fußtruppen, ein Anprall, ein Niedersäbeln, ein Auseinanderhauen und Durchbohren, ein Niedersinken mit gespaltenem Kopf, ein Aufbäumen, Herabstürzen, Weiterschleifen an Steigbügeln, ein Aufklaffen, Abreißen, Herumwirbeln, ein Durcheinander von Bewegungen, von Körperteilen, von Köpfen, Armen, Säbeln, Hufen, Helmen, ein Aufleuchten, Aufspritzen, Verstümmeln. In diesem Teil des Bildes in Stücke geschlagen aufgerissen am Boden übereinander Pferde Reiter und Fußsoldaten, dieser Reiterangriff ist zusammengebrochen, und es ist die Artillerie, die, von links nach rechts schießend, die Entscheidung herbeigeführt hat, und es zeuge für die Klugheit und den Weitblick der von links nach rechts blikkenden Generäle, sagt neben mir Wobser, daß sie die Wirkung der Artillerie offenbar erkannt und gut ausgenutzt haben. Die in der linken hinteren Hälfte des Bildes aufgefahrenen Kanonen spucken Granaten mit roten Schweifen, dampfen und spucken und sprühen, und die Kugeln platzen in den Gruppierungen der nach links gerichtet Kämpfenden und wirbeln sie in die Luft zusammen mit Schmutzgarben und Sprengstücken und alles ist unter einem blutroten Abendhimmel gemalt, alles spielt sich auf diesem Bild, mit diesen tausend nach links schreienden und tausend nach rechts schreienden Mündern, nach links fliegenden nach rechts fliegenden Geschossen, nach links stoßenden nach rechts stoßenden Bajonetten vor der Farbenpracht des rotschimmernden Horizonts ab, und dieses Bild singt und schreit und strahlt und kracht wie noch nie und ist doch ganz stumm, und in dieser Stummheit ist in der Abendröte alles in der Bewegung des Tötens erstarrt.

Jetzt wandert das Mondlicht an der rechten Seite des Zimmers entlang, es zieht über die Gesichter, über Schlötzers Gesicht, Gibsers Gesicht, Wurzers Gesicht, das sich in einem Schlaf verkrochen hat, Schutzers Gesicht, auch über das im Spiegel schwimmende Gesicht des Matrosen, es trifft auf Ruckgaber, der sich verbeugt, die Geige matt in der Hand und sich den Schweiß von der Stirn wischt, der durch die Geschwindigkeit des Hin- und Herschabens erschienen ist, es trifft auf den Direktor, der sich vom Klavierschemel erhebt, auch er verbeugt sich und auch er wischt sich das Gesicht. Der Mond schwirrt vorbei und plötzlich mit dem Knacken des Schalters strahlt die Lampe über dem Tisch auf. Ich sehe wie alle sich erheben und klatschen, wie Wurzer nun aus der Tiefe seines Schlafes herausgeschleudert aufspringt und klatscht, und wie auch im Spiegel der Matrose sich erhebt und klatscht, und so erhebe auch ich mich und klatsche. Ich sehe hinüber zum Fenster, die erleuchteten Häuser, die Schornsteine, die zu dampfen beginnen, die angesteckten Straßenlaternen, das Rauschen der vorbeitreibenden Fahrzeuge, und vielleicht etwas wie eine Stimme im Fenster des gegenüberliegenden Hauses, aus dem sich eine Frau beugt, vielleicht etwas wie Es ist soweit. Ich sehe sie das Fenster schließen und diese Bewegungen wie Umrühren, das Aufklappen des Schrankes, das Herausheben einer Dose, deren Deckel sie abschraubt, deren Inhalt sie in ein Gefäß, das ich nicht sehe, es muß unterhalb der Fensterbank stehen, schüttet. Und nun, ich weiß nicht ob es eine Bedeutung hat, schlägt sie die Hände vor ihr Gesicht. Diese Veränderung. Ein langsam verwelkendes Bild auf der anderen Seite, etwas, das an der Oberfläche abstirbt, ein abgebalgter Abend, oder etwas, das zur Ruhe kommt, vielleicht eine Pause bevor etwas Neues einsetzt, ich weiß nicht, andererseits

Gehen. Nach meiner Erfahrung, sagt Wobser oder der ihm ähnliche Mensch, oder gut, Wobser, sagt Wobser, im Weitergehen, wäre eine solche Schlacht, was für eine Schlacht, nun Sie erinnern sich, diese weit ausgeschwärmten Reihen, was soll ich sagen, wäre eine solche Schlacht, Sie wissen was ich meine, nichts, ich weiß nichts, mit einem Maschinengewehr, Wobser deutet ein solches Gewehr an, den dicken Lauf, die Füße, für die eine oder andere Seite schnell entschieden worden. Sehen Sie, sagt Wobser, der Schütze, welcher Schütze, nun der Schütze, irgendein Schütze, sagt Wobser, ich nenne ihn Schütze, der Schütze hätte weiter nichts zu tun, als den Finger so lange auf dem Abzug der Waffe zu halten, wie sie funktionieren soll, eine Kleinigkeit, sehen Sie, dazu ist nicht einmal Fingerfertigkeit notwendig, denn solange der Finger des Schützen auf der dafür bestimmten Stelle liegt, schießt das Gewehr ununterbrochen von selbst weiter, in ähnlicher Weise, wie eine elektrische Klingel solange läutet, wie man auf den Druckknopf drückt. Wobser läuft gedankenverloren neben mir, die Dunkelheit des Waldes hat uns verschluckt. Um die Geschichte kurz zu machen, sagt Wobser, der eine Erzählung, die er »Vom Schallen und Knallen« nennt, vorträgt, die Geschosse sind in ununterbrochener Folge in der Luft, so daß, ehe das erste in sein Ziel, etwa den Leib eines entgegenstürmenden Soldaten einschlägt, schon je nach der Entfernung des Schusses weitere dreißig oder gar vierzig unterwegs sind, Sie können sich gewiß die mähende Wirkung dieser Waffe vorstellen. Ich erinnere mich, sagt Wobser, vielleicht erinnern auch Sie sich daran, nein, ich erinnere mich nicht, daß der Erfinder des Gewehrs bei einer ersten Vorführung seinen Namen, der mir entfallen ist, in eine Eisenwand einschoß, mit solcher Geschwindigkeit, sagt Wobser, daß er mit dem Federhalter länger gebraucht hätte. Ein Schlitz eine Blöße scheint vor uns auf. Wobsers Worte knattern in die Luft, es ist eine Landschaft mit tiefen dunklen Ackerfurchen, dieser Geruch, diese Folge von Bewegungen, vielleicht bin ich einmal, wann, ich weiß nicht, durch eine ähnliche Landschaft gegangen, oder vielleicht war es die gleiche, vielleicht täusche ich mich, vielleicht täusche ich mich nicht und es war die gleiche und es war nicht die gleiche. Zur rechten Hand steht, an ein Kartoffelfeuer gedrückt, eine Frauengruppe, auf Hacken gestützt, daneben ein Bauer, unter dessen Peitschenhieben ein Pferd umfällt. Und durch dieses Bild, vom Saum herüber zur Mitte und wieder hinaus, schleppen sich zwei Gestalten, die erste mit einer von Regen und Staub zerstörten schwarzen Eleganz, blaß und atemlos, mit matten Schritten, den Zylinderhut verzweifelt auf den Kopf gedrückt, die zweite mit zum Zugreifen ausgestrecktem Arm, bei seinen Schritten die Ackerbrocken hochschleudernd, eine Gestalt mit dem Äußeren eines erschöpften Polizisten. Vor uns erscheint S, die Lichter angesteckt, mit Turmstümpfen und Zwiebelkuppen, mit geschwungenen Bogengängen, Platzfladen, Flußschleifen. Erinnern Sie sich, sagt Wobser. Nein, ich nicht, ich erinnere mich nicht. Diese Bilder liegen hinter mir, ich habe sie beschrieben, ihre Körperformen, ihre Geräusche, Gerüche. Die Stimme meiner Frau, ein Wortwechsel, in dessen Verlauf ich aufgestanden war und eine Tür erreicht hatte. Ich öffnete sie. Ich war durch einen struppigen Gang gekrochen, ich hatte die Treppe erreicht, Obacht, hörte ich eine Stimme, Obacht die Treppe, und sie kam, die Treppe, darum geht es jetzt, ich kam sie hinunter, darauf kommt es jetzt an, Obacht die Treppe, ja, das Geländer knackte, als ich hinabstieg, ich hatte die Finger in etwas, ich glaube Taubenmist, das Geländer weich geschwungen, die Kupferkugeln, ich dachte, wohin wird das führen, ich hatte keine Vorstellung. Ich erinnere mich an eine Begegnung, die Stimme meiner Frau verklang im Hintergrund, da erschien von rechts oder von links eine Person, vielleicht Wobser, er stand in der Tür, das Hemd in die Hose stopfend, die Hosenträger über die Schultern schnappend, warten Sie, rief er, etwas in dieser Art, warten Sie, ich bin gleich soweit. Ich stieg an ihm vorbei, an meine Antwort erinnere ich mich nicht, aber an eine andere Stimme, die mich, ein Stück weiter auf dieser sich hinabschraubenden Treppe, einholte. Nun wo drückt denn der Schuh. Ich sah zurück, sein Hemd war geöffnet, seine Hose klaffte auf, hinter ihm, ich sah einen Moment durch die zur Hälfte geöffnete Tür, stand noch eine Person, eine Frau, vielleicht seine Frau, sie nestelte an ihrer Frisur, sie war grauhaarig, unter dem Morgenrock schwangen ihre schwarzen welken Troddeln hin und her. Nun wo drückt denn der Schuh, sagte sie. Mein Schuh, wie kam sie darauf, womit hängt das zusammen, dachte ich. Ich stieg weiter hinunter, vorbei an ausgeschüttelten Decken, an ausgebürsteten Polstern, vorbei an einem Abstellen von Eimern und Aufklatschen von nassen Scheuerlappen auf den Treppenstufen. Die grünlackierten Wände im Treppenhaus, aufgeschlitzt und abgeblättert, die flachen grünen Lampenschirme, die Gerüche nach Terpentin. Was hat es mit meinem Schuh zu tun, dachte ich. Aus den Türen, an denen ich vorbeistieg, kam das Schnarren der Klingeln, kamen die Geräusche ausgeschütteter Eimer, ausgewrungener Lappen, ausgeklopfter Besen, traten die Leute, guckten, verschwanden wieder. Mein Schuh, ich verstand nicht. Wobsers Geschichten stürzten hinter mir die Treppe herunter, zusammen mit dem Pochen seiner Schritte kamen seine Worte, die dieses Treppenhaus mit der schräg durchschneidenden Linie des Geländers betrafen, diese Treppenabsätze, auf die er, wie er sagte, nach einer Anzahl Stufen großes Gewicht legen würde, denen man sich mit voller Ruhe anvertrauen können müßte. Das kleine Ungemach des Steigens sollte, sagte er, durch freundliche Dekorationen gemildert werden, dieses Treppenhaus aber wäre schon ein Stück der Straße, ein Teil des mühlsteinharten kalten rohen Straßenlebens flute auf die Treppe. Seine Worte waren in diesen Wendungen und Knickungen einmal besser und einmal schlechter zu hören. Einmal sah ich ihn hutschwingend um einen Treppenabsatz biegen, aber schon bog ich hutzurückschwingend um einen Treppenabsatz und sah ihn nicht mehr, einmal sah ich nur seinen Schuh um einen Treppenabsatz stechen, schon war ich weiter, und er sah vielleicht noch meinen Hintern verschwinden. Sie können es nicht vergessen haben, sagt Wobser, während wir durch diese Landschaft ziehen, ein knirschendes Gehen durch Sand, über harte Grasbüschel. Die Frauen stehen tief in den Furchen, erst aufrecht, dann, nach einem Kommando des Bauern, sich krümmend, mit flatternden Schürzen voranhackend. Am Ende der Treppe, der Bogen des Geländers gleitet hinaus und davon, schnappt mich der Wind, trägt mich fort und fährt den Frauen, die gebückt ihre Hakken schwingen, unter die Röcke, stülpt sie um, und ich sehe die Ringel gelber Haut. Früher sei er ein Erzähler gewesen, sagt Wobser, ich wüßte es vielleicht, heute aber, nicht daß es ihm besonders nahegehe, vielleicht könne ich es mir vorstellen, nicht daß es ihm an Stoff fehle, sehen Sie, sagt er, Stoff habe er genug, aber es sei eine Art Geschwulst, die ihm das Erzählen schwer mache, eine sogenannte Froschgeschwulst, unter der Zunge, sehen Sie, eine weiche Geschwulst, die einen Sack mit dickflüssigem blaßgelbem zuweilen auch breiigem Inhalt bilde, sich langsam wachsend entwickle, die Zunge in die Höhe dränge und das Erzählen, Kauen, selbst das Atmen behindere, sehen Sie, sagt Wobser und zeigt seine Zunge. Ja ich sehe seine Zunge in dieser Landschaft, der Mund sei ihm warm vom Reden, vergessen Sie doch nicht, sagt er, daß ich den ganzen Anteil der Unterhaltung trage, Ihnen muß man ja die Worte aus dem Mund brechen. Ich verlasse dieses Ackerbild, Wobser, dieser Mensch neben mir, erzählt eine Geschichte, die er »Der Tod des Vaters« nennt, ein Absturz, sagt er, er bleibt hinter mir zurück, warten Sie, ruft er, ein Absturz, etwas Unvorhergesehenes. Ich verlasse dieses Bild eines Kartoffelfeuers, eines über den Acker gebückten Hakkens, die Landschaft wird härter, ich sehe langgezogene Hallen aus gelben Backsteinen mit schweren schwarzen Namenszügen, Milchglasscheiben durchwachsen von Drahtnetzen, Fabrikschlote, Leitungsmasten, Gaskessel. Lokomotiven fauchen im Hintergrund, ihre Pfiffe durchbohren die Luft. Ich sehe Bretterverschläge mit den Fetzen alter Plakate, ein aufgeschlagener Mund fordert mich auf eine Nähmaschine zu benutzen oder eine bestimmte Landschaft mit aufragenden schneebedeckten Bergen glitzernden Seen aufzusuchen. Im Vordergrund dieses Bildes bewegen sich wie aus dem Boden gewachsen vereinzelte Fußgänger und ich werde von dieser Bewegung ergriffen und mitbewegt, mitgehoben und mitgesenkt, während ich mich vielleicht im Vordergrund des Bildes eines anderen, mir nachfolgenden Menschen befinde, dessen Stimme ich höre. Warten Sie doch. Neben mir zappeln und knattern die Preßlufthämmer, schlucken und spucken die Bagger, setzt ein Vorbeirauschen von Automobilen, Vorbeirattern von Motorrädern, Vorbeikeuchen von Radfahrern ein, Omnibusse halten und bröckeln ihre Insassen auf die Straße, Lastwagen heben ihre Ladeflächen in die Luft und lassen rasselnd Schutt und Kies hinabrutschen. An einer Gabelung der Straße sehe ich Ugoberti den Wurstkoch in seiner Bude, sehe rot sein Gesicht, seine dicken Hände rot in der Öffnung der Bude, sehe die Mütze seine weiße Mütze die Kochmütze, sehe im Quadrat der ausgeschnittenen Vorderwand seiner Bude Ugoberti den Wurstkoch, Hand Kopf und Mütze Ugobertis, Hand rot Kopf rot Mütze weiß Ugobertis, sehe im Quadrat erscheinen wie eine Erscheinung auftauchen das Rot und Weiß Ugobertis, des Wurstkochs Hand und Kopf und Mütze und hinter dem Wurstkoch Wurst um Wurst, sehe U den

Wurstkoch ohne Bewegung auf ein und demselben Fleck in der weißen Schürze ohne Bewegung, sehe Schürze und Mütze weiß und rot dazwischen den Kopf ohne Bewegung und sehe im Augenblick danach in Bewegung die Hand, wie sie sich tief in den Kessel gräbt und die Wurst heraushebt, wie sie hinein in den Kessel taucht und aus seiner Tiefe die Wurst herausbefördert, wie sie hinabsteigt und mit der Wurst zurückkommt, wie sie in Bewegung kommt hinunterkriecht in die Kesselhöhle und wieder hervorkommt mit O der Wurst.

andererseits vielleicht; während die Auflösung vor dem Fenster fortschreitet, wende ich mich wieder diesem Raum zu, in dem das rieselnde Geräusch von Sand, der im Inneren der hohlen Wände niederfällt oder das Geräusch der Regentropfen, die vereinzelt in unregelmäßigen Abständen von der Dachrinne auf das Fenstergesims schlagen, zu hören ist. Ich sehe durch einen Spalt der geöffneten Tür in einen anderen Raum und dort sehe ich Krogge, erst in einer tiefen Anstrengung hockend, aus einem schüsselförmigen Gefäß hinter ihm steigt Dampf, danach weiß und breit stehend. Krogge beugt sich mit der pilzförmigen Mütze über die Schüssel, schnuppert und saugt und schnüffelt, und nun sehe ich ihn einen Löffel nehmen, mit dem er hinein in die Schüssel fährt, ich sehe ihn kratzen und schaben, den Löffel heben und blasen, riechen, kosten und den Kopf schütteln. Dieses Bild wird jetzt von einer Abfolge sehr starker blecherner und porzellanener Geräusche durchdrungen, und ich sehe eine Anzahl im Hintergrund zu einem leicht gebogenen Turm aufgeschichteter Wannen Pfannen Töpfe Tiegel Teller Schüsseln Näpfe Becher Tassen splitternd klirrend scheppernd rasselnd klappernd krachend zusammenstürzen. Bei diesem Zusammensturz ist der Löffel starr in der Luft stehengeblieben, der Mund ist aufgeklappt oder doch wenigstens schlitzförmig geöffnet.

Diese Wände, diese Fenster, diese Türen. Diese alten ausgewaschenen Backsteinmauern, oder dieser rindige abgeschorfte Verputz, diese schwarzen Rechtecke der Fenster, die in die Dunkelheit der Zimmer hineinreichen, diese aufknarrenden oder zuklatschenden Türen. Diese plötzlich aufscheinenden Lichter, diese Bewegungen, Menschen, die sich Gegenstände zureichen oder die sitzen, aufstehen, gehen, ein paar Schritte zwischen den Möbeln umher, sprechen, ich sehe ihre Mundbewegungen, Handbewegungen, Körperbewegungen, sie neigen sich zueinander, entfernen sich voneinander, gehen aneinander vorüber. Diese Bettstellen, Schränke mit Geschirr, diese Kommoden, Tische und wieder diese Menschen, die, um ein Ende zu machen, aufstehen. Die Rollläden krachen herab, rutschen herab, knattern und kreischen rutschen und knirschen fallen und schlagen auf. Diese schnell wechselnden Einrichtungen, Küchen, Schlafräume, Stuben, in denen etwas geschieht, in denen sich etwas bewegt, etwas vor das sich nun die Rolläden schieben. Diese von goldenen Rahmen eingefaßten Scheiben der Fleischerläden, die Schweinsköpfe und Sülzen und kleinen gefleckten Porzellanschweine auf den Marmorplatten, die Brezeln und Hörnchen der Bäckereien, oder diese schwarzen kopflosen von Spiegeln umstellten Schneiderpuppen, zwischen denen ich die von allen Seiten wiederholten Bewegungen zweier Gestalten erkenne, ich sehe mit großen Gebärden einen Menschen im Frack seine Hand aufs Herz pressend vorwärtsstürzen, vielleicht am Ende seiner Kräfte, hinter ihm mit einer zum Zupakken ausgestreckten Hand einen Polizisten, der im Begriff ist, diese Verfolgung abzuschließen, aber noch bevor er sie abgeschlossen hat, noch bevor die Hand in den Ärmel des Verfolgten schnappt, senkt sich die Jalousie kreischend vor dieses Bild. Ich hebe den Hut und sehe meine Kahlköpfigkeit dahintreiben und bedecke sie wieder. Die Gerüche aus den Kaffeehäusern kommen mir entgegen, aus den Fischküchen die Gerüche nach Fisch, ich sehe rittlings Gäste und Kellner auf Stühlen ihr Geld zählen, sehe Marktweiber hinter Körben mit Kohl, Zeitungshändler mit Zeitungen. Ich tauche in ein schwarzes Kommen Vorbeigehen Verschwinden mit aufstehenden wehenden Mänteln, mit Gesichtern, die Verdruß Heiterkeit Zorn Trauer Freude Gleichgültigkeit Erstaunen ausdrücken und nun bin ich in einer gemeinsamen wellenförmigen Bewegung, die aufgerissen und zerstört wird von einer ebensolchen gemeinsamen wellenförmigen aber dieser ersten entgegenstrebenden Bewegung, mit weichen Armschwüngen, mit einem Geräusch von Stimmen, von Zurufen Begrüßungen, und in diesem Fließen und Treiben fließe und treibe ich mit, weiter an Türen und Schaufenstern vorbei, in diesem zusammengesetzten, wie aus vielen Teilen zusammengesetzten Dahinschreiten und Daherschreiten in dem ich mitschreite, hinter einem und vor einem und neben einem und einem gegenüber, an immer neuen Türen immer neuen Schaufenstern und Türen und Schaufenstern vorbei auf Bordsteinen dahin. Geräusche wie Splittern dringen hinter den Türen hervor, wie Zuschlagen von anderen hinter diesen Türen liegenden Türen, wie Vorrücken von Riegeln. Vor mir sehe ich ein Auftauchen und Abtauchen schwarzer Wölbungen, die in sanft geschwungenen Linien nach oben über den Horizont hinaus sich erheben, dann einen Augenblick lang an diesem erreichten Punkt stehenbleiben, um am Ende ebenso zum Ausgangspunkt zurückzukehren. Diese Hüte, denn Hüte sind es, alle von einer gewissen Einheitlichkeit, schön gekuppelt, gleichfarbig, selbst in der Größe nicht zu unterschiedlich, werden von einer Anzahl Personen getragen, die unter dem Herablassen von Rolläden, Zuschlagen von Fensterläden aufeinanderzulaufen und sich treffen und jeder trifft einen entsprechenden Menschen der entgegengesetzten Reihe und bei diesem ist es ebenso und in diesen Fällen erhebt sich schwarz und hart in der einen Reihe ein Hut und in einer anderen dieser entgegenlaufenden Reihe erhebt sich ein anderer Hut, mit der allergrößten Leichtigkeit, wie ich meine, und unter dem schöngewölbten Schwarz erscheint ein schöngewölbtes Weiß und verschwindet nach dem Herabsinken wieder, zeigt sich vielleicht von neuem und wird von neuem vielleicht bedeckt; nur einmal scheint es, als sei der Träger eines bestimmten Hutes, ein magerer dunkelblickender Mensch, zwar bereit und willig, seinen Hut zu heben, einen wie es scheint sich tief in das Kopffleisch eindrückenden beschwerlichen Hut, einen fast unwirklichen Hut, denn die wirklichen sind bequemer, allerdings auch weniger schön, und schön ist dieser Hut, von einer kuppelhaften Schönheit, er macht alle Anstalten des

Hebens, müsse den Hut aber schließlich, nach den verschiedenen Anstrengungen die ihm mißglücken, dort lassen, wo er ist. Wieviel Höflichkeit, Bereitwilligkeit, Entgegenkommen, denke ich, und vor allem, wie viele Hüte, und alle in dieser weichen Bewegung, alle gehoben gesenkt gegriffen getragen, alle. Mit diesen Bildern und unter dem erneuten Zuknakken von Haustüren, Zuknarren von Toren, Zuschnappen von Schlössern, und während eine Person nach der anderen sich nach links oder rechts einbiegend aus der Reihe entfernt, und während die mir entgegenkommende Reihe spärlicher wird, komme ich von dieser Straße in eine sich anschließende andere, nur von wenigen Personen begangene und von dort in eine sich anschließende beinahe menschenleere dritte und in eine vierte. Ich sehe einen Schutzmann, der etwas sagt, der mit den Fingern deutet. Er hat seinen Arm erhoben, mühelos, ohne Anstrengung, er erhebt ohne Umstände seinen Arm, seine Hand, im Handschuh. Da, sagt er. Da? frage ich. Ja, da. In der anderen Hand hält er eine erschöpft zusammengeknickte Gestalt, keuchend, der Zylinder herabgesunken, und das bleiche schnurrbärtige Gesicht wird nun vom aufgehenden Mond getroffen.

Der Schall trifft ein, schlägt von allen Wänden dieses Zimmers zurück, und auf diese Geräusche hin setzen wir uns wieder. Ich sehe im Spiegel, wie sich auch der Matrose setzt, dort, der Matrose mit dem Backenbart, dessen Bild man im Spiegel sieht, der hinter dem Schrank sitzt oder noch weiter dahinter, der Matrose, der die Lippen öffnet und singen will oder schreien, der Matrose, der fünf oder sechs Klöße gegessen hat und schreien will, der aber nicht schreit, nicht singt, sondern noch einen Kloß ißt.

Er deutet auf ein Portal, auf einen gewölbten Eingang, ein Türauffliegen setzt ein, ein Heraustreten zwischen den nackten Karyatiden hindurch, die mir ihre harten vom Taubenmist bespritzten Hinterbacken zukehren, die ihre Körper nach oben drehen und mit den Armen den Torbogen halten. Ich sehe sechs Herren sich ins Freie drängen. Der letzte tritt auf mich zu, Wobser, es ist Wobser, Sie sind auseinandergegangen, sagt er, Menschenskind, Sie sind dicker geworden, schauen Sie mich an, wirklich, es ist Wobser. Ich erfasse alles vielleicht nicht im ersten Moment, nicht sofort, sondern erst nach einer kleinen Weile. Im Gegenteil, ich bin dünner geworden. Dies ist der letzte von Sechsen, die in ein Automobil steigen und davonrollen. Es ist dieser Hausflur, diese Tür, die sich bewegt, die aufschwingt, dieser Hausflur, aus dem sie kommen und aus dem, noch bevor sie kommen, ihre Stimmen kommen, ich unterscheide sechs. An diesem Tag, sagt die erste Stimme, die Unannehmlichkeiten dieses ganzen Tages. Die zweite sagt, es ist kein Vergleich mit den Unannehmlichkeiten des Vortages. Die dritte sagt, die Unannehmlichkeiten dieses Tages und die Unannehmlichkeiten des Vortages halten sich die Waage. Die vierte sagt, Suppe und Klöße wären nach meinem Dafürhalten genug gewesen. Die fünfte sagt, ich sage es wie es ist, es war zuviel. Die sechste sagt, vergeben Sie mir, ich habe keine Lust mehr davon zu sprechen. In diesem Moment stürzen sie an mir vorbei die Straße hinunter.

Dieser Beobachtung muß, wenn ich genau sein will, noch das hinzugefügt werden, dort, im goldverzierten Rahmen des Spiegels, es ist ein Kopf und es ist eine Hand, über deren Rükken eine pelzartige Haarschicht liegt, eine Hand, die nach einer der Kloßkugeln greift. Hören Sie auf zu essen, sagt eine Stimme, aber der Matrose ißt schon mit einer ständig zunehmenden Geschwindigkeit, mit einem wachsenden Ausdruck des Erstaunens vielleicht über den Geschmack des Kloßes im Gesicht und hört nichts mehr, vielmehr kaut er und walkt er die Bissen im Mund, mit den im Spiegel lappenartig übereinanderhängenden Lippen, den flatternden klappernden Augendeckeln, unter denen die Augäpfel erstarren, der brotartigen gedrückten borkigen Nase.

Sechs Herren, alle von einer gewissen Einheitlichkeit, erscheinen ruckweise in der Tür, erscheinen, schwingen die Arme, schütteln die Köpfe, halten sich die Bäuche die wie Kessel prall aus ihnen heraustreten und drohen zum Fenster hinauf, wo ich den Koch stehen sehe, durch das Kreuz zerlegt und die Hand aufhebend mit dem Schöpflöffel, aufhebend Löffel und Mütze um zu grüßen und gleichzeitig die Symbole der Kochkunst vorzuzeigen, wo er, wie ein Sack hinter dem Fenster stehend, weiß gehüllt in die Schürze und aufrecht, mit Salz und Pfeffer würzend, abschmeckend mit dem Löffel, fest wie ein Sack auf dem Boden, schwer zu heben, die Gewürze Muskat Kümmel Kerbel und Lauch Majoran Safran und Sellerie, Gewürze und Küchenkräuter, Wacholder Lorbeer und Kresse ruhig mit ernstem Gesichtsausdruck ausstreut, Dill Knöterich Fette Henne Lattig und Hirse, dann tief den aufsteigenden Dampf der Speise einsaugt, dann von neuem den Löffel unter Zuhilfenahme des Löffels tauchend schöpfend schwingend in großen Bogen die Suppe abschmeckt, dort, wo ich ihn am Fenster sehe, im Hinterhalt mit Saalfelder Möhre Ingwer Koriander, wo die Suppe vielleicht aufwallt und Blasen treibt und wo ihr vom Koch, der schmatzend den Löffel ableckt, Petersilie Beifuß Bohnenkraut Sauerampfer Salbei zugesetzt werden, wo er sie kostet, die Suppe, die Wellen schlägt gluckst und gluckert und wo sie vom Koch durch den Zusatz von Estragon Melisse und Raute Porree und Zwiebeln zur Ruhe gebracht werden soll, wo sie dennoch vielleicht schwappend schäumend und brodelnd versetzt mit Thymian und Minze sich über den Rand des Kessels erhebt und davonrinnt, über den Herd, über den Herd, und zischend vielleicht mit Knoblauch Rosmarin Paprika, mit Fenchel und Nelken über den Küchenboden, wo der Koch vielleicht steht und sie mit dem Lappen aufhält, wo er die Handhabungen der Küche vollführt, die mich an die Handhabungen meiner Frau erinnern, wo er vielleicht hüpfend, so daß dieser ganze schwere Leib in ein Zittern fällt, diese Küche durchmißt, vielleicht hüpfend ich weiß nicht vielleicht dort von der einen zur anderen Wand, wo er die Schüsseln füllt, vielleicht die Ofenklappe öffnet und nach dem Braten sieht, der in der Röhre steckt und dessen Rauch aufsteigt und aus dem Fenster treibt. Etwas schwirrt nun vom Dach, etwas schreit stürzt und stößt auf den Boden, etwas beugt sich nach vorn, über den Dachrand hinaus, legt die Hände an den Mund. Es ist Wobsers Vaters

Stimme. Hören Sie mich, ruft er. Ja. Ich sehe ihn stürzen, sein Körper beschreibt schwarz vorbeirauschend einen Bogen und klatscht auf den Boden, aus dem Mund, den Nasenlöchern, den Ohren quillt Blut und versickert zwischen den Steinen. Ich trete mit einem weit aufschwingenden Schritt über den Körper hinweg in die geöffnete Tür. Deutlich schlägt mir, als ich in den Hausflur trete, der Geruch der feuchten Wände entgegen, von denen durch die Berührung meiner Hände sich Putz löst, abstürzt und auf den Boden schlägt.

Dort. Der im Spiegel aufgeklappte Mund des Matrosen. Daneben der Direktor, der mit auf den Leib gepreßten Händen sich zurücklegt und leise stöhnt und Ruckgaber, der mit der Serviette sich das Fett aus den Mundwinkeln und vom Kinn wischt und dabei stöhnt und Wobser, der aus einem Etui den Zahnstocher nimmt und ihn stöhnend an den Mund führt, und der Onkel, der stöhnend aufstehen will, doch sogleich wieder zurückfällt, stöhnend sich an die Schwester wendet, ihr mit den Händen andeutet, es habe geschmeckt nun sei er satt, sei so satt, so satt, der Bruder, auch er satt, der die eine Hand vor den Mund hält, die andere an die Stirn, während zwischen der Hand auf dem Mund Stöhnen herauskommt, derart, daß die Frau, die stöhnend im Sessel liegt und ihr Korsett öffnet, ihn erschreckt anschaut, und Schlötzer, der stöhnend den Gürtel aufschnallt und sich an Gibser wendet, der, ebenfalls stöhnend, mit mattem schweißübergossenem Gesicht den Arm von Wurzer umklammert, der stöhnend seinen Kopf mit weitaufgerissenen Augen, etwas in seinem Körper Aufsteigendes zurückdrängend, an die Schulter Schutzers gelegt hat, der stöhnend die Hand um die Gurgel krallt und den Sohn anstarrt, auch der stöhnend, auch der satt, dem, mit vor den Mund gerissenem Armstumpf, ein dikker Strahl aus dem Mund spritzt. Auch der Matrose stöhnt und beginnt mit vorgehaltener Matrosenmütze sich zu schütteln, so daß Tisch, Stuhl und Uhr klappern und, stünden sie nicht fest auf den Beinen, vielleicht umfielen. Auch ich stöhne. Auf dem Tisch, vom Schein der Lampe beleuchtet, werfen die Körper der Klöße kalt und hart ihre Schatten.

Erinnern Sie sich, ruft Wobsers Vater, bevor er fällt. Ja ich erinnere mich. Ja, dies ist der Vorgang und dies ist der Bericht von diesem Vorgang und dies ist die Fortsetzung des Berichts. Ich war auf einer Treppe, ich kam sie hinunter, ich kam zur Tür und sah, beim Öffnen der Tür, das Portal des gegenüberliegenden Hauses. Die Stimme meiner Frau fiel in den Hintergrund, etwas wie Es ist soweit. Mir gegenüber, aus einem Fenster in der Mitte des Hauses, ragt ein weißer nackter Kopf und nickt mir entgegen, rauschend schießen die Automobile zwischen uns, und nun verlasse ich mein Haus, ich springe mit großen Sätzen zwischen dem Hinabsinken der Sonne und dem Aufsteigen des Mondes über die Straße, rutsche an harten stummen Karyatiden vorbei hinein in den Flur.

Vielleicht am Ende. Vielleicht jetzt in der Nähe des Fensters, hinaus auf die Straße gebeugt, über das Rauschen des Verkehrs, oder das Gesicht an die Scheibe gepreßt. Vielleicht nun in der Tür des gegenüberliegenden Hauses das Auftauchen einer Person, die den Hut vom Kopf nimmt, ihn schwenkt, über die Straße hinwegsetzt und im Portal dieses Hauses verschwindet. Und jetzt, vielleicht noch etwas, vielleicht etwas sagen, oder etwas anderes, vielleicht das Gegenteil, aber ich weiß nicht, die Sätze fallen auseinander, mein Mund ist wie zugefroren, vielleicht, ja, das ist es

Wie ich durch das Maul des Tores schlüpfe, mich durch den Hausflur taste, jeder Bewegung folgt eine abgewogene zweite und dritte, wie ich vorsichtig die Treppe hinaufsteige und mir leuchte mit den kleinen knisternden Flammen mitgebrachter Streichhölzer, wie ich im Gegensatz zu meinen Gewohnheiten wünsche, Krogge möge zu Hause sein und seinen Vortrag halten, kommen auf der Treppe mir Personen, es sind sechs, entgegen, die heftig gestikulieren, mit den Händen große Schüsseln, große Portionen, große Bissen beschreiben, mit roten Köpfen an mir vorbei nach unten stürzen, höre ich von oben, aus einer Entfernung die nicht zu groß ist, schon das Geräusch von Geschirr und das Scharren von Stühlen, das Räuspern eines Redners und das Schlagen an ein Glas, das langgedehnte A eines Publikums, welches in Erwartung und mit Gewissenhaftigkeit Messer und Gabel weglegt um zu hören was kommt.

Nachwort

Die Welt, zu deren Erforschung und zuverlässiger Beschreibung wir uns entschlossen haben, ist vielfach anders, als es der Leser vermutet.
Raoul Tranchirer

Was ist das für ein Buch, das sich dem Titel nach nicht als »Roman«, sondern als »Bericht« ankündigt – und dann auch noch behauptet, nicht eben jener Bericht, sondern die »Fortsetzung« eines Berichts zu sein? Das vorgibt, aus einhundertzwei handlich zu lesenden Abschnitten zu bestehen, dann jedoch jedes Lektüreverständnis durch falsche Anschlüsse, Sprünge und kunstvolle Uneindeutigkeiten hintertreibt? Das eine Geschichte erzählt, deren Aufteilung in zwei Stränge keine Auskunft darüber zuläßt, ob man sich die geschilderten Ereignisse nacheinander oder parallel vorzustellen hat? *Fortsetzung des Berichts*, Ror Wolfs Debüt aus dem Jahr 1964, bleibt ein schwieriges Buch, das seine Leser durch eine Vielzahl von Verweigerungen provoziert: keine eindeutige Handlung, kein konkret bestimmbarer Zeitablauf, keine Kennzeichnung von Dialogen und Gedankenvorgängen, keine psychologisch nachvollziehbaren Charaktere, keine realistischen Maßstäben genügende Weltkonzeption und vor allem: keine Botschaft. Kurzum, es handelt sich um eine ästhetisch zugespitzte und gegen jedes traditionelle Erzählen gewendete Prosa, der es jedoch nicht allein um eine Demonstration ihres Standpunkts geht, sondern die aus ihrer Position einen überreichen Kosmos voller Figuren, Landschaften und Begebenheiten gewinnt – einen Fundus, der in allen nachfolgenden Büchern Wolfs aufgegriffen und weiterentwickelt werden wird.

Grundlage hierfür ist ein Kontinuum, dessen Existenz sich weniger einem Plot als den Mitteln des Erzählens selbst verdankt. Ror Wolf ist ein außerordentlicher Stilist. Sprache dient bei ihm nicht allein der Vermittlung von Vorgängen, sondern stiftet selbst kreative Prozesse an, erlaubt artistisch anmutende Manöver und Sequenzen großer Musikalität voller Tempi- und Rhythmuswechsel, stakkatohafter Wortballungen und eleganter Improvisationen – Elemente, die bei der Lektüre oft jenen hypnotischen Sog hervorrufen, der für Wolfs Bücher typisch ist. Allerdings darf die hier an den Tag gelegte Könnerschaft nicht über drei Aspekte hinwegtäuschen. Auch wenn Ror Wolf in der Sprache mehr tragfähige Substanz findet als in seiner Wahrnehmung einer unwägbaren und von katastrophalen Veränderungen geprägten Realität, so vertraut er seinem Instrument keineswegs blind. Sprachkritik, die sich gegen die Konvention ebenso richtet wie gegen Phrasendrescherei, ist ein wichtiges Element des frühen Wolf und findet sich auch in *Fortsetzung des Berichts*; etwa in den »Redeblumen, die nichts heißen wollen« oder in den vielen mißlingenden Dialogversuchen zwischen den Figuren. Eine solche Kritik setzt aber eine genaue Kenntnis des Materials voraus, das stets aufs neue ermittelt, abgewogen und an seinen Platz gestellt sein will. Wenn etwa der Koch von »Gebakkenem Gebratenem Geschmortem« spricht und dieser Aufzählung noch achtzehn weitere Begriffe folgen läßt, kann man erahnen, mit welch enzyklopädisch anmutender Genauigkeit die Worte sortiert und in einen neuen ästhetischen Zusammenhang gestellt wurden; hier ist zweifellos jenes Verfahren zu besichtigen, das auch bei den Fußballstücken, den Ratschlägern und den Collagen angewandt wird. Doch in der Integration vorgefundenen Materials zeigt sich noch mehr. Spätestens an dieser Stelle wird deutlich, daß Ror Wolf keine Artistik um ihrer selbst willen betreibt, sondern mit seinem Werk einen trickreichen Vexierspiegel installiert, der die ihn umgebenden Verhältnisse zwar vielfach bricht, aber letztlich doch zur Kenntlichkeit bringt. »Sicher ist«, so der Autor in dem 1966 geschriebenen Text *Meine Voraussetzungen*, »daß alle Stoffpartikel, die ich verwende, alle Sachverhalte, die ich darstelle, aus der Realität stammen und auf die Realität gerichtet sind«.[1] Hier wird – für manchen freilich überraschend – der Beobachter im Sprachspieler sichtbar, der zwar kein Chronist gesellschaftlicher Vorgänge sein will, in dessen Werk sich aber Spuren der individuell erlebten Wirklichkeit finden lassen. Auch dieser Punkt ist bei *Fortsetzung des*

Berichts wichtig, einem Buch, das stark von der Biographie des Autors geprägt wird und in der angestrebten Rolle als »grotesker Heimatroman« nicht nur über die Befindlichkeit des Verfassers Aussagen macht, sondern eben auch die Zeit porträtiert, in der es entstanden ist: Dabei zeigt sich, daß es gerade die verrätselnde Transformation ist, die dem Stoff zur größten Nachhaltigkeit verhilft, weswegen sich Wolf weniger als Surrealist denn als »weit fortgeschrittener Realist« zu erkennen gibt, »vertraute man sich seinem aufweckenden künstlerischen Verfahren an« (Bettina Clausen).[2]

***

Wer *Fortsetzung des Berichts* liest, sieht sich einer Vielzahl von ineinanderlaufenden Geschichten gegenüber, deren Zusammenhang oft rätselhaft ist. Trotzdem verfügt das Buch über eine Art Rahmenhandlung. Der eine Handlungsstrang schildert das Essen an Krogges Tafel, der zweite handelt davon, wie der Erzähler in das Haus des Kochs gelangt, in dem er paradoxerweise von Anfang an sitzt. Jeweils eingeflochten sind eine Vielzahl weiterer Begebenheiten – zum Teil Geschichten, wie sie von Wobser oder von der Frau des Kochs erzählt werden, zum Teil Erinnerungen, Assoziationen und Phantasien. Dabei geht es um die Tötung des Kochs, um Leben und Tod von Wobsers Vater, um die schreckliche Familie Schön und um die Selbstverstümmelung eines Sohns. Es geht aber auch um einen Erzähler, der erotische Nähe im gleichen Maß sucht, wie er Abstand zu den ihn umgebenden Verhältnissen anstrebt, ohne hierbei Fortschritte zu erzielen. Es geht des weiteren um bedrängende familiäre Situationen, wie sie sich gleich mehrfach am Beispiel von Krogge und Wobsers Vater zeigen: Ein Koch, der seine Frau und seinen Sohn drangsaliert und nun nicht minder dominierend der Tischgemeinschaft vorsteht, Wobsers Vater, der als betont virile Person erscheint und zumindest so viel davon seinem Sohn mit auf den Weg gegeben hat, daß dieser mitunter als Wiederholung seines Erzeugers auftritt und entsprechend auf den Erzähler einwirkt. Überhaupt zeigt sich das Ich des Buchs als wenig durchsetzungsfähig – es ringt um seine Identität und um die Möglichkeit, ein selbstbestimmtes Leben zu führen, was zu einer beständigen Fluchtbewegung führt. Die Landschaften, die der Erzähler dabei durchquert, sind trotz aller Verfremdung unschwer als das Umfeld von Saalfeld auszumachen, jener Stadt in Thüringen, in der Ror Wolf geboren und aufgewachsen ist.

Seine Erinnerungen an diese Zeit sind es dann auch, die das Buch prägen – sowohl die Gründerzeitbauten als auch die Kriegszerstörungen, die in *Fortsetzung des Berichts* immer wieder vorkommen, basieren auf persönlichem Erleben: »Ich hatte im Jahr 1959 die Absicht, einen grotesken Heimatroman zu schreiben, der im wesentlichen die Zeit nach dem Krieg zum Inhalt hat, auch wenn es nicht so wirkt – es soll auch nicht so wirken. Die Bilder, die dort erscheinen, sind tatsächlich erlebte; natürlich verkoppelte, überlagerte, vergrößerte, monströsere Bilder der Stadt und des Umfelds aus den 1940er, 1950er Jahren. Alles mußte leergefressen werden, weil man ja so lange nichts gehabt hatte. Ich habe immer noch die Vorstellung, daß das eine Art Heimatroman ist, ein grotesker Heimatroman, der auch mit dem faschistoiden Terminus ›Blut und Boden‹ spielt.«[3] Das ununterbrochene Essen ist also ein Echo auf jene »Freßwelle«, mit der die Entbehrung der Kriegsjahre kompensiert und das »Wirtschaftswunder« gefeiert werden sollte; es handelt sich um Symptome einer Gesellschaft, der höhere Ideale bei der Suche nach einem noch ungebremsteren Konsum verlorengegangen sind. Ror Wolf greift diese Elemente auf: Fortschritt und kulturelle Errungenschaften erscheinen bei ihm ausgeklammert; statt dessen dominieren Zerfall und die Allgegenwart von Katastrophen. Doch auch der Erzähler ist beschädigt – eingeschränkt in seinen Wahrnehmungen, vermag er sich nicht als Bestandteil der Welt zu empfinden, sondern erlebt diese als fremdartig, unübersichtlich und wandelbar. Ebenso irritiert steht er dem eigenen Körper gegenüber, den er oft wie ein separates Wesen beschreibt und dessen Bedürfnissen er dennoch unterworfen wird. *Fortsetzung des Berichts* zeichnet dabei ein Bild umfassender Zerrüttung, bei der das Individuum nicht nur innerhalb der Gesellschaft, sondern auch von sich selbst entfremdet ist.

Obwohl Wolfs Debüt verstörende Tendenzen an den Tag legt, handelt es sich nicht um ein pessimistisches Buch. Dies liegt zum einen am Humor, der sich zwar selten im berstenden Kalauer entlädt, aber auch im Monströsen und Unheimlichen spürbar bleibt – hier merkt man die notwendige Distanz des Autors zu seinem Stoff. Zum anderen ist diese Prosa von großer sprachlicher Schönheit. Das Mäandern der Sätze, das Ineinandergreifen der Worte, ihr dynamisches Auf und Ab erzeugt eine Eigenbewegung, die bereits im Debüt voll ausgebildet ist. Zu diesem Gestaltungsprozeß gehört auch das Aufgreifen lokaler sprachlicher Eigenheiten, wie es sich z.B. in der enzyklopädisch anmutenden Aufzählung wenig geläufiger Fischnamen zeigt. Hier – aber auch nur hier – demonstriert der Autor eine auf den ersten Blick überraschende Verbundenheit mit dem Ort seiner Herkunft. Doch auch wenn den Wörtern ein Reservat gewährt wird, bedeutet dies nicht, sie als Baumaterial auszusparen und von den kreativen Gliederungs- und Reihungsvorgängen der Textgenese auszunehmen. Dies belegt, welcher Grad an Autonomie der Sprache zugebilligt wird. Dem Titel nach ist Wolfs Debüt ein »Bericht«, der sich damit auf die Wiedergabe des faktisch Gegebenen beschränken und keineswegs – wie ein Roman – etwas erfinden will. Doch wenn die Wahrnehmung der Figuren eingeschränkt ist, gerät jeder Akt des Berichtens zwangsläufig auch zu einem des Erfindens, da das Nichtbeobachtbare und Unerlebte ebenso erfaßt werden soll. Damit kündigt sich in *Fortsetzung des Berichts* eine Loslösung der Sprache von der Objektwelt an – Wirklichkeit wird mit den Worten nicht mehr allein beschrieben, sondern erschaffen. »Die Funktion der Literatur«, schreibt Wolfgang Hildesheimer 1975, »ist ja, nicht Wahrheit zur Fiktion, sondern Fiktion zur Wahrheit zu machen: Wahrheit aus Fiktion zu kondensieren.«[4] Wolfs Debüt ist hierzu ein erster kraftvoller Schritt, dessen ästhetisches Konzept bereits klar formuliert wird, aber noch nicht ganz eingelöst werden kann; zu sehr ragt die außertextuelle Wirklichkeit – übrigens keineswegs zwangsläufig zum Nachteil des Lesers – noch in diese Prosa hinein. Mit *Pilzer und Pelzer* wird der konventionelle Roman dann gänzlich überwunden.

***

Fortsetzung des Berichts wurde in den Jahren 1959 bis 1964 geschrieben. Im Literaturarchiv Marbach hat sich unter der Inventarnummer 07.7.10 ein Manuskript von 165 Schreibmaschinenseiten auf zumeist dünnem grünblauem Papier erhalten, bei dem es sich um einen Durchschlag der endgültigen Fassung handelt. Das Konvolut ist nur sparsam von Hand des Autors bearbeitet und enthält daher lediglich geringe Änderungen; so wurden beispielsweise zwei weitere Motti (»Bedienen Sie sich nach Belieben« und »In der Schürze liegt die Würze«) gestrichen sowie kleinere, allerdings in der Erstausgabe nicht immer realisierte Ergänzungen hinzugefügt. Frühere Exemplare des Manuskripts sind bislang nicht überliefert. Daß es sich bei dieser Version nur um das Resultat eines langen literarischen Destillationsprozesses handeln kann, belegt das Manuskript von *Pilzer und Pelzer*, Wolfs zweitem Prosatext, von dem sich drei Fassungen erhalten haben (Inventarnummer: 07.7.16 I–III). Der ausgesprochen starke Grad an handschriftlicher Bearbeitung und die Differenz zwischen der ersten und der letzten Version (178 zu 127 Seiten) erlaubt den Rückschluß, daß auch *Fortsetzung des Berichts* ein ähnliches Maß an Revision erfahren haben muß.

Hinweise hierzu lassen jene Exzerpte zu, die Wolf mehrfach aus dem im Entstehen begriffenen Manuskript freigegeben hat: *Krogge ist der beste Koch (1961)*, *Krogge ist der beste Koch oder Fortsetzung des Berichts (1962)* und *Das Verschwinden des Bauern in der Ferne (1963)*. Diese Texte ermöglichen einen erhellenden Blick auf die Arbeitsweise des Autors und gewähren in dem, was später verworfen wurde, auch eine bemerkenswerte Perspektive auf die sich wandelnde Konzeption des Texts. Es sind vor allem Verdichtungen zu beobachten – ein unentwegtes Komprimieren des zunächst offenbar nur locker angeordneten sprachlichen Materials, das von entbehrlichen Bestandteilen befreit und dann fortwährend nachgeschliffen wird. Dabei kommt es durchaus zu Änderungen, so trägt der Erzähler in dem 1961 veröffentlichten Fragment noch den Namen Muche, während die Wobser-Figur nur beiläufig unter dem Namen de Boon erwähnt wird und offenbar noch keine größere Rolle spielt. Auch der aus zwei separaten Texten bestehende Auszug, den Hans Magnus Enzensberger 1962 in seiner Anthologie *Vorzeichen. Fünf neue deutsche Autoren* ediert hat, enthält zahlreiche Varianten. Wichtig ist diese Veröffentlichung jedoch nicht zuletzt deswegen, weil sie den Beginn der Zusammenarbeit mit dem Suhrkamp Verlag und damit den ersten professionellen Auftritt auf der literarischen Bühne markiert. Enzensberger bemerkt in seiner Einführung zum Status der u.a. von Gisela Elsner und Jürgen Becker stammenden Texte, daß die Sammlung weitgehend Bruchstücke unabgeschlossener Bücher präsentieren würde, betont aber zugleich, wie sehr »die Kondition des Fragmentarischen auch dem fertigen Werk eignen kann«. Und weiter: »Ror Wolf gibt schon mit seinem Titel zu verstehen, daß seine Schrift, streng genommen, keinen Anfang zuläßt: er lautet *Krogge ist der beste Koch oder Fortsetzung des Berichts*, obschon diese Fortsetzung keinem früheren Bericht folgt.«[5] Wolfs Lösung besteht freilich darin, den Text gleich einem Möbiusband anzulegen, so daß das Ende wieder in den Anfang mündet: »Das Grundmuster seines Buches erinnert mit seinen Reprisen, Schleifen- und Ringformationen an die Modellformeln organischer Verbindungen, und seine Felder fungieren ähnlich wie die Kreuzwege in einem Irrgarten. Dieses Verfahren ist phantastisch und rational zugleich, und damit tief humoristisch.«[6]

Mit *Das Verschwinden des Bauern in der Ferne* – gelesen im Herbst 1962 bei der Gruppe 47 und publiziert 1963 in der Zeitschrift *Akzente* – bricht die Schlußphase der Bearbeitung an, was sich schon daran zeigt, daß Ror Wolf an zwei Stellen mehrere Druckseiten dieser Veröffentlichung in das Manuskript zu *Fortsetzung des Berichts* montiert hat. Der Prozeß der Textgenese ist beendet, ab jetzt finden nur noch geringe Änderungen statt. Ein vierter Auszug, der 1963 in einer Anthologie erscheint,[7] unterscheidet sich entsprechend nur noch marginal von der kurz darauf veröffentlichten Fassung und wurde daher in diesen Band nicht mit aufgenommen. Von größerem Interesse ist jedoch ein Zeitungsbeitrag, den Ror Wolf auf Bitte der Redaktion 1964 für den *Tagesspiegel* verfaßt hat und in dem er sich auch zur Frage des Fragmentarischen äußert, soll doch »der Text den Charakter von Unteilbarkeit erhalten, alles sitzt in einem Gefüge sich bedingender, sich provozierender Stücke; obwohl die Ränder des ›Berichts‹ offen gehalten sind, obwohl er mobil bleiben will über Anfang und Ende hinaus, soll er doch auch in sich geschlossen sein: nicht *ab*geschlossen, aber *geschlossen.*«

Wie alle Kunstwerke ist auch *Fortsetzung des Berichts* nicht voraussetzungslos; tatsächlich lassen sich an dem Debüt literarische Parallelen – die Ror Wolf nie geleugnet hat – besonders gut nachweisen. Die Leseerfahrungen des Autors sind vielfältig, sie reichen vom Bereich Abenteuer und Unterhaltung (etwa Jules Verne) bis hin zu den Eckpfeilern der literarischen Moderne. In der Studentenzeitschrift *Diskus*, in der Ror Wolf von 1957–1966 neben Prosa, Lyrik und Collagen auch Literatur-, Theater- und Jazzkritiken veröffentlichte und der er zeitweise als Redakteur vorstand, lassen sich Spuren dieser Lektüre finden: in ausführlichen Beiträgen zu Uwe Johnson, Vladimir Nabokov und Arno Schmidt, in Besprechungen neuer Kafka-Literatur und aktueller Beckett-Inszenierungen. Auch zu Peter Weiss, dessen 1960 erschienener Roman *Der Schatten des Körpers des Kutschers* außerordentlich wichtig für Wolfs Anfänge ist, findet sich dort ein Aufsatz, desgleichen 1962 in der von V.O. Stomps edierten *Streit-Zeit-Schrift.* Unter der Überschrift *Die Poesie der kleinsten Stücke* wird dort einerseits Weiss' Roman analysiert, andererseits aber auch ein künstlerischer Standpunkt entworfen, geht es doch um eine Dichtung, »in der die Teile nicht nur wichtiger sind als das Ganze, sondern in der das Ganze überhaupt nicht mehr vorkommt, weil selbst die zusammengesetzten Teile nur wieder Teile eines vermutlich größeren Teils sind, der noch lange nicht das Ganze ist.«[8] Doch Wolf zeigt sich Weiss nicht nur programmatisch, sondern in seiner Konzentration auf das Wahrnehmbare auch stilistisch eng verbunden.

Selbst inhaltlich gibt es zu den grotesken Ereignissen, die binnen weniger Tage auf einem abgelegenen Bauernhof spielen, aufschlußreiche Übereinstimmungen. Allerdings ist bemerkenswert, daß Wolf die ihn interessierenden Elemente – die ländliche Gegend, die Allgegenwart von Schmutz, die Sexualnöte der Protagonisten, den Vater-Sohn-Konflikt – beträchtlich verschärft. Die bedrängenden Verhältnisse eines Orts und einer Zeitspanne münden bei Wolf in ein umfassendes Szenario, das weder Außen noch Nachher und damit keinen Fluchtpunkt mehr kennt. Sein Text liest sich als noch radikalerer Entwurf, der motivisch wie stilistisch zu einem eigenständigen Format findet.[9]

Auch im Hinblick auf das Werk von Samuel Beckett ergeben sich Aspekte, denen detailliert nachzugehen sich lohnen würde. So wird Molloy, eine der beiden Hauptfiguren des gleichnamigen und 1954 übersetzten Romans, bei ihren Wanderungen durch die Diaspora von ähnlichen Wahrnehmungszweifeln und Erkenntnisschwächen geplagt wie der Erzähler aus *Fortsetzung des Berichts*. Vieles von dem, was Molloy erzählt, bleibt unklar; so wird die Frau, bei der er unterkommt, mit beinahe einem halben Dutzend Namen belegt. Uneindeutigkeit spielt also in dem Buch eine große Rolle. Im zweiten Teil des Romans begibt sich der Detektiv Moran auf die Suche nach Molloy, bei der er seinen Sohn rüde behandelt und später von diesem verlassen wird. Hier läßt sich Wolfs Interesse an familiären Konflikten wiederfinden, wie er sie nicht nur in *Fortsetzung des Berichts*, sondern 1968 auch in der stark autobiographisch geprägten Erzählung *Mitteilungen aus dem Leben des Vaters* ausgestaltet hat. Doch selbst das komplexe Arrangement der Erzählstränge ist bemerkenswert, da es in beiden um das Berichten geht und Moran letztlich jene Ereignisse fortschreibt, mit denen Molloy begonnen hat. Auch beschäftigt sich Beckett in vergleichbarer Weise wie Wolf mit mißlingender Kommunikation.

Als ähnlich interessant erweisen sich einige Übereinstimmungen zu Kafkas Roman *Das Schloß* (1926). Der Erzähler von *Fortsetzung des Berichts* hat das Dilemma, mal für Wobser und mal für Schrader gehalten zu werden, ein Motiv, das in Form der leicht verwechselbaren Figuren Pilzer und Pelzer in Wolfs nachfolgendem Buch wiederkehrt.[10] Bei Kafka lassen sich nicht nur Ks Gehilfen kaum voneinander unterscheiden, auch die Namen der beiden Beamten Sordini und Sortini sind bis auf einen Buchstaben identisch. Und selbst bei Klamm, dem auf Krogge verweisenden dunklen Zentralgestirn des Buchs, das unter dem Namen Klomm in einige Texte Wolfs hineingewuchert zu sein scheint, werden Unterschiede der Haltung, der Dicke und des Bartes berichtet, die die Identifikation erschweren. – Daß sich Wolf von komischen Elementen inspirieren ließ, wundert nicht, wenn man an sein zeitweilig geplantes Dissertationsvorhaben bei dem Germanisten Kurt May (1892–1959) denkt: »Humor bei Kafka«. In den späten 1950er Jahren war dieser Ansatz allerdings ausgesprochen ungewöhnlich.

Weitere Parallelen – allen voran bei Robert Walser[11] – ließen sich finden. Ein Seitenblick sei noch auf Thomas Bernhard gestattet: Dessen 1962 begonnener Roman *Frost* erschien 1963 im Insel Verlag und damit zu spät, um einen nennenswerten Einfluß auf Ror Wolf zu haben, auch wenn dieser Gelegenheit erhielt, einen Ausschnitt des Manuskripts – wie immer gegen den Willen seiner Vorgesetzten[12] – im Hessischen Rundfunk zu senden. Die partielle Geistesverwandtschaft der Bücher ist jedoch unübersehbar – ein Erzähler, der einen Bericht abliefern soll, der dem permanenten Reden einer Figur ausgesetzt ist und durch eine dörfliche Landschaft treibt, der er mit Distanz begegnet. Auch im Hinblick auf den Einbau von Binnenerzählungen und der Verwendung vermittelter Rede – bei Wolf freilich nur am Rande – ähneln sich die Bücher. Am Beispiel Bernhard wird noch einmal deutlich, wie vielfältig die Korrespondenzen mit anderen herausragenden Titeln der Zeit sind und welchen Platz *Fortsetzung des Berichts* auf der literarischen Landkarte der Moderne beanspruchen kann.

***

Wolfs Debüt wird nach der Veröffentlichung vielfach beachtet, es erscheinen bis zum Ende des Folgejahres »etwa 30«[13] Rezensionen. Die meisten dieser Besprechungen sind positiv. Helmut Heißenbüttel etwa umreißt Inhalt und Erzählweise von *Fortsetzung des Berichts* und betont, die Darstellung Wolfs wäre von einem »extremen Nominalismus« geprägt: »Was auftaucht, wird benannt, in der Benennung erweitert, verändert sich das Benannte, die Benennungen wuchern sozusagen aus, der Fortgang der Erzählung geschieht in der Überwindung solcher Auswucherungen. Die sich immer wieder anballenden Knäuel werden gleichsam erzählend verschlungen, durchgekaut.«[14] Marianne Kesting stimmt diesem Ansatz zu: »Wörter und Sätze werden, nachdem sie irgendeinen Anstoß durch Sinneswahrnehmung empfangen haben, selbsttätig, sie pflanzen sich nach vielen Seiten zugleich fort, durchziehen einander, verdichten sich zu einem Gestrüpp, brechen plötzlich ab oder erstarren in einem Bild.«[15] Wolfs Bestreben, gleichbleibende Vorgänge »wie unter dem Schleier einer verunsicherten Wahrnehmung« darzustellen, indem er seinen Erzähler mit Floskeln wie »ich glaube«, »ich weiß nicht« oder »es ist so etwas wie« hantieren läßt, bringt »das barocke Wortwuchern hervor, das das zu Schildernde quasi von allen Seiten einkreist, aber zugleich die Aussage durch Überfülle wiederum verundeutlicht. Statt des traditionellen *fil du récit* ergibt sich ein Sprachnetz, das einzufangen sucht und zugleich verhüllt.«[16] Hier zeigt sich dann auch, daß das Korsett des Nouveau Roman, dem Wolfs Debüt zumindest partiell zugerechnet wird, nicht greift. Zwar beschäftigt sich auch Ror Wolf mit »dem Detail, der Detailreihe, der Detailsumme, auch er behandelt jede Einzelheit, als wäre sie das Ganze, auch ihm ist die Sekunde wie eine Stunde, auch er erstarrt in einem statuarischen Pointillismus«, meint Wolfgang Weyrauch und ergänzt: »Doch mengt Wolf den Elementen des Nouveau Roman noch andres bei.«[17] Ebendies hat Hermann Peter Piwitt vor Augen, wenn er notiert, Ror Wolfs *Fortsetzung des Berichts* sei kein Roman, keine Erzählung, keine Folge von Erzählungen, aber auch kein surrealistischer Assoziationstext; es handele sich vielmehr um eine Phantasmagorie, jedoch um die Phantasmagorie »eines von seinen fünf Sinnen besessenen Empirikers«. Denn das Buch schäumt selbst über »von einer vegetativ wuchernden Sinnlichkeit, Wolf ist dingbesessen, aber er buchstabiert unsere Realität nicht einfach nach, was gesellschaftlich augenfällig an ihr ist, er wühlt sich ein, er durchirrt sie auf labyrinthischen Wegen, indem er das Labyrinth seines Gedächtnisses durchirrt, er frißt sich durch sie hindurch, als sei sie der Berg aus Brei, der das Schlaraffenland umfriedet.« Die Sprache des Autors, »um die ihn mancher Realist beneiden müßte«, arbeitet sich ab, »verstrickt den Stoff in vegetative Verflechtungen, treibt ihn zu hypertrophen Wucherungen auf, verzehrt ihn buchstäblich oder probiert in der Absicht, ihn so präzis wie möglich wiederzugeben, so lange an ihm herum, bis sie ihn austilgt.« Auch Piwitt sieht in dem Buch kein *l'art pour l'art*: »Ist ›gegenwartnah Schreiben‹ zwangsläufig von realistischen Mitteln abhängig? Ror Wolf hat diese Behauptung einmal wieder widerlegt. Diese inmitten einer labyrinthischen Landschaft von Ängsten und Alpträumen durchschauerte Freßorgie ist Chiffre der Gegenwart, in der wir leben.«[18] Franz Mon – »Es ist ein Buch, das sich in keinen Kanon fügt«[19] – greift diesen Aspekt 2003 noch einmal auf und beschreibt die kondensierte Wirklichkeit des Werks, das die spezifischen Faktoren des 20. Jahrhunderts mit Bedacht ausspart. Dieser »Entwurf einer in sich geschlossenen Welt« sei die Voraussetzung dafür, daß der Text nicht nur zu einer komplexen Metapher der Zeitverfassung, sondern auch zu einem Sinnbild der »grundständig lädierten humanen Existenz« werden könne: »Erst die Beimischung von monströsen, grotesken, makabren, martialischen, grausigen, auch komischen und lächerlichen Kalamitäten gibt ihm sein spezifisches Gewicht.« Nur auf diesem Weg sei es möglich, »Figurationen hervorzulocken, die präsenter sein konnten als längst Benanntes und Gekanntes«. Mons Fazit: »Trotz der bald 40 Jahre, die seit seinem Erscheinen vergangen sind, und obwohl der materielle Umgang mit den Wörtervorräten, die labyrinthisch-hemmungslosen Bilderfindungen und die kaleidoskopartige Komposition genau in jene Jahre passen, zeigen sich keine Alterserscheinungen.«[20]

Fortsetzung des Berichts erschien 1964 als leinengebundene Erstausgabe im Suhrkamp Verlag, Frankfurt am Main. 1970 kam es zur Taschenbuchausgabe innerhalb der edition suhrkamp, der 1992 eine weitere Leinenausgabe in der Frankfurter Verlagsanstalt folgte; sie wurde 1995 als Fischer Taschenbuch nachgedruckt. 1970 verlegte Gallimard das Buch unter dem Titel *Le terrible festin*, die französische Übersetzung besorgte Lily Jumel. – Für die vorliegende Ausgabe wurde der Text vom Autor durchgesehen und von Fehlern bereinigt. Gleiches gilt für die Vorstufen, die hier z.T. erstmals in der ursprünglich intendierten Fassung erscheinen.

Kai U. Jürgens

Anmerkungen

1 Ror Wolf, *Meine Voraussetzungen*, in: *Akzente*, Heft 5/1968. Zit. nach: *Anfang & vorläufiges Ende*, Frankfurt am Main 1992, S. 65.
2 Bettina Clausen in: *Metzler Autoren Lexikon*, hrsg. von Bernd Lutz, Stuttgart [2]1994, S. 866.
3 Ror Wolf im Gespräch am 2. November 2009.
4 Wolfgang Hildesheimer, *Das Ende der Fiktionen,* in: *Gesammelte Werke in sieben Bänden*, hrsg. von Christiaan Lucas Hart Nibbrig und Volker Jehle, Frankfurt am Main 1991, Bd. VII, S. 148.
5 Hans Magnus Enzensberger, *Einführung,* in: *Vorzeichen. Fünf neue deutsche Autoren*, hrsg. von Hans Magnus Enzensberger, Frankfurt am Main 1962, S. 12.
6 Ebd., S. 17f.
7 Ror Wolf, *Fortsetzung des Berichts*, in: *Was da ist. Kunst und Literatur in Frankfurt*, hrsg. von Adam Seide, Frankfurt am Main 1963, S. 107–114.
8 Ror Wolf, *Die Poesie der kleinsten Stücke*, in: *Streit-Zeit-Schrift*, Heft 1/1962. Zit. nach: Über Peter Weiss, hrsg. von Volker Canaris, Frankfurt am Main 1970, S. 25.
9 Vgl. Kai U. Jürgens, *Zwischen Suppe und Mund. Realitätskonzeption in Ror Wolfs »Fortsetzung des Berichts«*, Kiel 2000, S. 16–31.
10 Vgl. Ror Wolf, *Pilzer und Pelzer,* hrsg. von Kay Sokolowsky, Frankfurt am Main 2010, S. 48.
11 Vgl. Brigitte Kronauer, *Aspekte zum Werk Robert Walsers und Ror Wolfs,* in: *Anfang & vorläufiges Ende*, a. a. O., S. 24–31.
12 Ror Wolf, telefonisch am 24. Juli 2010.
13 Ror Wolf, Brief vom 25. Juli 2010.

14 Helmut Heißenbüttel, *Bericht aus einer Traumlandschaft*, in: *Süddeutsche Zeitung* vom 12./13. September 1964. Zit. nach: *Anfang & vorläufiges Ende*, a. a. O., S. 70.

15 Marianne Kesting, *Die Welt eine Wohnküche*, in: *Die Zeit* vom 5. März 1965. Zit. nach: *Anfang & vorläufiges Ende*, a. a. O., S. 73.

16 Ebd., S. 74.

17 Wolfgang Weyrauch, *Fortsetzung des Berichts*, Sendung des Süddeutschen Rundfunks am 30. Mai 1965. Zit. nach: *Anfang & vorläufiges Ende*, a. a. O., S. 85.

18 Hermann Peter Piwitt, *Landschaft des Gedächtnisses und Augenblick*, in: *Sprache im technischen Zeitalter*, Heft 14/1965. Zit. nach: *Anfang & vorläufiges Ende*, a. a. O., S. 88.

19 Franz Mon, *Ror Wolf – Fortsetzung des Berichts*, in: *Der Literaturbote*, Heft 70/2003, S. 44.

20 Ebd., S. 45.

Nachweise

Fortsetzung des Berichts,
Suhrkamp Verlag 1964, geschrieben 1959–1964

»Fortsetzung des Berichts«, Zeitungsbeitrag,
in: *Der Tagesspiegel*, 20. September 1964, geschrieben 1964

Das Verschwinden des Bauern in der Ferne, Fragment,
in: *Akzente* 5/1963, geschrieben 1962

Krogge ist der beste Koch oder Fortsetzung des Berichts,
in: *Vorzeichen, Fünf neue deutsche Autoren*,
eingeführt von Hans Magnus Enzensberger,
Suhrkamp Verlag 1962, geschrieben 1960–62

Krogge ist der beste Koch, Fragment,
in: *Akzente* 5/1961, geschrieben 1959/60.
Zum Abdruck kommen die ersten sieben Seiten des Textes.

Inhalt